同未来一起行走

预
言
家

PROPHET

THE LAST RHINOS

THE WAR THAT SAVES ONE OF THE WORLD'S GREATEST CREATURES

最后的犀牛

这场战斗为了拯救世界上最伟大的物种之一

LAWRENCE ANTHONY WITH GRAHAM SPENCE

〔南非〕劳伦斯·安东尼 〔英〕格雷厄姆·斯彭斯 著

周海弘 译

中国工人出版社

图书在版编目（CIP）数据

最后的犀牛 / (南非) 劳伦斯・安东尼，（英）格雷厄姆・斯彭斯著；
周海弘译. —北京：中国工人出版社，2020.11
书名原文: The Last Rhinos
ISBN 978-7-5008-7533-8

Ⅰ. ①最… Ⅱ. ①劳… ②格… ③周… Ⅲ. ①纪实文学—英国—
现代 ②纪实文学—南非共和国—现代 Ⅳ. ①I561.55 ②I478.55

中国版本图书馆CIP数据核字（2020）第217400号

著作权合同登记号：图字01-2019-6057号

最后的犀牛

出 版 人　王娇萍
责任编辑　左　鹏　孟　阳　刘　菂
责任印制　黄　丽
出版发行　中国工人出版社
地　　址　北京市东城区鼓楼外大街45号　邮编：100120
网　　址　http://www.wp-china.com
电　　话　（010）62005043（总编室）
　　　　　（010）62005039（印制管理中心）
发行热线　（010）62005996　82029051
经　　销　各地书店
印　　刷　天津嘉恒印务有限公司
开　　本　880毫米×1230毫米　1/32
印　　张　12.25
彩插印张　0.25
字　　数　320千字
版　　次　2021年1月第1版　2021年1月第1次印刷
定　　价　68.00元

第一章

天刚蒙蒙亮，无线电对讲机就开始吱吱作响。

“警报！警报！劳伦斯（Lawrence），快来，完毕。”

“准备接听。”

“真是个糟糕的早晨。”来电者停顿了一下，“我们在贺姿山（Hlaza Hill）上发现了一头死犀牛，是雌性。”

我的血液仿佛因为恐惧而凝结。我抬头望向远处贺姿山上方的天空，这是新设立的野生动物保护区的制高点，它与位于南非祖鲁兰（Zululand）的动物保护区——我的家——苏拉苏拉（Thula Thula）相邻。那天并没有接到过有关秃鹰和发生枪响的报告。当风向合适的时候，枪声会像打雷一样穿越非洲旷野。

“死因？”我问道，并担心发生最坏的情况。

“盗猎，两个角都被砍掉了，到处都是血。看起来是惯犯，使用的是AK-47，或者是旧式的R1自动步枪。”

我的拳头一点点握紧了。犀牛盗猎者现在已经成为非洲旷野上的“瘟疫”。

“它死了多久了?”我问道。

“不会超过几个小时。应该是午夜时分受到袭击的，晚间皎洁的月光帮了盗猎者的忙。”

“好的，我现在就过来。”我瞥了一眼靠在车里乘客座位上的泵式霰弹枪，伸手去弹药箱里拿了满满一把 SG 弹药筒塞进口袋。我明知盗猎者应该早已走远，但是仍心存侥幸地希望他们还在保护区境内。

我到山顶的时候，空气中弥漫着血腥味，黑绿色的苍蝇已经在事发现场周围聚集。犀牛两腿张开，与已经僵硬的身体成直角，侧着身子躺着。我跨出车，走向三个站在它旁边的巡护员。没有人说话，杀戮引发的震惊以及面前这具如此庞大的尸体，让我们唯有静默。

犀牛的美丽古老而恒久。巨大的身体，隐藏在厚厚的如同盔甲一样的皱褶中，加上一个华丽的弯角，让它们如此迷人。成年犀牛可以重达三吨半，高达六英尺，除了大象之外，它们是世界上最庞大的陆地动物。

但是，在死亡来临之际，美丽早已毫无踪迹。在非洲，华丽的犀牛角已经被称为“潘嘎斯”的大砍刀凶残地砍掉，只剩下那张高贵的脸庞，承担着残留下的亵渎和蹂躏。它的眼睛空洞茫然地凝视着前方，在这个看似怪诞的被毁坏的头颅周围溢满了血泊。没有了角，这个庞大的生物看起来如同婴儿一般脆弱。

我在每一个护林员脸上看到了同样的愤怒。在非洲，针对盗猎者的战争几乎完全依靠个人。大致有两种类型的盗猎者：一种是当地的部落成员，纯粹是为了让家人免于饥饿；而另一种则是重量级人物，那些职业杀手的目标是犀牛角或者象牙，这些人甚至会在杀害保护区工作人员后，还敢得意扬扬地到处吹嘘。偷猎任何动物都是犯罪行为，但为了犀牛角或象牙而杀死一头犀牛或者一头大象，与为了喂饱饥饿的家人而狩猎截然不同。这是沾满鲜血的钱，是对我们生活的恶毒挑衅和暴力侵犯。

“谁发现的尸体?”

贝基（Bheki），我最信任的园区守护人，抬头指向站在不远处年轻的祖鲁族守卫西梅兰（Simelane）。我招手让他过来。

“你好，西梅兰。”我用祖鲁语招呼道，“到底发生了什么?”

“你好（Sawubona），马可鲁（Mkhulu，祖鲁语尊称），我巡逻时发现了这头死去的犀牛。”他眼睛盯着地面，轻声答道。

“当时谁跟你在一起?”

“我当时是一个人。”

“你到这里巡逻时一直是一个人?”我问道，按照常规应该是两名武装人员一起巡逻。

“是的，只有我一个人。”他声音小得几乎听不见。

我正准备继续追问下去，有人用祖鲁语大声打断了我。“马可鲁，失血实在是太多了。”

说话的是贝基，他正单膝跪地，仔细检查犀牛的头部。“失血太多了，”他重复道，“这意味着他们很匆忙，在它活着的时候就被锯下了犀牛角。它当时也许已经失去意识，但是还活着。”

有好一会儿我们只是盯着贝基，心情更加沉重。这些禽兽竟然在一个还活着的生物身上抢劫。

“他们走的是哪条路?”我问贝基，他曾与我一起参加过几次与盗猎者的交火。

他指向东方，“这帮人走了四个……也许五个小时。”

这意味着除非他们藏身不动，否则应该已经离开了保护区，向镇子的方向走了，我们也许永远也抓不住他们。但是，这并不意味着我们坐以待毙。至少，在我们愤怒的时候，可以做点事情用来宣泄。

“好吧，我们都知道该怎么办。”我说，“这些家伙可能配备了AK-47，我们都知道这意味着什么。如果与他们正面交锋，遭遇上就要以最快的速度开火，因为我们将对抗自动化装备的反击。”

我望着那些严峻的面庞，他们的装备严重不足，只有短枪以及“二战”期间的李-恩菲尔德（Lee-Enfield）7.7毫米步枪。你无法想象这所需要的勇气。我有一支泵式霰弹枪，在一次攻击中可以发射九发子弹。我们的武器配备相互取长补短，7.7 毫米栓动步枪比AK-47射程长，而泵式霰弹枪在厚厚的灌木丛中近距离射击有明显优势。配合使用倒是可以与非法盗猎者青睐的 AK-47 抗衡。“带上水，注意安全，跟紧！我们走！”我们尽量快速地在密集的灌木丛中移动，我可不希望任何人绊倒把前面的队友压扁。

到了十点多的时候，我们离开了保护区的固有路径，盗猎者的踪迹几乎无法辨认，路变得越来越难走。太阳正无情地燃烧着，这是一个典型的祖鲁兰地区的大热天，汗水从我们的身体里涌出，刺痛了我们的眼睛，浸透了我们的 T 恤。但是，在肾上腺素和希望的双重驱动下，我们的步伐一点儿也没慢下来。稍有松懈，都会丧失抓住盗猎者的那点渺茫机会。

当看到盗猎者残忍地杀害犀牛仅仅是为了它的一只犀牛角，我们真的很难保持冷静。犀牛角其实只含有比指甲多一点儿的角质蛋白，其纤维蛋白结构与在头发和手指中发现的无异。在亚洲很多国家，犀牛角被坚信具有传奇般的药用价值，例如，传统中医理论认为犀牛角可以治愈各种类型的发烧。

在非洲成千上万的犀牛被屠杀，几个亚种濒临灭绝。这很容易令人回想起十九世纪的淘金热。在亚洲的黑市里，犀牛角的价值以盎司计算，比黄金还贵重。如果你想要了解动物保护主义者所面临的困境，那就要从盗猎者的视角来看待犀牛，那是一个由纯金制成的三英尺长的角。守护员们时刻处于意想不到的危险境地，如同试图在旷野里保护一块足金。金子就应该被安全地锁在金库里，而不是长在四条腿上在灌木丛中穿行。

可以毫不夸张地说，地球上的每一头犀牛现在都正处于致命的危险之中。除非发生根本性的变化，否则很快，最后一头野生犀牛终将被杀死。

我们不时找寻杀戮者留下的痕迹，脚印，一小片被压平的草，一棵明显被碰过的树，或者是从凶手背着的装犀牛角的口袋里渗出来的血迹。这些标志可以证明我们仍在正确的范围内追逐，贝基不时催促我们加快速度。

然而，西梅兰这个最早发现死犀牛的年轻祖鲁守护员，行为反常得让我担心。他两次独自转入灌木丛中，让我们因为虚假的线索而浪费了宝贵的时间。我想，也许他的奇怪举动是因为跟踪凶手的压力太大，但是这些错误很可能让我们在下一个转弯处遭遇伏击。

这也正是我最大的担忧。在南非，盗猎犀牛会被判处 15 年的监禁，而这些职业杀手绝不愿意束手就擒。如果凶手觉察到自己被我们跟踪，那么毫无疑问，在这片视野不清的密林中，必定会有一场极度混乱的近距离生死较量。

最终，我招呼大家稍做休息，并派出一名巡护员前往高地，试图找到盗猎者的踪迹。

“没有任何迹象，”巡护员通过对讲机从附近山头回话，“没什么发现。”我在贝基的脸上看到了沮丧的神情。我们太迟了，几个小时后，当我们终于到达边界围栏时，更加确定盗猎者已经全身而退，他们剪开了电网线，小心地避免触电。

“下一次，”我听到贝基一边卸下他的螺栓式步枪，一边说，“我们下一次一定能抓住他们，马可鲁。”

我默默地点了点头，也卸下了枪，准备回程的长途跋涉。

到了营地后，我对事件进行了汇报。先是报了警，然后打电话给当地的夸祖鲁-纳塔尔（KwaZulu-Natal，KZN）野生动物管理局。与动物管理局的通话并不容易，因为正是他们在不久前捐赠了这头犀牛，现在，它已经死了。我的苏拉苏拉保护区与祖鲁族部落地区刚刚合并，将成为该国最好的野生动物保护旅游区之一。这个被称为皇家祖鲁（Royal Zulu）的保护区，是当地部落建立的独具特色的合作项目，通过生态保护以及生态旅游为贫困的农村地带来具有特殊意义的经济效益，使那里的人们在未来的非洲荒野中占有一席之地。由于多年的种族隔离，当生态旅游为某个种族所独有时，许多边远地区的祖鲁人觉得保护区是一种“白人”的概念，并不认可。现在，我们的目标是恢复他们的传统精神以及与丛林的强大文化联系。我们将证明盗猎动物仅仅可以提供一个星期的食物，但保护动物将会提供永久的工作机会，这些动物活着远比死去更有价值。我们必须让当地人完全接受这个概念，否则我们这些动物保护者很快就会无计可施。

夸祖鲁-纳塔尔野生动物管理局捐赠了四头白犀牛作为种畜，这是对皇家祖鲁保护区项目投资的一部分。所以我打电话向经理报告这个消息时，完全可以理解他糟糕的心情，我也估计到了接下来将要发生的状况。

“劳伦斯，”他说，“令人沮丧，这正是我们一直担心的安全问题。我的意思是，在你那里的另外三头犀牛，我们真的不想也失去它们。”

“我明白，我已经启动了艾比斯（impimpis）[①]，”我回答说，“另外我们从明天开始增加巡逻密度，就算掘地三尺，我也要抓住那些浑蛋。”

“好吧，祝你好运。但我认为在此期间，我们最好把动物安置在一个更安全的区域，直到一切都尘埃落定。现在，犀牛对于盗猎者来说就像是一块血腥的磁铁。”

“好的，我明白你的意思，”我回答道，“但它们刚刚被运到这里，怎么会有人这么快知情？你身边一定有人泄密。我们怎么知道它们在你那儿会更安全？”他叹了口气：“那也是我最担心的。”我了解他是个体面人，也明白他在说什么，但是被告知我们将不得不归还那三头犀牛，我真的十分沮丧。我们的保安系统

---

① 艾比斯：当地部落中我们付钱收集偷猎盗窃信息的线人。

在该地区是最好的，毕竟，我们保护了一群大象将近十年。但是现在，甚至包括我自己的生命，没有什么在这片森林中是安全的。如果夸祖鲁-纳塔尔当局想把他们的动物运回去，我的确无能为力。不幸的是，这样只会有一头犀牛留在保护区，那是一头母犀牛。一位德国游客给它取名海蒂（Heidi），这个名字就这么叫开来了。

几年前，一头大象在一场力量不对等的争斗中杀死了海蒂的母亲。我至今仍然记得，那头母犀牛被活活撞死，我当时正站在事发不远处，看见几英尺外的灌木丛动了一下。是海蒂，它还没完全断奶，就看着母亲在可怕的争斗中死去。我走近去查看，但是海蒂躲进灌木丛中吓跑了。

后来我们的另一头犀牛在洪水中淹死了，这又是一场悲剧，从此只剩下了海蒂这一头犀牛。

从那时起，喜欢和牛群一起吃草的海蒂就在我们的身边长大，成为管理人员和徒步者的最爱。它已经长成一只美丽的动物。它喜欢接近旅游区的车辆，动作俏皮滑稽，喜欢近距离偷窥旅客，然后夸张地用犀牛特有的那种蹒蹒跶跶的方式跑开。这一切吸引了许多游客来到保护区。我们必须竭尽所能来保护它。

的确，公园委员会也认为犀牛的死亡有蹊跷之处，有些事情我还没有梳理清楚。我叫来发现尸体的守卫西梅兰。“马可鲁！”

他一边叫我，一边走过来和我握手。马可鲁是我在祖鲁语的绰号，大概意思是“爷爷”，或者“伯父”之类的称谓。边远地区的祖鲁人喜欢给人们起绰号，而且往往在描绘你的缺点时非常准确。我还算幸运，至少这个绰号还算中性。我有一个朋友，坐着时喜欢用手快速拍打身体。于是他就得到了“Thathazele”的绰号，意思是“紧张的人”，这个绰号会跟你一辈子，虽然这个朋友可以说是我认识的最勇敢的人之一。

“好样的，西梅兰，是你找到的死犀牛。”

“是的。”

“你是怎么找到它的?”

“我就是知道它在那里。”

“你听到了枪声吗?”

他摇了摇头，“没有。”

“你看到了鬣狗，或者秃鹰了?”

他又摇了摇头。

“那头犀牛距离你巡逻的地方很远，而且在园区路径外至少有一英里。你为什么会到那儿去?”

“我就是觉得有什么不对劲的地方，所以去看看。”

“但是你准确地找到了当时的位置，你是怎么做到的?”

“我就是感觉到那天早上有什么地方不对劲。”

“好吧，谢谢你。”我说，然后下意识地结束了谈话让他离开了。

也许西梅兰说的是实话，祖鲁族人确实对丛林具有第六感，但是又有许多不能相互吻合之处。我了解这些旅游区的管理员，他们很少离开自己的巡逻区域。即使他们这样做了，也绝不会独自前往。我现在非常怀疑西梅兰。

我打通了艾伯可（Bheki）的手机。“试着接近西梅兰，获得他的信任，看看你能不能找到什么关于他和犀牛的信息，我不再相信他了。”

第二天电话响了，是警察。

“早，劳伦斯，我们可能查到原因了。”中士说，我们以前打过交道，“情况是这样的，这是一个团伙，我们认为他们是从约翰内斯堡（Joburg）过来的，雇用了一个职业枪手，给了他一张犀牛头的画，并在画上标出了他应该朝哪里射击。正如他们所说，X 标志着猎杀部位。杀手为此挣了 5000 兰特（700 美元）。你不用想着追回犀牛角了，一艘船在理查兹湾（Richards Bay）停泊了一周，却在昨晚驶离。嘿，好巧不巧是吧？他们现在早就开进公海了，我可以用你的旅游保护区来打赌，犀牛角就在那艘船上。”

5000 兰特？犀牛角可值一大笔钱呢。事实上，这个团伙来自距离这儿 400 英里远的约翰内斯堡，这本身就说明了问题。这意味着我们正与专业人士或者大有来头的人较量。这些人不同于当地的盗猎者，当地人打猎仅仅是为了给家人提供食物。而他们也许是黑手党，博锐（Boere）—— 一个活跃于混乱的后种族隔离时期，主要成员说南非语的组织，他们凭借非法偷猎获取钱财。另一个可能是远东的垄断组织，雇用当地内线来替他们干肮脏的工作。

“我们已经完成了验尸，”中士继续说，“他们用的是 R1，与 AK 的口径相似。一发子弹从很近的距离直接射入大脑。”

这就很有意思了。R1，一个本地产半自动步枪，在南非种族隔离之前的边境战争中被军队广泛使用，现在大多已废弃了。这表明事件很可能与前军方有关，他们向枪手提供了武器，这些信息更加证明博锐黑手党可能参与其中。他们从狮子狩猎游戏中获取利益，在这类勾当中，游客从车辆中向被关在笼子里的狮子射击寻求快乐。当然，他们也盗猎象牙和犀牛角。

第二天早上，我打电话给巡护员菲西·甘梅蒂（Vusi Gumede），并请他把西梅兰叫到我的办公室。十分钟后，菲西回来了，“西梅兰今天没有来上班。”

“好，带上一些巡护员去他家。不得已的话，可以强行把他带来。”一小时后，菲西回来了。西梅兰已经收拾行李逃走了，连他的妻子也不知道他在哪里。

西梅兰对这个保护区很了解，多半就是他带着盗猎者找到的猎物，他甚至有可能就是枪击者。于是，我通知了警方。

那天晚上我们出去巡逻，只有四个人。我、贝基和两个壮实的守卫，托兰尼（Thulani）和孔卡（Nkonka）。我们都希望能与盗猎者遭遇，和他们好好较量一下。

整个晚上，我们要么沿着栅栏巡视，要么连续好几个小时坐在瞭望点静静等待，寻找星星点点的手电筒的光照，不断地低声用对讲机互相提供信息。但我们什么都没遇上。天亮时，我才精疲力竭地爬上床。第二天晚上我们又出去了。之后每晚如此。

这一夜，月光如同烽火一般，正是盗猎者喜欢的明亮夜色。我们已经巡逻了五个小时，黎明即将到来，这几乎是人一夜之中精神最低迷的时候。托兰尼和孔卡在距离我大约100码远的灌木丛中搜寻，突然间，孔卡用夸张的动作指了指前方。我立刻蹲了下来。他又指了指，这时我看到了山下有微光闪动。这正是我们一直在等待的。在向山下移动拦截他们的途中，我慢慢地扳开了泵式霰弹枪的安全锁扣。

我们找到了适合埋伏的位置，在一条小溪岸边的两棵大马鲁拉（Marula）树后面躲了起来，耐心等待。当两个黑影移动到距离我们大约30码远时，他们发现了我们，立即向孔卡疯狂射击。凭借着令人难以置信的勇气，孔卡从树后站了出来，开始向盗猎者还击。他在山顶上用李-恩菲尔德7.7毫米步枪射击。夜晚的宁静被爆炸声和呐喊声打破。这一切仿佛持续了一个世纪，但实际总共不到十秒钟。我来回摆动着霰弹枪试图找到目标，但是只看清了几个黑影。我不敢射击，怕误伤了孔卡。

一切终于沉寂下来，盗猎者逃走了，他们潜入了灌木丛深处。“孔卡!”我着急地低声喊道，“你没事儿吧?”真是奇迹，他在冰雹一样的弹火中，仅仅凭借步枪还击，竟然毫发无伤。

“是的，马可鲁，我很好。”

“感谢上帝，干得好。”

此时，贝基和托兰尼跑了过来。可以看出贝基对于错过行动感到非常失望。

“看这边。”孔卡用手电筒照了照一汪暗黑色的液体，是血。其中一个盗猎者受伤了。

“追!”贝基用手电筒照明，尽可能追踪着血迹。我们时不时会失去线索，再花更多时间重新找到。

仅凭月光，追踪显得十分艰难，路也不好走。我们最终还是放弃了。

第二天早上，我派贝基去看看是否可能重新找到线索，最后他发现了盗猎者逃走时在栅栏上挖的一个洞。贝基估计有三个盗猎者。

贝基还指给我们看一些脚印，虽然我无法相信他们会这么快回来杀死另一只动物，其中一个脚印与我们几天之前在跟踪路线上发现的完全吻合。正如我所猜测的那样，正是这个团伙杀了我们的犀牛。这次，他们的目标显然是海蒂。

感谢孔卡，我们在交火中赢了，而且对方至少有一人受伤。我们释放了一个清晰的信号：苏拉苏拉已经准备好迎战任何试图染指大象或者犀牛的盗猎者。

第二章

大约一个星期后，我正在野生动物保护园区的小屋里，电话响了。来电的是南非著名电视记者朱莉亚·劳伦兹（Julia Laurenz），她与做摄影师的丈夫克里斯托弗（Christopher）住在距离苏拉苏拉以南两小时车程的度假胜地德班（Durban）。他们正在进行针对非洲犀牛偷猎的报道，听说我们保护区的一头犀牛刚刚遇害以及孔卡勇敢地与盗猎者交火的消息后，专门来电问候。我大概叙述了事发经过以及事态的严重性。她告诉我，由于非洲与亚洲大陆的贸易联系日益紧密，这不仅导致连接亚洲的供应链变得非常便捷，而且专业团伙的参与也让事态进一步复杂。盗猎者租用直升机追踪动物，然后使用自动化武器杀死它们。犀牛角被藏在合法货仓中运走，据说更有甚者，将犀牛角装在外交类行李箱里走私出境。

作为一线记者，朱莉亚总是能得到最新信息。她告诉我一个令人震惊的消息：据可靠的报告，目前野外存留的北方白犀牛已经不足15头。那些可怜的幸存者都藏身于刚果共和国的加兰巴（Garamba）国家公园。加兰巴国家公园位于该国东北部，靠近苏丹边境，距离这里大约2200英里。

我知道北方白犀牛一直有麻烦，但是，真的不足15头？

“你确定吗？”我问。

“是的，甚至更少。”她说，“管理机构已经对那个国家公园置之不理，除非奇迹发生，否则它们很快就会消失。”

我向朱莉亚道谢，放下电话。又有一种重要的生命形式要消失了，而世界的其他国家几乎懒得眨一下眼睛。北方白犀牛已经存在了数百万年，主要分布在非洲中部的乍得、中非共和国、刚果、苏丹和乌干达。现在，也许只有15头白犀牛在一场名副其实的屠杀中幸存，它们就要消失了。这个消息实在让我震惊。

在南非，有南方白犀牛，就像我们的海蒂。南方白犀牛看起来几乎与北方白犀牛相同，但是它们与其北方表亲的遗传基因不同。南方白犀牛近年来也几乎灭绝，在20世纪60年代，剩下不到500头，而且仅存于夸祖鲁-纳塔尔省内世界闻名的乌姆福洛济（Umfolozi）野生动物保护区。

这要归功于有史以来最杰出的保护主义者之一伊恩·普莱尔博士（Dr. Ian Player）。可以说，他是我认识的内心最无所畏惧和灵魂激情洋溢的人。普莱尔当时负责管理乌姆福洛济野生动物保护区。他与另外几个志同道合的同事，发起了保护犀牛行动，意在拯救保护区中仍然存活的野生动物。在试图拯救这些伟大的生物时，他并没有对官方抱有太大希望，几乎完全依靠一己之力，追捕盗猎者。由于他的勇气和远见，基因库得以保全。如今，世界上有93%的犀牛在南非。

然而，现代盗猎者正在全面摧毁他的成果。

我想起在我们的土地上被屠杀的犀牛，那被砍掉的角，碾碎了的脸，那残酷的景象在眼前挥之不去。类似的屠杀正在整个非洲大陆恶化蔓延，所有这些深深触动了我。如果我们可以设法拯救最后的几头北方白犀牛，也许可以让基因库得以保全。这可能需要几代人的时间，但至少这个美丽的物种可以存活下来。

我知道我必须试一试。

2006年初，苏拉苏拉的客房已经可以自负盈亏。我的妻子弗朗索瓦丝（Francoise）总是有办法让我们渡过艰难时期。我们的社区项目运作良好，“地球组织”成立后，这个由我发起的动物保护组织，已经日趋国际化。今天，它被称为劳伦斯·安东尼（Lawrence Anthony）基金会，成员们将动植物的权益置于个人利益之上，积极地驱动其持续发展。如果我因为这个新任务长时间离开，这些都必须有人接手管理。

但是，生活中有时需要的就是“行动”。如果你只是坐在那里思考，那什么都不会发生。正因为如此，在那一刻，我已经有了清晰的决定。

我立即找到了我的儿子杰森（Jason）和迪伦（Dylan），他们是位于德班的“地球组织”负责人，我简单解释了我的想法并约好第二天见面。当我到办公室时，我的两个儿子已经展开行动了。他们邀请了来自“地球组织”的几个成员参加会议：物流专家格兰特·摩根（Grant Morgan）以及书记员马格·马泽勒克伦（Marga Marzalekguan）。每个人都被拯救犀牛的想法所吸引，一致认同这件事势在必行，这是一个崇高、紧急而有价值的任务。我们立即开始研究准备并组织筹款，调查必要的物流信息，政策以及运作权限。计划捕获犀牛并将其移入刚果民主共和国的保护区，如果有必要，甚至送往肯尼亚或者南非。

我们将进入毫无法制可言的地区，那里没有政府管辖，部落战争猖獗。刚果民主共和国及其在大湖区的邻国已经陷入动荡近30年。在那里，生命短暂、凄惨而野蛮。先进的军事装备至关重要，任务的成功与否取决于此。

我知道这个任务的不二人选：福里（Fourie）先生，他曾是一个退伍的特种兵，热爱大自然。现在，他是一个专注于航空事业的成功商人，福里与非洲刚果民主共和国以及非洲其他国家关系密切。他知道如何在情况艰难时保全生命，简单来说，他知道如何避免麻烦。

“福里，”当我打电话给他，“我正在安排一个迁移计划，试图阻止刚果北部的白犀牛灭绝。现在这种动物只剩下几头了，不设法营救的话就可能会永远消失。我们将前往该国最北部的加兰巴国家公园保护区。那里是无人区，安全将是一个大问题，我需要一个得力助手。”

“听起来很有趣，”他回答道，“我们聊聊吧。”

杰森和我立即飞往南非北部美丽的行政首都比勒陀利亚（Pretoria）与他见面。

福里，六英尺二英寸的魁梧身材，绿色的眼睛，加上棕色卷发，36 岁的他仍然十分帅气。多年的军旅生涯，使他身上的自律与商业敏锐相辅相成，加上对亲密朋友温暖的幽默感，让他一眼望去就是一个完全值得依靠的人。

他琢磨着我的邀请：进入世界最动荡不安的地区，进行一个无法保证成功的救援任务。

“这些可怜的犀牛，”他用浓重的南非荷兰口音说道，“劳伦斯，我们可不能在那里出差错。这可不是牛仔冒险，我的朋友。我打了几个电话了解情况，那个地区人称土匪的领地。那里‘四不靠’：没有警察，没有军队，没有法律，无法无天。到处都是反政府武装，部落也不守规矩，每个人手里都有 AK-47。我听说由于暴力事件，工作人员被迫完全放弃了加兰巴国家公园。那些守卫、巡护人员、管理人员就这么离开了，那里是盗猎者的天堂。”

“是的，我也听说了。”

“政府试图派人过去，但那可不是一时半会儿的事。”

他继续说道，用手指勾勒着，“首先我们需要直升机，但是我们如何加油？500 英里内找不到航空燃料，供应线将很长。我们无法带着枪支入境，所以我们到那里后，只能在当地采购，不过这可以安排。”他顿了顿接着说，“从乌干达进去是一个很疯狂的想法，从这个方向进入将把我们直接带入圣主抵抗军（LRA）的领空。这是一群全副武装的乌干达游击队，目标是推翻乌干达总统约韦里·穆塞韦尼（Yoweri Museveni）。他们在加兰巴国家公园的北部和东部活动，完全是一群疯子，没人知道他们的藏身之处。飞机一旦靠近他们的出没地，就会被击落。他们刚刚把两架联合国的飞机打了下来。这意味着我们必须绕行，从南部通过刚果首都金沙萨（Kinshasa）进入该地。从金沙萨前往加兰巴国家公园要乘坐小型飞机飞行九个小时，当然，前提是我们可以找到一个足够疯狂的飞行员。而一旦进入，我们将旷日持久地暴露在旷野上。我之前说过，这个想法令人窒息。”

我回答道：“我们必须有所行动。”

福里看着我，笑了笑。“我的消息来源告诉我，还有另外一个动物保护组织正在进入或刚刚进入当地，向刚果民主共和国当局提供帮助。我做了些功课，这些家伙可能是出于好意，但请相信我，他们很快就会精疲力竭。他们不知道自己是在和什么人作对。如果撞上圣主抵抗军，他们和犀牛都会完蛋。伙计，我甚至不知道我们能否做到。”他靠向椅背，叹了口气。

“我们可以做到!”我说，“我们必须做到！很简单，这是唯一的机会，不然北方白犀牛就灭绝了。这是一件非常重要而有价值的事，我们值得为之战斗。”

“也许，”他顿了顿，继续说道，“我们需要一支好的队伍，我的意思是非常好的，最好的战士。我们必须装备突击步枪，德国 H + K 公司的 MP3S 型冲锋枪，意大利贝瑞塔（Berettas）出产的步枪和 20 毫米榴弹发射器，如果能够获得许可，我们需要手榴弹甚至火箭筒。”

福里直视着我，“这几头犀牛还活着是因为它们藏在丛林深处，很难被找到。如果我们将那些犀牛全部集中到同一个地方，消息传出去，谁知道会把什么人吸引过来，犀牛角可是很值钱的。”

“资金来源呢?”他又突然补充道，“这将花费一大笔钱。”

“我想我已经找到资金来源了，几天内就可以落实。”

“劳伦斯，你确定吗? 我知道你之前为了保护动物去过一些相当危险的地方，但这次可不同以往。”

“我确定，我必须亲自组织这次探险。”

“行动需要多长时间?”他问。

“嗯，我们必须先到那里搭建营地，然后乘直升机找到剩余的犀牛。这是一个很大的区域，所以需要大概一个星期的时间。然后把犀牛集中到一个安全区域，可以在简易机场附近建造一个小型要塞。我们需要一架重型直升机才能将它们运到那里。一旦犀牛进入安全控制区，我们再使用 C-130 之类的大型运输机把它们运出去。计划大概如此，如果一切顺利的话，大约需要三个星期到一个月。”

福里静静地坐了至少一分半钟。我没说任何话，他需要在没有提示的情况下做出决定。沉思后他慢慢站起来，直视着我的眼睛并伸出手。

“好的，”他说，“如果你去，我就去。你去找钱。我在你去抓你的犀牛时，保证你的安全。”我们紧紧地拥抱，这可不仅仅是答应帮个小忙。

福里喜欢野生动物和冒险，这两项都是这次“刚果之行”所具备的。他和刚果民主共和国大使馆拥有良好关系，这将是一个重要的制胜因素。有像他这样的专业人士加入探险队，我便精神振奋地带着新的目标回到了苏拉苏拉。

起始任务有两个独立的组成部分：远征本身，以及位于南非的后备基地，用以处理物资和后勤问题。我的长子杰森也将随团队参加此次探险，福里负责安全，我会负责动物方面的问题。另一个团队在家中操作，全面监控追踪捕获过程，为此我们需要最好的野生动物兽医。我的小儿子迪伦留下来管理整个行动并协调我们的工作，格兰特负责物流、采购供应以及设备问题，马格会处理信息交流和行政方面的问题。

当我回到家时，杰森带来一些好消息。矿业集团必和必拓（BHP Billiton）对我们的工作感兴趣，并投入了足够的资金。“地球组织”的“合作生态学”政策，我们称为 CO－ECO，正在获得回报。我们认为以往盲目地妖魔化商业和工业的绿色和平运动应该终结，人类必须在这个星球上生活，双方必须更好地理解如何合理使用自然界的资源。如果动物权益组织简单化地全盘反对采矿业，那么我希望他们的所有成员都能在自己的生活中停止使用金属和玻璃。对生物多样性的尊重需要根深蒂固地植入工业管理思维，原则问题必须保持神圣不可侵犯，但是让步合作的空间仍然充裕。

我的下一站是会见非洲最古老的科学协会——南非科学促进会（S2A3）干练的主席伊恩·拉珀（Ian Raper）博士。伊恩住在比勒陀利亚，他也是“地球组织”科学顾问委员会的主席，将为我们的所有行动建立与南非大学以及科学界的紧密联系。

“这是一个绝对重要的举措，”经过讨论后，伊恩说，“呃，比我起初理解的重要得多，你可以算上我。我将致函刚果民主共和国政府，告知我们参与并支持此次救援，我也会与我方政府进行对话。这不仅仅是一次救援，它还将促成南非与刚果民主共和国的长期合作。救援完成后，我会考虑继续赞助教育基金项目，以资助保护区周边的学生。”

我们的谈话很顺利，这一计划已初具雏形。

十天后，杰森和我回到比勒陀利亚与福里、伊恩会面，我们四人一起到达刚果民主共和国大使馆，在干练的大使贝尼·莫普克（Bene M' Poko）的办公室里与他会面。与许多非洲领导人一样，这位大使穿着得体，他的欧洲商务套装与我的卡其布便装形成鲜明对比。他真诚谦和的态度，让我对即将到来的在无政府状态下的加兰巴国家公园营救工作又增加了几分信心。

“管理层最近已经完全放弃了加兰巴国家公园，”大使在寒暄之后就直接进入主题，“政府试图重新介入，目前已经有一个动物保护小组在协助我们。但情况仍然非常不稳定，我们希望利用可以得到的所有帮助。犀牛的现状至关重要，正如你们所知，我们面临真正的安全问题。”

他停下来，用非常精致的茶具以外交方式给我们倒茶。

“我们听说过你的组织，以及你在联军进驻伊拉克期间对野生动物进行的救助，并怀着极大兴趣阅读了有关你的文件。”他一边说，一边用手指点了一下桌子上的议案。“另外，我们的政府收到了科学协会主席的来信。”他补充道，并向伊恩点了点头。

接着，他向后一靠。“我们非常感谢各位的及时帮助。我已经和环境部讨论过，该计划已基本获得批准，一切都已准备就绪，您可以去金沙萨拜访环境部长，他会更详细地介绍他的部门。接下来立即去加兰巴国家公园进行实地调查，然后根据具体情况与该部门协调配合。我已与贵国政府的相关部门联系，这将是我们两国之间的联合行动。先生们，你们是否有其他意见?”

我们当然没意见。每个人都站起来，相互握手。我认为击掌更为合适，但我们是在大使馆。我们在创纪录的短暂时间里让计划基本形成，并获得批准。

但是我应该意识到，在非洲，事情很少会如此简单。

第三章

我回到苏拉苏拉时正赶上吃早餐。我的妻子弗朗索瓦丝在等我，一如既往地光芒四射。

我们20年前在伦敦乘出租车时偶遇。从那以后，她人生的轨迹就从巴黎这座街道密布、酒吧林立的国际大都市转入了非洲丛林，变化着实令人感慨。然而，她在非洲生活的时间越长，她的法国口音似乎也就越明显。

跟在弗朗索瓦丝身后的是比茹（Bijou），是只傲慢的马尔济斯贵宾犬——家里食物链中我的直接上级，它的存在似乎就是为了让我对自己的地位有清楚的认识。比茹有充分的理由相信，在弗朗索瓦丝的眼中，它是动物保护区最重要的生命，并以此为据，我行我素。

下一个来迎接我的是大个儿杰夫（Jeff），与比茹相比，它可要热情多了。我认为杰夫是金色拉布拉多和海狮的后裔，至少它的外观和行为看起来都像。我们将它从虐待成性的主人手中救了出来，它很快就以无条件的忠诚和信任回报。它最喜欢的姿态是懒散地躺在游泳池边上。我曾经想让它参加狗类世界打盹儿冠军赛，但这对其他参赛者来说显然有些不公平。

另一只狗名叫吉卜赛人（Gypsy），是我们从防止虐待动物学会处领回来的一只黑色小救援犬。它是一只很棒的杂交狗，我们叫它“路面专家”，人家的心胸和非洲大陆一样宽广。它睡在我们的床上，整晚都在找碴儿，比如故意把屁股冲着我的脸，好让它的屁股作为我每天早上醒来就能看到的礼物。

这么一堆杂七杂八的生命，我们爱着它们每一个。在前一次婚姻中我有两个儿子：杰森和迪伦，但弗朗索瓦丝从未生育，比茹、杰夫和吉卜赛人就是她的南非家人。她平等地对待我们，每当我去冰箱翻看晚餐吃什么的时候，都不能确定哪些食物是我的，哪些是给狗儿们的。事实上，有时候我也只好选择罐装食物。

马克斯（Max），几年前死去的那只大块头斯塔福德郡斗牛犬，被埋在了我们的小屋附近。我时常想起它，以及我们共同在丛林中经历的美妙冒险时光。如果它还活着的话，就会在上周与盗猎者的交火中和我并肩战斗，并且有极大的可能性，咬住其中一个杀手的腿，绝不松口。

吃了精致的法式早餐之后（我早已经习惯了法式三明治和羊

角面包），我沉沉睡去。晚上我会再次值班，巡逻不会停止，直到我们抓到了盗猎者，至少明确他们逃离了这个地区。这几周先是与盗猎者交火，后来又制订挽救刚果犀牛的计划，一直十分忙乱。所以当我醒来时，便独自一人在日间的丛林中发呆。然后，我开车进入苏拉苏拉最偏远的路段，留下了车，沿着大草原徒步前往我最喜欢的地方，纳埃莱尼河畔（Nseleni River）。

离开车的屏障，不携带武器，以独行的方式将丛林置于全新的视野。你突然发现自己与人类文明完全隔离，融入周围的大自然中。这是一个原始的世界，有人为此震惊，有人为此陶醉。在那一天，这些正是我所需要的。

古老的河流缓慢移动，时而在深处聚集。光滑、泥泞的河岸延伸向幽暗静默的水域。

非洲丛林的核心规则是将任何有水的地方都视作尼罗河鳄鱼的家园，所以我找到了一块舒适的岩石，坐下来与四周融为一体，从高处俯瞰周围的深水潭。这是一个阳光灿烂、天气炎热的非洲白昼，空中飘浮着洁净的雨云。这些雨云还不足以带来雨水，但可以消散部分热量。有那么一秒钟，我想到了已经有很长时间没有好好地下一场雨了。但在这么完美的一天，我可不想立刻被淋得失魂落魄。

你必须安静地坐在河边，直到当地的“原住民”认为你的存在完全无害。果真如此，一切就会重新恢复活力。

首先是处于食物链底端的青蛙，当它们通过歌唱试图吸引配偶，同时也向捕食者透露了所在区域的信息，这就迫使它们发明出一种非常聪明的防御措施。青蛙潜身于芦苇丛中，大声呼叫造成神秘的回响，回荡的声响让鸟类、蜥蜴和鲶鱼无法分辨它们的确切位置，因为如果让这些动物找到的话，会把它们通通吃掉。只有母青蛙才能洞察这种近乎狂妄的欺诈，并分辨“亲人”的具体位置。

接下来是小巧的金属蓝孔雀石翠鸟，它们在池中徘徊流连，时不时潜入涟漪之中，浮出水面时往往会带着战利品，有时是蝌蚪，如果幸运的话，还可能是条小鲷鱼。

被明亮的橙色、蓝色、绿色和深黑色装饰的蜻蜓，借助着透明的翅膀在水面上掠过。

如往常一般，一只锤头鹳正在浅滩上散步，它犀利好奇的眼睛在无情的喙背后闪闪发光。这种传奇的戴着顶饰的棕色水鸟在树上建造大型的黏土与树枝混合的巢穴，它们的巢穴可以承受一个男人的体重。

一阵微小的水涡旋转处，露出第一条鳄鱼。它意识到我的到来，默默地将它那巨大的爬行类躯体浸入水中。我可以在水下看到它，水面下方的巨大阴影慢慢靠近，期待着将我变为它的午餐。一阵寒意穿过我的身体。无论我见到过多少次，鳄鱼总会在我身上引发一种奇怪的迷恋。大量的鳄鱼在非洲死亡，人类占据了它们的栖息地，也许很快它们就会出现在濒临灭绝的物种名单上。像保护其他生物一样，苏拉苏拉为它们提供了庇护。虽然那条鳄鱼终于意识到我超出了它的狩猎能力范围，但是仍在干枯的河床上耐心徘徊，等待万一我做出什么愚蠢之事，比如靠近水边。当然，我还没有那么糊涂。

两只水龟，祖鲁人称为“ufudu”，蹒跚地走进水潭，在浅水区里摇摆着寻找蠕虫和其他龟类食物。没有什么生物选择靠近它们，甚至连鳄鱼也无视它们的存在。它们基本上都是浅绿色的，并会在它们的敌人身上射出一股恶臭的尿液，那味道甚至连石碳酸肥皂都无法去除。

河边忙碌的世界让我着迷，几个小时很快就过去了，缓解了过去几天的压力。完全沉浸于荒野之中，是所有疗法中最纯净自然的。更重要的是，除了待在那里，你不需要做其他任何事情，视野所及、双耳所闻就是灵魂的救赎，而非洲灌木的气味则是最原始的自然芳香疗法。

这时，灌木丛里的大家伙们来了。一群巨大、沉重、热坏了的南非黑色大水牛（Cape Buffalo）在飞扬的尘土中悄然出现，比我预计的早了许多。它们占据了最大的水池，大步没入水中，饥渴让它们无视鳄鱼的存在。我快速环顾四周，找到了一棵避难树，便以最快速度逃到树旁，如果它们继续靠近，那就得爬树了。但幸运的是，它们自得其乐，对我毫无兴趣。

有时真是十分幸运。在一个侧面涡流的旋转中我看到一个影子，我将身体前倾，集中精神，专注着那几乎看不清的形状，不敢相信自己的眼睛。瞧，那是一条潜入水中的蟒蛇，它长长的身体在水草中显得十分懒散，只露出鼻尖。它可能已经在芦苇丛中蛰伏了好几天，一动不动，展示着自然界无与伦比的耐力天赋，等待合适的猎物出现以及最佳的捕猎时刻。然后，它会发动快速而致命的攻击，在它选择的受害者周身缠绕，扭动它那 15 英尺的肌肉，在几分钟之内将那条生命压碎。根据杀戮的规模，几个星期，甚至几个月，蟒蛇不会再进食。

这样的时刻，让我意识到我们在当地社区施行的保护计划是多么重要。如果没有这些计划，在我面前展开的这个光彩四射的世界可能在短短几代里就会消失。

慵懒的下午即将结束，我突然感觉有什么不对劲的地方，是一种皮肤刺痛的感觉。我早就不再怀疑自己的直觉，这是大自然赋予的内在警报系统。我立刻坐直环顾四周，仔细检查每一棵树以及灌木丛，寻找反常状况。但没有什么不同于往常的。

我并不满意，站了起来，半转身望向身后，本能地当场石化了。正对着我不到 20 码处，是两只巨大的被淤泥覆盖的水牛！这被称为达加男孩（dagga boy）的庞然大物，可以说是非洲最危险的动物，它们正盯着我看。我赶紧转移视线，避免直视对方，并强迫自己保持静止，同时快速盘算各种逃生的可能性。

我并没有太多选择。它们站在离我选定的那棵树很近的地方，所以爬树是来不及的。另一个方向，厚厚的灌木阻挡了我的逃生路线。剩下的路线是滑溜溜的河岸，可是鳄鱼还在那里等着它的美餐。就算我以某种方式越过鳄鱼，也会与水牛群狭路相逢。

我做了唯一可以做的事情。转身，非常非常缓慢地离开它们，向下走到河岸边，尽可能地在安全范围内，坐下，听着后面是否有水牛发怒的可怕声音，同时留意着水中的鳄鱼。

什么都没发生。它们根本没有发动攻击，看来仅仅是有点好奇我到底在它们的领地里做什么。一旦我向它们表示了尊敬，它们就跟着其余的牛群走了。我的心脏怦怦直跳，再次提醒自己要随身携带武器。不是为了杀戮，而是警告性的射击会吓跑具有威胁性的动物，赢得足够的时间脱身。然而，枪支与这里的环境如此地格格不入，我讨厌携带它们。

当我不情愿地离开河边并开始徒步走向车时，太阳已经接近地平线了。

在祖鲁兰，这个高纬度地区，白天转换到夜晚从来不是缓和交替。黄昏只稍做停留，炽热的日落就开始逮捕你的灵魂。几乎是一瞬间，你已深陷黑暗。随着最后的阳光迅速褪变成鲑鱼般的粉色，我缓缓地回到现实世界并俯身向前，用钥匙启动车子。

突然，我听到一阵连续的声响，转身看到一棵巨大的金合欢树顶着死亡的痛苦来回摇摆，然后慢慢地轰然倒下，跌落在树木和落叶之间。

是大象，在这个世界上没有任何其他动物可以做到，没有其他陆地生物具有如此威力。象群就在附近。

我把手伸出窗外试了试风向。风柔和地从西南方向吹来，让我安全地处在下风口，远离那些试探着的长鼻子。我下了车，小心地把自己调整成“大象模式”，开始等待。过了大约五分钟，我等到了娜娜（Nana），这只美丽的头象正慢慢地将它的身体挪出树林，伸长鼻子嗅触着空气。

我屏住呼吸，为与这只伟岸的生物再次相遇而满心欢喜，正是它让我对它的种群拥有了全新的认知。

但是即使是在渐渐变暗的天色里，也能看出有什么地方不对劲。把象群留在身后，让它们在倒下的树上享受大餐，娜娜从灌木丛中走出来，身体看起来倾斜着，靠向右侧。

这时，象群中处于第二位的弗兰基（Frankie）慢慢走到它身后。它转身面对娜娜，它们的大脑袋相互只间隔一英尺。它们站了许久，一动不动，仿佛进入了冥想世界。然后，弗兰基转身，如同是让它五吨重的身体拖着它，走向领队的位置。娜娜随后跟上，余下的象群缓缓地聚集在它们身后。

我从来没有见过这样的情形。娜娜是女族长，它总是走在队伍前面最显要的位置，决定行进的方向。

是发生了政变？或者弗兰基通过动物界某种神秘的仪式，成为了新的领导者？这似乎不太可能，娜娜是一位受尊重的领袖，它的决定总是明智而仁慈——那是法律。弗兰基可能是象群里最不定性、脾气最暴躁的一个，但是，它从未质疑过娜娜的权威。

我看着象群离开，它们巨大的肩膀上下起伏，缓缓消失在傍晚丛林锯齿状的轮廓之中。可能是我的想象力在黑暗中作怪，但看起来好像是ET，这只年轻的大象正在推动娜娜，帮助它朝着正确的方向前进。这同样让人意外。娜娜从不需要任何形式的援助。实际上，它总是援助的施予者。当我们找到受伤的少年ET后，是娜娜安顿了它。在我们找到办法撤销行猎执照之前，ET一直被指定为可以合法猎杀的动物。我们刚巧及时挽救了它的生命。尽管如此，当我们找到它时，它的状况很糟糕。正值青春期，被独自留在“五大”旅游保护区，ET已经嚎叫到声音嘶哑。它现在仍然几乎发不出声音，因为声带已经受损。我们将它命名为ET（Enfant Terrible，坏孩子），因为它刚到时，出于对人类的仇恨，经常撞我。令人惊讶的是娜娜介入了，它用宽阔的躯干阻止了ET，在ET的额头上用象鼻子轻柔地爱抚，直到这个年轻的家伙知道我不会伤害它。现在反而是它在帮助娜娜。

我十分担心，到底发生了什么事？娜娜出了什么状况？它受伤了还是生病了？在过去的十年中，它是我的朋友和鼓舞者，它可能发生任何不良状况的想法都令人非常担忧。

我感觉到手机在口袋中振动。我拿出来看了看，是来自弗朗索瓦丝的一条短信，告诉我晚餐快好了。

那天晚上没有别的事，我一边开着车沿着灌木丛跑道行驶，一边沉思着。我之前已经决定不再与大象接触，它们已经在此安家，融入自然保护区。跟其他的大象还好，但我与娜娜之间的感情不同。每当它觉察到我的车在附近，还是会试着靠近我，我总是心情低落地开车避开。虽然我也想和它在一起，但是对我而言，大自然的铁律是野生动物就应该——野生。我仅仅是因为它们刚刚到苏拉苏拉时十分暴躁，如果不进行干预，管理人员可能已经将它们击毙。在那些日子里，象群不停地撞击我们，破坏电栏杆，把8000伏电压的电线像棉线一样碾断。我和年轻的巡护员戴维·博萨斯（David Bozas）不顾一切地决定和大象们一起生活，直到逐渐获得娜娜的信任。我终于让娜娜相信，苏拉苏拉，这块有着肥沃草地、丰富水源的大地，是它们新的家园，它和它的家人在这里会很安全。它们现在是祖鲁部族里最守规矩的象群。

但是事情发展到让人担心的状态。虽然我并不希望如此，也许重新进入它们的生活是必要的。

第四章

天还没亮我就起来了，喝了一杯热气腾腾的浓咖啡，就开车深入丛林中寻找象群的踪迹。

我整晚不安地担心着娜娜，将近午夜结束的三个小时巡逻所造成的疲劳，也没能帮助我入睡。事实上，我刚刚失去了四头犀牛，一头被盗猎者屠杀，三头即将被管理当局运走，这也让我无法思路清晰。

首先要做的是，搞清象群中到底发生了什么。我在日出时分找到了正缓缓地穿过开阔草原的象群。一群大象在晨曦中的非洲草原上漫步，那是一个让时间静止的景象。毫无疑问，仅仅不到一个世纪之前，当我们的祖先刚刚踏上这块大陆时，这司空见惯。但我们现在甚至无法确保自己的子孙仍将有机会目睹此景。

冉冉升起的太阳将地平线染成温柔的猩红色，丛林在我的四周生机勃勃。我停下车，脚踏坚实的大地，空气吮吸着露水，清晨旷野中那清冽的味道让我精神振作。我尽可能隐蔽地移动身体，走到一棵距离它们大约20分钟路程之外的伞荆树下，微风徐徐吹来，我蹲下来看着象群从前方走过。

我从野外夹克的口袋里取出一副高倍双筒望远镜，放大倍数观察娜娜。起初看起来一切正常，它仍然是部族首领，这可以通过肢体语言确认。和人类社会那些天生的领导者一样，娜娜只要一现身就会得到万众瞩目。每当它在空中弯曲象鼻指出方向，其他大象立即跟随，包括弗兰基，它就走在娜娜的身后。我微笑着，心中默默欢呼。昨晚也许只是我的想象力作怪，娜娜根本不需要任何帮助。

娜娜转过身，几乎是正对着我，我将望远镜聚焦在它的脸上，震惊地发现它的神情似乎茫然空洞，仿佛完全没有专注于眼前正在发生的事情。我刚才的喜悦顿时烟消云散，一定有什么不对劲儿的地方。

接下来的发现更加让我震惊。奇怪的表情不是问题的根本原因，娜娜的右眼不合时宜地半闭着，这才让它看起来充满困惑。虽然有些迟疑，它迈出的脚步还是显得那么至高无上。当它停下来拨弄一大块厚草垫时，我稳稳地拿起望远镜。

我的心沉了下去。瞳孔是乳白色的，是白内障，这意味着它将会慢慢失明。这就清楚了，这是为什么前一天晚上娜娜需要帮助。在黑暗中它的一侧几乎完全失明，所以需要弗兰基带领象群。而现在是白天，娜娜用一只眼睛也可以应付，所以重掌大权。实际上，象群现在有两个女族长，日夜分管，几乎就像是轮职工作。

我为这些伟大的生物感叹。所有这些都无须在戏剧性以及暴力争斗的情况下完成。两只具有权威的母象之间并没有上演权力斗争游戏。娜娜和弗兰基只是面对现实，做出对家人最好的选择。娜娜无法在黑暗中百分之百地胜任，所以由弗兰基负责。白天娜娜可以应付，所以弗兰基退下来。

事实上，娜娜的病情已经相当严重。如同丛林中的许多其他疾病，发现时情况已经恶化，这就是现实。你不能简单地走到一群野生大象身边，对它们的首领施行眼科检查，特别是当它还比你高出五英尺有余时。我必须赶紧行动，获取专业的医疗建议。

娜娜停了下来，轻弹着它的象鼻尖端，像潜望镜一样抽搐着。一阵风旋转着，它应该是闻到了什么。我拿起一簇干草，扔到空中，看着干草在风中抖动着斜落下来。是不是娜娜闻到了我的气味？

它的动作停滞了一会儿，然后放松下来，转向我的方位。我发誓，我可以看到它在微笑，这当然也可能只是我的想象，但是它突然朝我的方位走来，而且速度极快，这可完全不是我想要的。车离我很远，我需要在它过来之前赶紧离开。

当我开车离开时，我可以看到娜娜停了下来，表情困惑。你可以看到它巨大的眉毛上方皱起：为什么你逃跑了？为什么不再等我？

我感觉糟透了，如同背叛了一个朋友。它可能以为它做错了什么。无论是对它还是对我而言，保持距离都不容易。

回到家里，我打电话给大象专家康力斯·瑞斯（Cobus Raath），是他用带拖车的大型载重卡车把象群从它们原来所在的东北部姆普马兰加省（Mpumalanga）带到了苏拉苏拉，这似乎是很久以前的事了，之后又发生了那么多事。娜娜的部落成员自从改变命运的那天开始，身体依旧，但精神上与原本充满困惑与攻击性的生物已经很不一样了。

“好，劳伦斯，有什么事?”再次听到他粗犷的南非荷兰语口音真好，而那种口音已被非洲的大草原磨砺得几乎听不出欧洲起源。

这才是康力斯，他下一个问题就是关于象群的，而这正是我想要的话题。

“嗯，娜娜可能有麻烦，”我回答道，“它的一只眼睛患了白内障，看起来快要瞎了。你能帮忙吗?”

“情况有多糟?”

“我不确定，已经变成了乳白色，可能很严重。我倒是希望没有看起来的那么糟糕。”

康力斯仔细考虑了一下，然后说：“我正好有一批兽医学生在这儿实习。在丛林中诊治大象应该会给他们带来不错的体验，你很幸运。我会制订计划，安排好了就带学生们来苏拉苏拉。”

“康力斯，发生了一件有趣的事。娜娜晚上失明，所以位于第二位的母象接管象群。在可以应付的白天，娜娜仍会掌权。”康力斯笑了笑，“你知道，劳伦斯，经过这么多年，我以为这些神奇的动物不再会让我惊讶，但还是会。”

肩上沉重的压力减轻了，有了康力斯的帮助，我们不会有大问题。

“你什么时候能过来的？我们必须加快进度，不然情况会恶化。”

“我需要一个星期的时间来安排。但是，劳伦斯，如果病情像你想象的那样严重，情况会很糟糕。我们不能在丛林中进行手术，因为有感染的危险，这可是致命的。白内障不会杀死它，但感染会。显然，我们也无法把娜娜塞进手术室。我们需要一些强效抗生素软膏。所以你不要期望过高。我会尽我所能，但我们无法创造奇迹。”

我把电话放下，“娜娜会好的，我们会为娜娜提供世界上最好的医疗服务……”

我不断地对自己重复着。

第五章

康力斯和他的学生按计划抵达，一行五人，三男两女，他们对即将到来的丛林实践充满期待。我和菲西在大门口迎接他们，随后乘车与我派去追踪象群的公园管理员会合。当我们到达时，公园管理员一边摇头，一边摊手说：“它们走了，马可鲁。”

“你到底是什么意思，走了？”

“象群刚刚就在那里，站在树林边。”他指着50码外的地方，“十分钟前，它们急匆匆地跑走了。”

“它们去哪儿了？”

他指着大约200码外的一条长长的山沟，通向保护区最浓密的灌木丛。那个区域长满了如同镰刀状的荆棘和大号刺槐，除非你有着和大象一样的一英寸厚的皮肤，否则几乎无法穿越。

这极不寻常。象群很少进入这个区域，即使对它们来说，穿过这个地带也绝不轻松。康力斯认同我的看法，“它们知道我们一来，就会有什么事情要发生了。”我点了点头，对大象令人难以置信的直觉早已不再怀疑。每当我远道归来，象群总是准时到达大门口迎接，仿佛我的航班时刻表被记入了丛林日记。这些的确不可思议而且令人费解，但我早就不相信人类科学可以完全解释动植物王国的种种现象。

直觉以及洞察力虽然在人类社会并不常见，在自然界中却很容易被观察到。“逸事”是被评论家过度使用的词语，用以描述科学理论无法解释的自然事件。逸事证据可以理解为直接的个人经验，仅仅凭借科学无法解释。南非杰出的保护区管理员克莱夫·沃克（Clive Walker），在其论著《动物保护区管理员手册》（*Mammals for the Game Rangers*）中，将之归功于心灵感应。传奇人物伊恩·普莱尔博士也认为动物的生存技能中包含第六感，或者正如他所说甚至包含第七感，这些都是科学无法解释的。只要与任何优秀的祖鲁追踪者交谈，他们就会以种种奇怪的动物行为为例，完全颠覆你的科学观念。这些讨论在西方世界可能会被耻笑，但在非洲，灵魂学说非常活跃。

“我们去找它们吧，这将是漫长的一天。”康力斯叹了口气。

他的估计完全正确。我们尽可能驾驶两辆四驱车辆追踪，到了不得已的时候才考虑步行。灌木丛太密集了，每一处都必须小心翼翼地穿过。一旦步行者从荆棘中的缝隙间挤过，长长的刺就会像匕首一样向后反弹。每当我们靠近，无论是顺风还是逆风，象群都会快速逃离。它们显然在奔跑，并以最快速度行进，不浪费任何时间观赏景色或是停下来进食。康力斯是对的，大象会察觉到我们出于某种原因正在追踪它们，并且决定不让我们轻易达到目的。

这让我回忆起几年前象群为了回到在姆普马兰加省的故乡，逃离苏拉苏拉的混乱情形。我们追赶了它们将近 48 个小时，直到它们闯入了乌姆福洛济野生动物保护区以北 30 英里的区域。这时它们分成两组，娜娜和弗兰基各带一组，并在七英里之外重新会合，会合地点定位的准确度可以与任何导航仪相媲美。

下午三点时，我们发现了象群，康力斯却提议我们结束行动。“如果我们无法尽快麻醉娜娜，那么当它缓过神来，天就已经黑了。我们明天再试吧，也许它们会从山沟中出来。”

你可以凭他的声调来判断他其实认为这并不太可能发生。

我们回到车上，浑身上下全是汗水、划伤和昆虫叮咬的痕迹。我启动了汽车引擎。远处，我可以看到娜娜停下来。它通过引擎声认出这是我的车。它转过身，犹豫了一下，就信任地朝我走来。其余的大象有些担心地留在后面观望着。

康力斯取出麻醉枪，迅速评估事态，“它听到了你的声音，正在向这边走来。也许我们可以利用这个优势，这可能是我们的唯一机会”。

康力斯蹲下来，当娜娜走到空旷地带时，他开始瞄准。当麻醉枪发出刺耳的射击声时，我屏住了呼吸。

娜娜立即对突如其来的响声以及臀部的刺痛做出了反应。它疯狂地摆动着巨大的身躯，急速奔跑，丝毫不在意浓密的灌木丛，而象群则盲目地跟随着它。

然后，仿佛是慢动作般，娜娜倒向地面。透过树木缝隙，我看到没入它臀部麻醉飞镖尾部的蓬松红色羽毛。娜娜轻轻地膝盖跪地，它集合了五吨重的血液、骨头、肌肉的身体以可能最有尊严的方式倒下。幸运的是，它摔得很得当。这样庞大的体重，一个错误的摔倒姿势，就可能像撕碎纸片一样弄断身体里的肌腱和韧带。

对于娜娜的倒地，象群立即做出反应，它们马上围到它的身边，耳朵张开，头部后仰，显得无比紧张，在灌木丛中寻找着答案，它们想知道为什么首领突然间倒下。娜娜的新生儿沙卡（Shaka），在成年大象间来回奔跑，竭力希望大家向它担保一切正常。我的心中溢满同情。

我们急切地需要靠近娜娜，所以开始尽量制造噪声，驱赶其余的大象。我们大喊大叫，像摇滚音乐会上疯狂的鼓手一样拍击车辆的侧面。这起了作用，象群不情愿地走开了。

“我们行动吧，快行动，快行动!”康力斯说道，并火速爬出座驾，抓起他的医疗设备，走了过去，菲西和我紧跟在他身后，那些兴奋的学生尾随。

我们非常清楚地知道一群困惑而愤怒的大象正紧盯着我们，确定逃生路线至关重要，行动的首要前提是可以快速撤离。必要时，能否进入车内绝对生死攸关。

我们到达娜娜巨大的匍匐着的身体边，菲西走开几步，站在50码之外的地方，担负起观望象群的责任。

“该死的，”康力斯的手和膝盖着地，“我无法看到它的眼睛。我们必须把它翻过来。”

只有少数人知道，给五吨重的大象翻身其实并不困难，当然你得知道如何做。方法是交叉动物的双腿，然后同时通过腿下方抬起前后两侧。康力斯交叉了娜娜的双腿，给每个人安排了正确的位置。我们在康力斯的号令下一起动手，直到巨大的身体翻了过来。灰尘还没落定，康力斯已经开始了检查工作。一个学生在娜娜的鼻孔上放了一根小树枝，确保其呼吸通畅，然后开始向它的身体浇水，让娜娜保持凉爽。

“我们不得不加快进度，”康力斯朝着困扰的象群的方向瞥了一眼，“我对它们可不放心。”

他翻开娜娜的眼睑，仔细检查瞳孔。在近距离观察下，情况比我担心的还要糟糕，眼睛混浊，罩着一层灰白色的薄雾。

“情况很棘手，”康力斯说，“但是，正如我之前说的，我们无法在丛林中进行手术。我所能做的就是使用一种药力强劲的眼膏，或许会有效。”

菲西突然大声叫起来，因为弗兰基开始带着整个象群朝我们进攻。象耳像游艇上的帆一样拍打着，象群完全被愤怒裹挟，它们咆哮着。

康力斯跳了起来，“伙计们，它们来了！它们来了！”

他快速地从我身边飞奔而过，从警卫身上拿过一支步枪，奔跑的同时，熟练地向地面开了几枪。开火是最后手段，对我们来说也是最糟糕的状况，但我们别无选择。大象因为枪声停了下来，然后重新陷入了混乱状态，冲回了丛林。康力斯一路跑回车子，放下步枪，快速翻遍整个医疗包，直到找到药物。

“好，这是我们最后一次机会。”我们跑回到娜娜身边，并注意到极度激动、充满侵略性的象群目前仅仅离我们大约 30 码远。康力斯将大剂量的眼膏挤到娜娜的眼睛里，小心翼翼地把药膏揉开，我拿着 303 步枪在旁边守卫。工作完成后，他拿起装有复苏药物的注射器插入娜娜的臀部。

“我们大约有十秒钟。快点离开。”我知道复苏剂的效果非常快，所以马上加入了快速撤退的队伍，飞奔回 80 英尺外的车上。还没有关上车门，就看见娜娜闷闷不乐地站起来，腿还抖了抖。几秒钟后，象群从树丛中走出来，围绕着它，看到它重新站直，我们都放下心来。沙卡这头幼象，奔过去钻到娜娜的肚子下面。娜娜此时仍然有些无法分辨方向，蹒跚地跟着象群钻进了灌木丛中。

我感觉糟透了，这真是倒霉的一天。我厌恶在任何动物的附近开枪，即使是为了吓跑它们。我与象群建立的友好关系现在可能毁于一旦。更麻烦的是，娜娜是听到我汽车的引擎声才过来找我的，得到的回报却是臀部中了飞镖。信任被摧毁，也许无法逆转。

“请让我知道事情的进展，”康力斯边说边整理东西准备离开，“我对你们的这些大象可真是情有独钟。”

至少我们试着治疗了娜娜的眼睛。如果有效，那就值了。但这需要些时日才能看到结果。

之后的几天我没有去惊扰象群，继续准备即将到来的与政府官员在金沙萨的会面。在离开前的一天，我打算去查看娜娜的病情进展情况。

我通过无线电通话向菲西询问象群位置。答案是象群目前在距离我的小屋大约一英里的地方。这是个好消息，它们应该在河附近的空旷处，那里有郁郁葱葱的河滨草，附近就是矮树林，可以躲避白昼的炎热。

我开车来到象群附近，停在大约100码外，观察它们会做出何种反应。虽然并不怀疑在飞镖事件后，象群会对我心怀不满，但我没有为此做好心理准备。

弗兰基第一个发现我的到来，它立刻站起来，挺身而出，面朝我的车，象耳完全张开。象群回应着它的愤怒，开始环绕而行，仿佛踩在灼热的煤炭上，紧张的空气嘶嘶作响，一场战争一触即发。

突然间，象群平静了下来。仿佛一只大手抚平了它们的愤怒，四周重新散发着宁静的气息。你可以感觉得到，除了微风轻拂，一切仿佛都凝滞了。

我很快就找到了原因。是娜娜，它一直跟在后面，所以离我最远。刚刚发觉我的气味，它就从象群中挤出来，径自走向我的车。我屏住呼吸，心脏狂跳。我让引擎继续运转，脚踏在离合器上，如果有必要，随时准备倒车离开。

它走近我，我虽然满怀忧虑，但是不知为何仍然摇下车窗。象鼻穿过车窗缝隙，嗅着我的气息，带来几乎像萨满仪式一样的祥和和满足感。我甚至把这个时刻浪漫化了，觉得娜娜原谅了我。它应该对两天之前的飞镖麻醉剂没有太多记忆了。娜娜只是在说，“你好，我很想念你。”我轻轻地将脚从离合器上松开，然后关闭了引擎。

“你好，我的宝贝，我也很想你。前几天的事我真的很抱歉。我们只是试着治疗你的眼睛。”

几天前我们进行治疗时，一切都在匆忙中完成。现在娜娜距离我很近，我可以检查它的瞳孔。不幸的是，情况仍然看起来很糟糕，白内障看起来已经很严重，形成乳白色的薄膜，我怀疑仅仅依靠之前的治疗不能逆转病情。虽然我们清理了患处，并确保没有感染，但是我担心它最终仍会失明。我们对此无能为力。

大约在车旁待了十分钟后，娜娜转身离开。象群跟着它一起走了。其间的变化令人难以置信。象群已经没有任何敌意，空气中的攻击性电荷就这样完全被蒸发了。象群看到它们敬畏的首领走上前，将象鼻放在它们认为曾经困扰它的人身上，之前所有的事情都被宽恕了。当弗兰基跟随娜娜走进丛林时，它甚至看起来很高兴。毫无疑问，事件已经结束，这再一次显示了娜娜令人难以置信的领导力以及它至高无上的影响力。

我松了一口气，为自己如释重负的心情倍感惊讶。如果象群抗拒我，就不可能重新建立信任。象群现在是真正的野生族群，只有娜娜仍然在意我。

第六章

象群走后，我重新开始专注“刚果之行”的犀牛保护项目。

我们拿到了签证，但是几乎所有航班都已满员。福里、杰森和我只在一家非洲廉航航空公司买到舱位，我们很快发现这家航空公司并不遵守国际航空运输协会的安全准则——这应该还是比较礼貌的说法。

在约翰内斯堡机场的一片混乱中，我们办理了登机手续，通过海关后，我发现自己处在一群烦躁不安、推推搡搡的乘客中间。

“好吧，”福里说道，然后带领我们向人群前方挤去，“跟着我，当舱门打开时，我们必须抓紧时间挤上去。”当我还在试图弄清楚状况时，舱门突然打开了，人群涌向这架波音727。我很快就找到了原因，在这里登机牌没有任何意义，飞机的座位完全是先到先得。航空公司显然售出了远远超出其座位数的机票，只有那些占到座位，大声叫嚷，吵得最厉害的人——其中也包括我们——最终留在了飞机上，很多老实人被赶了下去。实际上，工作人员甚至需要把人从厕所里拉出来，推出舱门，飞机才能起飞。

尽管有种种困惑，我还是在座位上安顿下来，为至少已经在前往金沙萨的途中而庆幸。我们在中途刚果和赞比亚边境的卢本巴希（Lubumbashi）降落，一批乘客下了飞机。在等待其他人登机时，我走到驾驶舱，问飞行员是否可以下去伸展一下筋骨。“没有问题。”他从驾驶舱里瞥了我一眼说道。

在停机坪上，我们发现另一群乘客点上了烟，在正在加燃料的飞机前吞云吐雾。过了一会儿，我们的机长也走下台阶，点了一根烟。杰森带了相机，刚开始拍照，两名武装士兵就跑过来，粗暴地警告：“刚果民主共和国境内禁止拍照。这是严重的治安问题。”

太不协调了，在一辆装满高辛烷航空气体的卡车旁边抽烟无妨，但想要拍几张照却不行。

另一名乘客走下台阶，问大家为什么在外面吸烟，他被告知在跑道上抽烟已经获准。而且，不管怎么着，飞行员自己就在那里正抽得起劲。

“不，不对。”他回答说，“你们应该做的是给空姐十美元，然后就可以在自己的座位上抽烟了。”

“但这是禁烟航班。”有人说。

我们都笑了。对我而言，这一直是非洲与世界其他国家之间的根本差异。在欧洲，官僚们发布的法令清单没完没了，不仅告诉你不能做什么，而且还告诉你什么可以做，我有时觉得在那些国家就像是穿着紧身衣。而在非洲，规则和法律更像是生活中的粗略约定，特别是如果你口袋里有富余的美元的话。

值得庆幸的是，加油的卡车并没有爆炸，飞机也成功起飞。几小时后，飞机开始在金沙萨上空盘旋，刚果河主宰着飞机下方的景观。它像一只舞动的巨蟒，午后的阳光让它的粼粼水波闪烁着金色和棕色的光芒，令周围的一切相形见绌。仅仅用宏大来描述这条河并不充分。刚果河是世界上最深的河流，它贯穿整个非洲大陆，在两次流经赤道之后，3000 英里长的河道涌入大海。在某些地方，这条神奇的河流宽达 100 英里，除它之外，只有亚马孙河向大海输入了更多的水流。

几分钟后，我们在金沙萨降落，这里是穆罕默德·阿里（Mohammed Ali）史诗性的“丛林中轰鸣”（Rumble in the Jungle）比赛所在地。1974 年，他曾在这里与乔治·福尔曼（George Foreman）进行了激烈的重量级拳击冠军争夺战。

穿越金沙萨机场本身就是一种难得的经历。在这里，你只有两种选择：你可以陶醉于冒险之中，或者为此不知所措。首先，你必须在进入机场建筑物之前出示黄热病卡。如果你忘记携带，或者卡片已经过期，那么你即刻就成了被索贿的目标。有时你把卡交给官员，他们稍后会否认已经收到，你就必须通过付钱才能把卡取回。

在机场非常简陋的建筑内，无处不在的士兵戴着太阳镜、手中拿着 AK–47 懈怠地执勤，用懒散的目光看着眼前这些汗流浃背的官员。他们早已放弃恢复秩序的可能，只能无奈地在午间的灼热中徘徊，仿佛正穿过黏浊的糖蜜一般，缓慢地来回走动，偶尔用潮湿的手帕轻轻擦拭着额头上的汗水，他们除了搜索那些有可能被索贿的可怜旅客，别的什么也不做。除非你付钱，否则你什么都得不到，包括任何建议。但是这并不需要很多钱，所以最好换一些本地货币，并随身携带小面额纸币。

像往常一样，行李传送带拒绝工作，乘客们不得不跳过墙上的一个洞自行提取行李。在丢失的行李柜台前面，孤零零静止不动的队列令人绝望，所以在整个旅程中抓紧随身行李至关重要。

可爱的骗子们聚集在我们周围，每个人有着不同的销售模式："出租车，便宜的出租车。"

"我帮您拿行李。"

"签证，您需要签证吗?"

"您住哪儿？上好的酒店，好价钱租给您。"

"您想要可乐还是啤酒?"

我发誓，只要在那里站上半天，你会被各种各样的问题困扰一千遍。刚果民主共和国环境部长给我们派了一辆车，谢天谢地，司机凭借着第六感找到了我们，因为通过正常方式在那个又闷热又混乱的环境里想要找到任何人，几乎都是不可能的。我们终于离开了大楼，但是马上又面对成群叫嚷的孩子，他们抓住我们的行李箱，争抢着要把我们的行李送往停车场。

到了停车场，他们的权限即刻终止，转由另一群青少年接管。尽管有一扇门通往机场停车场，但是门的两侧并没有围栏或墙壁。然而所有孩子都很有节制地在门外面等着。一个男人拿着一根长棍，用以阻止任何想要非法入内的人。

可一旦我们出了门，就又成为自由贸易竞争的对象，孩子们蜂拥而至，来抢我们的行李。如果有人抓住你的箱子，就自动获得搬运工的权利，其他人都会退出。没有人乞讨，事实上，如果称这些年轻人为乞丐，他们一定会觉得备受侮辱。这些人自认为是自雇工，甚至可能是一群我遇到的最具侵略性的企业家。

我们终于摆脱了拥挤的人群，找到了环境部的车。给了孩子们小费，然后如释重负地离开机场，驶入曾经无比庄严的殖民地大道，现在这里到处是无政府主义者的车辆，车辆的鸣笛声与人的喊声交织在一起。司机一路按着喇叭，我们驶入了这片喧嚣的混乱之中。

欢迎来到疯狂、喧嚣、备受争议的金沙萨。我爱这个地方。

第七章

如果你想快速全面体验混乱的中非，那就请开车穿过金沙萨市中心。

这座城市的交通完全自行其是，没有任何规则或法律可言。交通标志、信号灯、道路标记、象征性的路牌……要么不存在，要么被完全忽视。引擎过热的声响，烟雾缭绕的尾气，在热带的阳光下，与闪烁刺鼻的烟味混合在一起，仿佛一辆失控的卡车。混乱是全方位的、彻底的。

充满活力的驾驶员毫不在意地驶入车流，在迎面驶来的破旧的车辆中穿插。乘客们像神风队一样将身子悬挂在出租车和公共汽车的外面，通常是在车辆仍在行驶时，随意上下车。穿着五颜六色的行人无序地穿梭，似乎忘记了危险的存在。但是，这里的人们根本不在乎眼前发生的一切。现实中必然存在着某些奇妙的秩序或者侥幸，让你突然间意识到自己并不会被对面驶来的某辆老旧的车辆压扁。这时，你对这里的认知已经取得了飞跃。这艳丽、无忧的金沙萨。

我们终于到达刚果河边的宏伟酒店，那是座22层楼高的白色建筑。“宏伟”更像是志向，而非现实。价格却令人瞠目结舌，一晚数百美元，远远超过大多数刚果人的年薪。但是我们别无选择，只能皱着眉接过账单，乖乖付钱。因为在这个奇妙的无政府状态的城市里，没几家像样的酒店。

环境部办公室相距酒店仅半英里，因此在办理酒店登记手续后，我们决定步行前往会议地点。与市中心不同，办公楼所在的区域，街道宽阔，也没有太多车辆。我们很快就搞清了原因：武装士兵在重要的官邸外站岗，禁止访客进入该地区。

福里警告说：“不要与他们交谈，不要在这个区域拍照，否则他们绝对会把你关起来。在这个城市，你几乎可以做任何事。但是，举起相机拍照可是会惹大麻烦。”

20世纪60年代建筑风格的环境部办公楼与城市的其他地区命运相同，几十年来没有怎么维修。外面的铭牌上有手绘的刚果国旗帜，并用法语标注这是一栋政府大楼。门口携带AK-47的警卫人员进一步证明了这里是官方的机构。他们随随便便地搜了身，索要了几根烟，然后其中一个不紧不慢地去传达。

一位身材高挑，看起来十分干练的女人，穿着漂亮的非洲黑白印花卡夫坦长袍出现，并向我们致意。在通用语言为法语的金沙萨，她的英语却说得很好。

“欢迎。”她与我们每个人握手，“我叫布里吉特（Brigit）。请跟我来，部长正在等你们。”我立刻就对她产生了好感。

由她领着，我们从一个私人通道进入了部长办公室。这是一个豪华的房间，布置着皮革家具和一张大桌子。桌子上方挂着无处不在的约瑟夫·卡比拉（Joseph Kabila）总统的肖像。墙壁上装饰着动物图片和各种野生动物保护区的地图。

几分钟后，刚果民主共和国环境、自然保护、水利及森林部长安塞尔姆·埃纳伦加（Anselme Enerunga）穿着米色西装和红色领带到场，得体地向我们问候。

“欢迎来到刚果民主共和国，我们一直在期待您的到来。”他说话时，布里吉特引领我们坐到舒适的沙发上。“我们已从驻南非大使贝内·莫普克那里得到了全面通报，感谢您的慷慨协助。如各位所知，加兰巴公园的情况很糟糕。直到近期公园仍然几乎完全废弃。我们面临着艰巨的挑战，尤其是在保护白犀牛这方面。”

我们立即进入主题，概述项目，仔细研究细节，对答问题，并从战略战术两个角度向部长做了阐述。

首先，我们将进行一次考察，在那里我们将与当地官员密切合作，实地评估局势，研究安全问题并获取当地情况。其次，我们将进行一次空中搜索，在此期间将向犀牛投掷标记。最后，经过精心计划并执行救援活动。考察只需要几天，投掷标记需要一周或更长时间，取决于我们是否可以轻松找到它们。

“谢谢，”部长说，“重要的是，我需要亲眼见到该地区的情况，所以我将与两名工作人员一起参加前往加兰巴保护区的考察，我们的参与，将展示政府对这个项目的重视。当地可能对转移犀牛有所抵触，但应该可以应付。”

“可以理解，”我回答，“但是无论如何，犀牛始终属于刚果民主共和国。我们要做的就是将它们带到安全的生存区域，再进一步计划。”

部长加入我们的队伍，是一个巨大的优势，但这意味着我们将不得不增加租赁飞机的成本。我可以看到福里已经在心里重新规划。

“我已为你们安排了与刚果国家自然保护研究机构（Congolese Institute for National Conservation，ICCN 是其法语缩写）总干事会面以促成这次计划。”

我们站起来与部长合影留念，之后，他又作了简短的感谢致辞，并向我们赠送了一枚装饰华丽的青铜刚果民主共和国国徽，上面镶嵌着一只鹰，鹰头上方是桂冠。

当我们与布里吉特一起前往 ICCN 办事处时，我感到很欣慰。一切都如莫普克大使所预料的那样，我们现在已经获得了部长的批准，可以实施救援了。

我们在ICCN办事处等待了一段时间，然后被介绍给ICCN负责人和他的几个总监。我们以刚果的利益为出发点，重复了与部长会议期间相同的陈述。我们解释了与南非的联系，并表明大使和部长都向我们发出了邀请，允许我们向ICCN提供帮助，实施这项计划，以确保加兰巴剩余的犀牛得以生存。

回应很友好，但是明显带有几分迟疑。ICCN负责人问我们是否知道加兰巴国家公园一直都被弃之不管，一个被称为“非洲公园”（African Park）的保护组织刚刚接手。我们回答知道，但指出他们是对整个地区进行管理，而我们只有一个特定的动机——协助ICCN拯救犀牛。也就是说，我们是特定问题的行动小组，并强调我们将听命于ICCN。我们也非常乐意与其他组织合作，这可以通过他的部门来协助完成。我们唯一的目的是在极为困难的环境中提供援助。

他们对这一切很感兴趣，但是仍然犹豫不决。尽管对我们很礼貌，但似乎不太愿意推动这项提议。

加兰巴国家公园，面积比以色列还要大，到处都是不受控制的盗猎者和反政府武装，单单依靠一个独立的保护组织不足以帮助ICCN掌控这么大的任务来及时营救犀牛。我知道运营苏拉苏拉需要花多少钱，而它的规模仅仅是加兰巴国家公园的几分之一。

为什么犹豫不决？我们在心里问。财务和物质上的援助显而易见，尤其还是在自家的主要亚种即将灭绝的情况下。

他们无法确定，他们不得不慎重考虑此事，还不能允许我们前去加兰巴。

这确实令我们感到惊讶。我们刚刚获得高级别部长的批准：立即访问加兰巴。实际上，部长还计划和我们一起去。然而，在部长属下的部门，虽然没有遭到拒绝，但也绝对没有给我们开绿灯，进一步的讨论也没能改变其态度。

最终我放弃了，然后说："我们受邀前来刚果民主共和国，协助 ICCN 处理此事，我们确信'非洲公园'和您的部门都将认可我们提议的价值。我们将等待您的进一步决定。"

当我们离开时，我设法将布里吉特拉到一边，问她到底是怎么回事。"我很抱歉，"她说，"我们没想到会有这么复杂。我将与部长沟通此事，并告知您结果。"

"反对的可能原因是什么?"我问。

"这很复杂，请耐心等待回音。"

直到后来，我们才发现刚果民主共和国政治错综复杂。总统试图将该国许多不同的政党组成一个联合政府。ICCN 总干事和环境部长不一定是在同一个阵营里。这不仅是谁控制保护环境的问题，而且还涉及其他一系列政治因素。刚果民主共和国的大多数政党都有强烈的部落忠诚度，而这个国家幅员辽阔，比整个西欧都要大，以至于东部数千英里之外的人与邻国的共同点比本国西部土生土长金沙萨的人们共同点还要多。

前总统劳伦特·卡比拉（Laurent Kabila）是游击队领导人，来自该国的远东地区。1995 年，他宣布要推翻当时的领导人蒙博托·塞西·塞科将军（General Mobutu Sese Seko）的统治。他曾受切·格瓦拉（Che Guevara）训练，他的一群由乌合之众组成的军队沿着刚果河，从该国与乌干达的边界行进数千英里，花了两年时间才穿越丛林到达金沙萨，最终征服了这座城市。当卡比拉被问及如何取得这样的成功时，得到的是那句很著名的回答“我们让对方完全出乎意料”。

我们离开会议室，感到有些沮丧和困惑。得到了高层的批准，然后被告知即使部长随行，我们仍需要获得进一步的许可。我们正在处理紧急情况，犀牛的未来至关重要，成千上万的北方白犀牛已经走上渡渡鸟①之路，仅存的最后几头还能撑多久？

傍晚时分，我们无事可做，所以福里说他希望我们见见他的一个朋友，我们乘坐出租车前往金沙萨最繁华的地区，这是该市最具有影响力的人物居住的精英社区。金沙萨是一个充满争议的城市，如同一座富裕的小岛被贫穷的汪洋环绕。有几千名富有的前殖民地的人，主要是比利时人，在 20 世纪 60 年代席卷该国，内战结束之后留下来并变得更加强势。他们是白人雇佣兵的后

① 一种大型鸟类，不能飞翔，现已灭绝。

代，例如“黑杰克”斯拉姆（Schramme）、法国人鲍勃·丹纳德（Bob Denard）、“疯子”迈克·霍尔（Mike Hoare）和其他枪手，他们的先辈多年以前涌向该地区通过冒险以寻求财富。他们曾经效忠该国第一任总理帕特里斯·卢蒙巴（Patrice Lumumba），并与辛巴叛乱分子作战。

不幸的是，对于刚果民主共和国及至整个非洲大陆而言，在比利时殖民主义者的统治下仓促独立，狂欢后的血腥局面从未真正结束。当时正值“冷战”高峰时期，苏联支持卢蒙巴，西方支持其代言人莫伊塞斯·茨霍贝（Moise Tshombe）。茨霍贝和卢蒙巴先后被谋杀，于是出现了一个新的强人——蒙博托·塞西·塞科将军，接下来他的腐败统治持续了30年。他将国家命名为扎伊尔（Zaire），当他在1997年被推翻后，刚果民主共和国重新恢复。

在20世纪60年代初的第一次内战中，修女们遭受了诸多暴行，这一新闻抢占了全球许多报纸的头条。在西方媒体的心目中，倾向于对非洲持有偏见，直到今天仍然如此。资深新闻周刊记者爱德华·贝尔（Edward Behr）讲述了故事，一个BBC记者前往斯坦利（Stanley）——现为基桑加尼（Kisangani）难民营，并以他英国上流社会的口音大声问道：“我说，这里有被强奸的会说英语的人吗?”（实际上贝尔用了这句话作为他的回忆录标题）

可悲的是，战争和叛乱仍在继续。根据国际救援委员会的一份报告统计，在1998年至2008年期间，有540万人在刚果民主共和国和大湖区（Great Lakes）[①] 被杀害。使用童子军仍然很普遍。在席卷刚果民主共和国、卢旺达、乌干达和布隆迪的种族灭绝中，内战和各州之间的战争导致了十多年的冲突，这是自第二次世界大战以来地球上最血腥的冲突，将非洲大陆活活撕裂。但大多数人对此知之甚少。

具有讽刺意味的是，刚果民主共和国可能是世界上最富有的国家之一，未开发的矿藏价值大约有24万亿美元，这相当于美国和欧洲的生产总值。

如果你看到今天的金沙萨，绝不会相信以上所说。实际上，您会认为与之恰恰相反，除去摩加迪沙（Mogadishu），忙乱的索马里州首府金沙萨肯定是世界上最混乱、最破败的城市。在其800万人口中，即使是根据非洲标准，也只有大约100万人勉强称得上富裕。另外200万人处于温饱状态。除此之外，还有300万人居住在贫民窟。在肮脏的棚户区，周围的基础设施摇摇欲坠，但那里至少还有简陋的设施。最后，其余的200万人生活在大街上，蛰居在他们称为家的马路边的纸板棚里。

这是一个惊人的数字，对于这些可怜人来说，根本没有任

---

① 是指东非大裂谷中和裂谷周围一系列湖泊的总称。

何基础性保障。唯一能称得上庆幸的是人行道足够宽阔，这得益于殖民时期比利时人修建的双线高速公路，并在中间种植了高大的树木。确实，在鼎盛时期，金沙萨（即当时的利奥波德维尔，Leopoldville）是模范城市，而刚果民主共和国则是比利时野心勃勃的殖民统治者手中的头号明珠。实际上，它甚至被认为不是殖民地，而是利奥波德国王（King Leopold）的个人领地。

这个城市靠近赤道，处于现在已经消逝的热带雨林中央，所以溪流和小河横穿马路。在流入刚果河的无数支流中，人们洗衣沐浴。许多地方，垃圾和污物堆积得如同河岸上的房屋一样高。

大量婴儿出生在马路边，同样多的人也在那里死去。他们没有厕所，没有自来水，没有卫生设施。他们生活在一个昏暗的世界中，远远超出了大多数西方人的理解能力。神秘的黑市经济完全不受国家控制，在这个21世纪的城市里，没有超市、银行或自动取款机，尽管拥有地球上最肥沃的土地，但是连鸡蛋和牛奶都依赖进口。

但是这里几乎没有严重的犯罪行为。人们无法使用传统的银行，放贷人在繁忙的高峰时段的街道拐角公开营业，摇晃的桌子上放着一沓沓钞票。如果有人在世界上任何其他城市这样做，恐怕会在几分钟之内被掠夺一空，或者被认为是个疯子。但是奇怪的是，在金沙萨，这些完全安全。

即使在昂贵的区域，建筑物的外墙看起来也很破旧。但大门打开的那一刻，我们看到的是，在巨大的，高到你不可能翻越的院墙后面，分布着一些让人侧目的豪宅。

一栋因四周的参天大树而显得矮小的富丽堂皇的家园。就是福里朋友的住所。现在我终于可以理解，为什么某些文化认为树木被灵魂占据而膜拜它们。

福里把我们介绍给了他的朋友菲利普·格拉察（Philippe Graca），他是典型的法国人，皮肤黝黑而且特别的时髦。菲利普的家人已经在刚果民主共和国生活了好几代，他是少数几个熟知金沙萨的人士之一。刚开始他似乎有些烦闷，但是在告诉我们他经历了多么糟糕的一天后，心情变得愉悦起来。许多殖民者都在新的环境中倍感压力，他建议大家出去吃饭，是时候开始聚会了。

这是一个值得纪念的夜晚。我们首先来到一家葡萄牙餐馆，菲利普说这家餐馆有世界上一流的美食。他真的没有说错，我们点了有龙虾大小的河虾和香肠，厨师就在我们眼前炭烤，美味无穷。金沙萨顶级餐馆的价格与纽约不相上下，菲利普解释说，由于他们的客户群很小，主要由外国人和刚果精英人士组成，所以竞争很激烈，除非他们的品质达到世界级别，否则很快就会倒闭。

然后我们去了金沙萨典型的夜总会。这种夜总会在西方，比如伦敦或纽约，在开张当晚的头几个小时之内就会被吊销执照，因为它打破了你可以想象到的每一条健康安全守则，比如火灾隐患，再比如过度拥挤而造成的高分贝噪声等。在舞池里，音乐随着非洲节奏而跳动，当地人在最新的迪斯科舞曲中回旋。

最终，福里厌倦了他所谓的“撞头”音乐，要求 DJ 播放齐柏林飞艇（Led Zeppelin）“安静得多的歌”，这个奇怪的说法可能只有福里自己相信。“没问题!”当罗伯特·普兰特（Robert Plant）以“摇滚乐”的节奏进行时，福里看着我，举起酒杯，声音大得所有人都要聋了，“现在好了，这才是真正的音乐。”

迫于这个南非人的影响力，DJ 温柔地在余下的夜晚一直播放着福里欣赏的过时唱片。

当晚最后一个目的地我将永远难忘。菲利普带着我们探访马路上的居民。大约凌晨两点，没有路灯，空气中弥漫着浓烟，但是到处都是烹饪后的残火，成千上万的人在马路上或蹲或躺。他在一个十字路口停下来，我们下了车，然后跟着他到了一个大约有八个孩子蛰居的纸板棚前。最大的孩子不会超过 15 岁。最小的是 1 岁大的婴儿，由一个大约 8 岁大的孩子照看着。他们围在菲利普周围，大声喊“菲利普爸爸”。看得出来真的很高兴见到他。他们全都赤着脚，应该从未穿过鞋，挂着破布的身体像木棍一样瘦削。

菲利普转身对我们说："这些人是我的朋友。无论如何，您都不要给他们钱。那样做会使他们退化，产生依赖性。"

我把钱包放回了口袋。这些孩子是做香烟生意的，他们将香烟存放在一个临时售货亭中。我买了几包。

然后菲利普拍拍手，用法语喊："让我们听些音乐。"

他们都为之欢呼，"音乐!"

最大的孩子拿出一把只有三根弦的破吉他。另一个孩子仅仅拿一根吉他弦绑在锡罐上。他将锡罐放在双膝之间，用牙齿拉动琴弦，用手指弹拨并及时地和上吉他。他以某种方式拉紧弦线，使旋律完美协调。杰森说这就像电影《拯救》中的决斗琴声，两个被操控的乐器彼此完美地融为一体。我闭上眼睛，仅凭一点想象力，感觉自己仿佛在听吉他手金格·莱恩哈特（Django Reinhardt）的演奏。

一个3岁的女孩起身跳舞，她的节奏是如此自然，那瘦小的身躯富有表现力，我不由自主地用脚打着拍子。她的舞蹈在表达什么，这个亲爱的精灵，她应该躺在家里温暖的床上，安全踏实地睡觉，而不是凌晨两点在人行道上跳舞。其他孩子也加入进来，环绕着她起舞。

当菲利普说来点音乐时，我一开始以为会很无聊，大概是几个孩子弹着吉他唱着走调的歌。但恰恰相反，我们所有人都坐在那里，陶醉于这脆弱的生命韵律。在这些孩子中间，有我从未见过的活力和热情。

杰森小声说：“你可以压制任何东西，但你不能扼杀人类的精神。”

我突然感到有点伤感。这一天严重的情感超负荷。这个地方还有什么机会？对于一个局外人来说，金沙萨是一个尽管贫穷，但是彩色缤纷、充满活力的非洲城市。对于那些陷入其中的人来说，却是黑暗的中心。如果这是首都，那么在没有法制的偏远地区又会怎样呢？如果连这么多流浪的儿童没有未来，那么犀牛，其他动物又可能有什么机会呢？

孩子们跳着舞，他们还活着，他们活在当下，这才是重要的。他们在被允许的时候跳舞，在死亡降临的时候死去。

“以后我们回到这里时，我要给那个小家伙带一把像样的吉他。”我这样说也是给自己打气。

但是，当菲利普开车把我们送回酒店时，我和杰森都在怀疑，如果我们顺利地完成拯救犀牛的任务后，其中有多少个孩子还活着。后来我被告知，金沙萨有数以万计的流浪儿童，他们经常受到警察和公众的虐待，如同蝼蚁。

是时候回家了。我们从来没有认为我们的任务会轻而易举，但至少现在我们对将要面临的巨大障碍有所了解。人类怎么会想到将这些犀牛的命运托付给如此残酷的国家？我们怎么能期望一个既无法养活自己的人民也不能维持任何基础设施运作的政府成为整个地球赖以生存的热带雨林的守护者?

福里了解我的想法后说:“我将在回国后与贝内·莫普克大使交谈,希望他能尽快收拾好这个烂摊子。”

第八章

我们只能启程回去。第二天，当我醒来时，觉得精神焕发。

苏拉苏拉有一种将所有问题都纳入全新视角的能力。尽管在金沙萨时并不顺利，但是我们的犀牛营救计划还是取得了一些进展，至少获得了刚果民主共和国动物保护局的关注。福里与莫普克大使取得联系，我也将继续与杰森、迪伦以及整个团队一起开展救援的前期准备工作。

我决定出去转转，忽然，我那辆汽车摇晃着发出熟悉而刺耳的声音，是轮胎被扎了。当时我正在保护区最远的一侧检查栅栏。通常来说爆胎不是什么问题，但是这次我没有带扳手，我在山谷中的位置又太偏僻，无法用兰迪的双向对讲机呼叫救援，于是只好无奈地踏上徒步回家的漫长路程。

艳阳高照下，我又热又渴地走了几个小时，迎面遇到了一大群牛羚，它们散布在树木稀少的草原上，安静地吃着草。我听到公牛羚因为看到我而发出警告声，接着，牛羚群四散而去，它们的蹄声响彻整个灌木丛。俗称“角马”（gnus）的牛羚受惊十分常见，它们是敏感的动物，族群里永远有一只孤单的公牛羚负责守卫，警惕危险。但奇怪的是，我并没有看到公牛羚。我再次听见了喷息声，这次距离更近了。我继续向前走，在崎岖的山路上转过一个弯后，惊讶地看到海蒂正站在前方，它全神贯注地警戒着，耳朵和尾巴竖起来，直愣愣地瞪着我。

我朝它那硕大粗糙而又坚韧的身体瞥了一眼，寻找它是否有进一步发动攻击的迹象。但是海蒂保持镇定，并没有立即发动袭击。突然，牛羚的叫声再次从海蒂所在的地方传来。令我万分惊讶的是，那个方位没有公牛羚。我终于意识到这是海蒂自己发出的声音。它再次发出了一声完美的牛羚警告，然后随着牛羚群绝尘而去。

看到一头犀牛为一群牛羚担任守卫，模仿公牛羚发出的警告声，而这群牛羚也仿佛把犀牛当成了自己人，这对我来说无疑是第一次。但是很容易理解，白犀牛是其物种中最善于交际的，雌性白犀牛一般为群居。海蒂是孤儿，它从没有见过其他犀牛，而是被牛羚群收养了，所以为其充任守卫作为回报。犀牛和牛羚吃相同的短草，因此共享栖息地。海蒂与牛羚一起长大，它具备了牛羚的特质，甚至学会了与之交流。我估计没人可以分辨它们发声的不同，牛羚们显然也不能。

我记得有一次，娜娜和它的象群营救了一群我们捕获的羚羊。我们捕获这些羚羊是准备将其转移到其他保护区。我们已经把羚羊圈在了一个棚子中。娜娜带着象群从灌木丛中跑出来，用象鼻打开了扣环和门，然后守护着羚羊逃脱，奔向自由。我们不得不花了一整天的时间重新捕获那群羚羊。但能够发现物种之间的相互帮助，额外流下的每一滴汗水都是值得的。一群牛羚与一头犀牛孤儿成为朋友，又一次证明物种间存在着惊人的联系。

我和海蒂一起度过了很多时光。尽管童年时遭遇悲惨，但它的性情非常温和。它敏锐地意识到我的存在，并且似乎总是对我的陪伴表示认同。我竭尽全力想把海蒂引入一个正在繁殖的犀牛群，这样海蒂就可以有正常的社交生活，但是犀牛群的到来也会像磁铁一样引来盗猎者。目前至少它与一群矮小的牛羚生活在一起，情况还算安全，牛羚群里有足够多双惊恐的眼睛和耳朵，正好为海蒂提供庇护。

海蒂是保护区里最受欢迎的巡游对象，护林员们会不遗余力地试图找到它。它经常在车辆边徘徊，这正是游客们所喜欢的。它的性格如此温和，以至于护林员还会定期在巡游项目中带领游客徒步靠近它，让人们近距离欣赏这只庞然大物。对于许多访问过苏拉苏拉的人来说，这是他们旅行的亮点。

曾经发生过一起事故，当时有一群徒步旅行者正在大约30码外的地方观察海蒂，附近的一只黑斑羚忽然叫了起来。突发的声音把海蒂吓了一跳，它下意识地直奔向游客。游客们以为自己马上要命丧泉了，赶紧撒腿就跑，幸亏护林员一边大声打招呼一边拍手转移了它的注意力。

海蒂转过身，飞奔而过，然后停下来，看上去很困惑，似乎想知道到底大家为什么那么紧张。一位游客甚至跑脱了他昂贵的鞋子，我们后来找到那双鞋，还给了他。有趣的是鞋带依然紧绑着，想象一下他事发时是以多快的速度奔跑才会如此狼狈。

正是海蒂的存在，不断地提醒着我环境保护区的意义。每当我看到它那美丽的犀角时，都会担忧它的安全，担忧在整个非洲为此而被猎杀的犀牛，这当然也包括在加兰巴国家公园里目前还活着的那几头北方白犀牛。

我回到小屋，又累又渴又饿，索性径自走进厨房找吃的。弗朗索瓦丝正和厨师们研究提供给客人们的新菜单。

“我可怜的孩子，”当她听说我不得不在灌木丛中走了几个小时后说，“你一定饿坏了，我正好有一些美味的巧克力和辣酱鸡肉。”这就是嫁给法国厨师的美妙之处。

大约在同一时间，苏拉苏拉接待了一批新居民。我们这里是指定的受伤以及遗孤动物保护释放点，所以我们接收了一只通常被称为丛林宝贝的夜猴（galago），以及两只非洲香猫（genet）。这两个物种可是完全不同。夜猴有巨大的眼睛，柔软的灰色皮毛和长长的尾巴，这小巧而可爱的丛林宝贝可能是地球上活着的最可爱的动物了；而看起来像鼬鼠（weasel）和猫鼬（mongoose）杂交而生的非洲香猫，这种美丽的猫科动物肯定是地球上最狡猾的动物。

夜猴首先被放还自然界，然而，它看了一眼舒适的小屋，与外面的灌木丛快速进行了对比，便违背天性地——决定从此待在室内。

我们用前美国总统乔治·布什为它命名，得之于我在巴格达时听说萨达姆曾昵称小布什为“布什宝贝”。

乔治很快成为酒吧的常客。弗朗索瓦丝立即喜欢上了它，说它显然是一个典型的单身汉，整夜都和朋友们一起喝酒。它喜欢从玻璃杯中偷水喝而不用盘子喝水，它会跳上酒吧，将它的鼻子探入最近的玻璃杯中。但是，即使玻璃杯是满的，它也只能喝到一口，于是它用爪子将杯子翻转，舔那些洒到柜台上的液体。

刚买了一杯酒的客人在杯子被乔治偷走后往往会有点生气，但它的性格让客人很快就原谅了它。不幸的是，乔治有时也会和我们一起吃晚饭。我之所以说“不幸”，是因为乔治有山羊一样的“餐桌礼仪”。它会跳上桌子，无耻地从别人的盘子里夺食物，尤其是那些看起来像昆虫的东西，那些它天性中喜欢的美食。有一次它走到客人的盘子上，坐在食物中，抓了一只大虾。客人试图抢回它，于是开始拉锯战。乔治可不相信公平竞争，因此在觉得要吃亏时，毫不犹豫地将牙齿嵌进了客人的大拇指。

事后，我和弗朗索瓦丝曾试图训练它成为一只名副其实的丛林宝贝，而不是一只“酒吧苍蝇”（barfly）①，但它彻底拒绝了。

丛林宝贝的眼睛大得令人难以置信，占据了它们3/4的脸部面积。这正是为什么它们有出色的夜视能力并且大部分时间都是在夜间活动。当然，这也意味着它们的眼睛对光非常敏感。一个圣诞节，乔治在圣诞树上睡着了。弗朗索瓦丝不知道它在那儿，她打开了圣诞树的灯，突然而至的五彩缤纷的刺眼光芒惊醒了乔治，乔治变得相当警觉，像女妖一样嚎叫了起来。如果一只丛林宝贝的3/4是眼睛，那么另外1/4就是肺，乔治的叫声足以唤醒住在阿拉斯加的人。它当时脸上的表情非常滑稽，郁闷地向黑暗的角落走去，我们都笑了起来。乔治整个晚上都不开心，不过这也意味着当晚的圣诞大餐没有大虾被盗，或是酒杯被打翻。

之后的某个晚上，乔治回到小屋并跳上酒柜台，你可以看出它曾经陷入了一场战斗。脸肿了，右眼受伤了，一簇毛被拽掉了。很明显，是为了争女友狠狠打了一架。

但是，它脸上扬扬自得的假笑似乎在说：“你应该去看看另一只夜猴。”没错，下一次它是和女友一起来的，骄傲地炫耀了胜利者的姿态。乔治单身汉的日子结束了，就像大多数已婚男人一样，它被老婆禁止进入酒吧。毫无疑问，现在应该已经有了许

① 形容常去酒吧寻找艳遇的人。

多小乔治。我不知道它是否会用它堕落的青春中发生过的故事来教导它们。

非洲香猫尽管看上去很漂亮，但牙齿锋利，和丛林宝贝玩的是完全不同的游戏。尝试抚摩其中的任何一只，你都可能会失去手指。和乔治一样，它们也认为小屋比灌木丛舒适得多，并花了很多时间在角落里徘徊，试图随时制造麻烦。它们是真正的土匪。在厨房周围的一次嬉戏打闹中，它们将所有罐子、容器和小包装物品都掀到了地板上。它们所到之处看起来像刚被炸弹击中，整个厨房到处都覆盖着大米、面粉、盐和糖。

工作人员的时间一半用来赢得乔治的爱戴，而另一半则用来逃脱那些香猫的利齿。幸运的是，这些黑帮猫科动物最终开始渴望野外生活，有一天它们消失了。

尽管这些奇妙的插曲使禁猎区生活变得奇妙多彩，但我们的真正重点还要放在对刚果犀牛的营救上。前期工作取得了进一步的进展。迪伦将所有的事件汇总，格兰特开始了采购计划，包括食品、设备、各种装备、车辆、燃料、卫星电话、急救以及在旷野长途运输中所需的各种用具。他甚至为我们找到了一架直升机和一名飞行员。

福里招募到了顶尖的保安人才，我也与一些非洲最受尊敬的野生动物兽医取得了联系。所有的人齐聚一堂，至少在我们这边，各方面工作基本就绪。意识到该任务的紧迫性和必要性，每个人都不甘落后。

大约五个星期后，经过福里与大使的协商，同时杰森与部长办公室的布里吉特不断沟通也取得了成效，我们收到了ICCN的电子邮件，授权我们访问加兰巴国家公园。起初，我们以为获得了全力救援的许可，感到非常兴奋。不幸的是，后来我们被告知目前正在运营加兰巴国家公园的“非洲公园”组织只允许我们“四处看看”，仅此而已。

即便如此，我们的勘测探险任务还是转为“进行时”，现在至少我们可以直接了解那个地区到底正在发生什么。尽管我们在短短几个月内就将营救的前期工作基本准备就绪，但我仍对其他方面迟缓的进展速度感到震惊。每一天都可能是那些犀牛的最后时刻，我们必须立即行动。我们如果拖延，盗猎者可不会放慢节奏。

布里吉特告诉我们，部长是否与我们一同前往还不确定，但ICCN的两名官员肯定会随行，按惯例需要给他们准备礼物。我们与福里反复核实，他也说这有必要，因此我们给他们各买了一副高倍望远镜，很适合在野外使用。

听从福里的建议，因为臭名昭著的反政府武装的存在，我们放弃从乌干达乘坐短程包机，而需要找到一架私人飞机以及一名飞行员从金沙萨出发。但是，从那里到加兰巴国家公园与飞到火星的距离差不多。幸运的是，布里吉特认识一个名为“使命航空”（Mission Aviation Fellowship，MAF）的组织，该组织在整个中非从事空中基督教传教工作，可以捎带乘客。除了他们传播福音的任务外，MAF还发展了航运业务，运送紧急医疗物资和邮件到该国最偏远的地区。

杰森与他们联系，希望征用特需航班。“没问题!”他们接受了我们的请求，飞机立即可以启用。

第九章

预订好飞往加兰巴的包机，我和福里、杰森一起飞回了金沙萨。这次，我们搭乘的是遵守国际航空法规的南非航空公司的航班。

我们和布里吉特见面，她确认各项安排均已到位，ICCN 以及位于加兰巴的“非洲公园”组织的工作人员也都期待着我们的到来。不仅如此，布里吉特还将作为部长的官方代表参加这次考察。

我们的包机定于第二天凌晨起飞，但在这之前，我和福里还有一件重要的事情要办。

联合国在刚果民主共和国拥有一支由两万人组成的维和部队，称为联刚特派团（MONUC），试图帮助这个饱受战争和冲突困扰的地区恢复稳定。我已与其高层人员进行了一段时间的联系，让他们对犀牛营救计划有充分的了解，同时获得他们的支持，可以说这是至关重要的。在飞往加兰巴之前，我已经安排好与联刚特派团的官员见面了。

我们下午到达联刚特派团军事基地。大门两侧为加强防卫堆满沙袋，铁丝网后面是端着20毫米重型机枪全副武装的士兵。在他们后面的是一支配备了自动加伦炮的装甲部队。这些都被统一涂上标准的联合国白色，由戴着独特的蓝色贝雷帽的士兵操控。军官们已经在等候，我们在他们的陪同下进入了行政大楼。

我的联络人是在联刚特派团拥有高级职位的比利时人劳伦特·库平（Laurent Guepin）。劳伦特三十六七岁的样子，作为一名友好而知识渊博的联合国外事专家，他很自然地融入了联合国在刚果民主共和国维和组织的角色以及文化氛围中。我们之前已经进行了多次沟通，彼此都为终于能面对面地交流感到高兴。

"劳伦特，"在简短的寒暄问候之后，我说道，"明天启程前往加兰巴国家公园勘测的确非常重要，但这次大型联合行动面临的主要挑战还是运输保障问题。"

我笑了一下，尽量缓解下谈话气氛，"据我们了解，犀牛待在灌木丛的深处，那儿没有道路。我们拥有自己的直升机，可以完成定位并投掷飞镖，但是一旦它们中镖，就需要使用重型直升机将其带到收容区域。然后，我们得将它们运往安全的目的地。这需要一架具有短程着陆和起飞能力的C-130货机。只有这种型号的飞机足够大，可以运载动物，而联合国维和部队——在这里只有你们拥有这类飞机。”

我顿了一下，“你能帮忙吗?”

我紧张地等待着他的答复，因为这确实是一个很大胆的要求。这种类型的飞机是特定的军事装备，我们不但要求借用，而且还要在该国极其边远的无人监管区域长时间使用。

劳伦特坐了下来，向后靠了靠，考虑着这个不寻常的请求，“要是我们不同意呢?”

“野生北方白犀牛将灭绝。问题就是这么简单，或者，也可以说得很复杂。”

尽管劳伦特想帮忙，但我的请求就像是要去摘月亮。这一点，我和他都清楚。

“劳伦斯，MONUC 是军事组织，我甚至不清楚我们的飞机和直升机是否可以民用。”

“那么，为什么我们不能让犀牛营救任务成为一次军事行动呢？联刚特派团将因为协助我们而备受赞誉，这可是一个被广泛关注的国际问题。”

他站起来，直视着我。“联刚特派团最近一次向加兰巴禁猎区派遣直升机是在今年一月，目标是攻击圣主抵抗军，他们击落了其中的两架，八名联合国特种部队士兵因此阵亡，20 多名士兵被炸伤。这就是为什么我说，您要进入的是一个非常危险的区域。”

“我也有所耳闻，事件发生在加兰巴北部。我们将在加兰巴南部行动。而且，也许这正是为什么我们可以将其归类为军事行动。”

“我们还必须派遣部队保护飞机，”他长长地呼了一口气，好像在自言自语，“这将需要最高层的批准。”

“那么你认为联刚特派团有可能提供帮助吗？”

“尽我所能，因为牵扯到犀牛，情况令人震惊，我认为这会获取高层的认同。但是，让我们先谈谈您的前期考察，您打算如何到达那里？”

“我们飞过去。”

“我们需要您的位置坐标，以防万一，一旦出现问题我们可以进行营救。”

我回答说：“没问题，我会发送给您。”一边说着，我一边记下笔记。

“您的卫星电话号码？”

福里马上给了他。

“在您目的地附近有一个名为纳吉罗（Nagero）的村庄，请像躲避瘟疫一样避开那里，我可是认真的，那里的埃博拉（Ebola）疫情已经一发不可收拾，该地区已经被完全隔离。”

这无疑引起了我们的重视。埃博拉是一种罕见的发热出血性疾病，已从其他物种——猴子传染给人类。它是地球上最可怕的疾病之一。病人的眼睛、耳朵、嘴巴、鼻子出血，通常在数日内死亡，绝对恐怖。没有有效药物，也没有疫苗。在刚果的一次埃博拉疫情中，318 人被感染，其中 280 人死亡。但是由于这种病毒致死的速度很快，短时间内就会耗尽感染人员，因此暴发通常是自限性的。

“纳吉罗。”我默念着，将这个名字牢牢记住，但转念一想，这与我们无关，我们没有在加兰巴公园以外行动的计划。

劳伦特说：“最后，当您回来时，能否提供该地区完整的安全状况报告？我们已经有一段时间没有派人去那边了，希望了解那边的近况。”

福里说：“当然，我们会汇报。”

劳伦特和福里的朋友菲利普与我们一起在一家中餐馆吃晚餐。

大家坐下后，菲利普操着浓重的法国口音说：“现在，大家听着。我非常了解这个国家。如果要进入丛林，必须带上一件至关重要的装备，这可是任何探险都不能漏掉的。”福里、杰森和我向前探出身子向前，热切地期待着实用的本土知识。菲利普逐一看向我们。“一个枕头!”他严肃地说，仿佛在传达重大机密，“一个好枕头至关重要，我可是认真的。”

“谁做个课堂笔记。”杰森说，大家哄然大笑。

稍后，环境部门的一位官员打来电话，说他需要立即见我们。

他到达餐厅后，请我出去谈。福里和杰森感觉到可能有大事，也加入了谈话。

他说需要通知我们，两名ICCN官员要求以“外出办公费用”的名目，每人每天获得150美元的报酬。

这可是意料之外的。我看了看福里，他只耸了耸肩，然后点了点头。

“没问题，我们早上把钱带上飞机。”

第二天，天刚破晓我们就到了。杰森坚持要为行程储备食物，所以我们买了几罐咸牛肉，外加瓶装水和面包，我们后来发现，真是要感谢他做了这个决定。在机场的升降跑道上，我们见到了那两位ICCN官员。我们简直不敢相信自己的眼睛。他们穿着时髦的西装，抛光的长趾皮鞋（long-toed shoes）① 就像是要去参加鸡尾酒会，而不是去非洲最热、最偏远的荒野，在那里很可能会遇到拿着枪的敌人而不是环游世界的阔佬。曾在刚果民主共和国多地游历的布里吉特至少知道这次旅行会很热，而且不会太舒坦，她穿着舒适实用的宽松裤子和肥大上衣。

“这对刚果民主共和国而言是重要的一天，”她对所有人说，“我们之前都从未去过加兰巴，重要的是不仅让管理层，更要让当地部落看到我们支持犀牛救援。”

---

① 一种非洲特有的鞋尖是细长而向上弯曲的皮鞋。

我们登上赛斯纳凯旋飞机（Cessna Caravan）[①]，具有飞行员资质的福里坐在副驾驶的位置。当我们系好安全带后，身着MAF官方飞行制服的美国飞行员要求我们闭上眼睛，为旅程祈祷。

飞行路线是从金沙萨飞往位于该国中心的基桑加尼，停留加油，然后再飞往加兰巴。整个旅程大约需要九个小时，比我们乘坐商业航班去伦敦所花的时间还要长。

我们起飞不久就飞越了刚果河，到达热带雨林的上空，这是仅次于亚马孙的世界第二大雨林。最初，景象令人叹为观止，直到视野里出现了正在进行砍伐的景象才让我们收起了欣赏的心情。大地的创伤纵横交错，笨拙的卡车在泥泞的地面上轧出痕迹。在某些区域，曾经的参天大树现在只留下了可怜的树桩。

像人体一样，地球母亲有两个庞大的肺：亚马孙和非洲雨林。人类为什么破坏地球上最重要的生命支持体系，这超出了我的认知范围。他们会重新植树吗？那些因此被殃及的诸多物种又将命运如何？

最终，我们远离了任何形式的文明，即使是伐木者也无法到达。下面是无边无际的森林冠层，浓密的绿色延伸到四面八方，

---

① 赛斯纳飞机：赛斯纳公司研制生产的十座单发涡轮螺旋桨式轻型通用飞机。

遮盖了成千上万条涌向刚果河的支流和小溪。道路或铁轨消失了，只能依靠在阳光下发出银色光芒的棕榈树辨别河道的存在。飞机正位于赤道上方，即使在一万英尺的高度的非增压机舱内，我们仍然汗流浃背。

在茫茫无尽的丛林中飞了五个小时之后，飞行员说："基桑加尼快到了。"

基桑加尼，以前被称为斯坦利（Stanley），位于刚果河上游1200英里，是距离刚果河河口最远的通航点。它是一个孤立的港口城市，地处非洲茂密雨林的中心。

我们只做短暂的停留，添加了燃料。我们的飞机被跑道四周杂乱的各式军用飞机和货机包围。我注意到，由于当前内战和圣主抵抗军的存在，巨大的白色联合国C-130货机和大型直升机就停放在那里。这正是我们拯救犀牛所需要的，我突然想起了联刚特派团办公室的劳伦特。

加满油后，我们继续向东北方向飞往无人区。最终，下面的丛林开始变成亚热带灌木丛，直到我们飞越绵延起伏、一望无际的热带草原。

没过多久，加兰巴国家公园第一次出现在了我们的视线里。应福里的要求，飞行员在上空绕了几圈，以便对该地区进行初步了解，在降落到粗糙的草地跑道之前，我们仔细查看了周围是否有盗猎者或者游击队员。这里完全没有人类的迹象，但我们看到四头大象在向南移动。

当我们降落时，发现一架摔得粉碎的飞机躺在跑道的一侧，这简直是不祥之兆。据说这架飞机是属于雇佣军的，他们发动政变失败后试图逃离，被击落后，飞机残骸就一直留在了这里。

你好，加兰巴。

第十章

飞机着陆后驶入了一间加大的棚屋，这里被充当临时机库。一辆四轮摩托车驶来迎接我们，后面紧跟着一辆载有 ICCN 工作人员的丰田卡车，他们是保护区的管理人员。我们被带到了主营地中央一处茅草棚顶的露台式建筑，建筑边上是一块类似阅兵场的平地。在我们对面是一栋双层的大房子，走近一点，就能看到沿河有一些客居小屋。在更远的地方有一幢大型建筑，看起来应该是行政中心。

在询问何时可以与经理约瑟·特洛先生（Jose Tello）会面时，我们被告知保护区对我们的来访并不知情，所以特洛先生没在营地。约瑟受“非洲公园”聘用，代表资金短缺的 ICCN 管理野生保护区。布里吉特当即解释了我们的身份，她是部长委派的代表，团队中还有两名 ICCN 官员。

我们被带往下榻的小屋，尽管团队中有高级官员，但是直到第二天晚些时候，我们才再次见到这里的管理人员。

我们居住的茅草房陈设简陋：两张单人床以及放在角落的一桶水，这桶水用来洗手和沐浴。厕所就是一个简单的坑。所有房间都坐拥登古河（Dungu River）的景色，美丽清澈的河水边，一群健硕的河马在我们前方100码处晒着太阳。

杰森和我丢下行李，走进福里的小屋，福里抓住我的胳膊。

"那是什么声音?"我听到了一种奇怪的"嘶嘶"声。即使在黄昏，也可以看到我们面前的树叶像海浪一样起伏。原来"嘶嘶"声是那成千上万片叶子发出的声响。

我突然间分辨出那是小时候听到过的声音。"西亚夫（Siafu)!"我兴奋地大叫，然后迅速搜寻地面，以确保我们没有踏入它们的领地。杰森困惑地看着我。"什么?"司机蚁、行军蚁、狩猎蚁，它们有很多名字。我简直不敢相信自己的眼睛。

它们就在那里，密密麻麻的蚂蚁从我们的眼前经过，形成了一条充满生机的蚂蚁之河，流过营地，在狩猎探险的途中蜿蜒。我为再次见到这样的壮景而兴奋不已。西亚夫是终结者，攻击并吞噬途经的一切。它们可以在几分钟内将一个活生生的生物吞噬得只剩下骨骼。

我们看着蚁群，为之着迷。我给杰森讲了一个曾经听闻的非洲丛林诊所的故事，该诊所正巧位于行军蚁年度狩猎的必经之路上。那里的医生把这种蚂蚁的到来当成是一种祝福。这些贪婪的昆虫以每小时仅大约60英尺的速度移动，因此一旦工作人员知道有一支蚂蚁大军正在靠近，就搬走病人，打开所有的门窗，然后离开。蚂蚁从建筑物中蜂拥而过，肆意吞噬昆虫、老鼠和蟑螂，以及每张床、脸盆、器皿、手术刀或其他手术器械上的污垢和血迹。那些它们经过的设备，就好像用高效洗涤剂消毒过一样，多年积聚的血迹和感染物污点都被去除了，所有的超级微生物和细菌也被消灭了。当蚂蚁离开医院时，那里就像春季大扫除后一样干净。

这些无疑让杰森印象深刻。“这太疯狂了！它们离我们的房间只有30码远。如果它们爬进来，或者我们在黑暗中走进蚁群会发生什么?”

“后果你很快就会发现。它们的下巴如此强劲，当地部落用司机蚁的叮咬来缝合伤口。他们小心翼翼地握住蚂蚁，将蚁钳置于伤口的两侧，用咬合来固定伤口，之后拧断蚂蚁的头，即刻间完成丛林针法。”

我们俩都沉默了，看着这支致命的队伍行进，听着大自然中最强大的军队奏响让人战栗的音乐，震惊于这片蛮荒之地，这真是令人难以置信的自然。这里是戴维·利文斯通（David Livingstone）的领地，就连杰森这样一个有经验的探险者，也震撼于那原始而神秘的色彩。离这里最近的城市在500英里之外，属于另一个国家，而且路况非常糟糕，驾驶卡车需要许多天才能到达。

即使在苏拉苏拉的灌木丛深处，我也从未感受到过这样的狂野。

我们把西亚夫的队伍指给福里看，他轻轻地吹了声口哨。“是的，”他说，“我以前见过，这肯定会让我们避免在晚上胡闹。”我们当时可并不知道我们会在第二天晚上就打破这个规则。

福里、杰森和我一起沿着ICCN官员的小屋旁散步，两个官员都在室外，距离他们的房间有些距离。他们正背对着河喝啤酒。天黑了，我能听见河马在夜幕里咕咕作响。河马主要在夜间觅食，除了传播疟疾的蚊子，河马造成的死亡人数比非洲任何其他动物都要多。河马不会无缘无故地攻击人类，但是如果你妨碍了它们，那可就要倒大霉了。众所周知，它们会把人咬成两半。问题是它们往往在晚上从河里出来吃草，那时人类往往需要加倍小心。

“嘿，伙计们，”我想知道他们在哪里找到的啤酒，“也许您至少应该转过椅子面对河流。几只河马已经从水里上岸了。”

然后我指着地面，“看看那些粪便。最近不仅河马，狮子和鬣狗也来过这里。”

我的确得到了回应。他们向我道谢，并迅速回到屋子里，可仍然穿着他们的名牌西装。

很明显，营地不打算负责我们的晚餐，杰森成了当晚的英雄。晚餐是四罐牛肉、两块面包和瓶装水。这可是自从我们在金沙萨吃过早餐以后的第一次进食，这绝对不是在抱怨。

当晚，我们确保把蚊帐在床周围塞得像鼓面一样密实。蚊子如此之多，以至于它们不可避免地彼此相撞，杰森还用掉了一整根塔德得驱蚊剂。如果身体的任何部位接触到蚊帐，都会在网眼处被叮咬。这里可是疟疾中心。

第二天早上，我们黎明时分起床，没吃早餐。ICCN 的园区守卫们以军事方式集合，进行当天的反盗猎巡逻演习，福里和我站在边上看了一会儿。

“他们没有受过训练，”我们走开时福里摇着头说，“这些家伙得花好些功夫进行训练。他们甚至不会操练，如果不会操练，肯定也不会射击。在营地外他们将面对装备精良的盗猎者，这还没算上血腥的圣主抵抗军。顺便说一句，我今天起得很早，发现了一个装满枪支的小屋，主要是 AK-47，但是我不知道它们是否完全报废。这些家伙面临很大挑战，特洛显然已经尽力而为，但是我实在不知道他们是否能胜任。”

我们继续向前走，试图熟悉营地，与尽可能多的工作人员接触交谈，最终发现自己站在营地的前门外。我们注意到保护区外面有一个村庄，杰森询问一位工作人员那村子叫什么。

“纳吉罗！”回复来了。

“什么？”我们停下来，“纳吉罗？”

警卫点点头，杰森和我摇摇头。我们可不希望听到“纳吉罗”这个名字。在我最疯狂的假设里，也从未意识到被埃博拉病毒侵犯的纳吉罗村庄居然离加兰巴主要营地如此之近。实际上，劳伦特警告过我们的致命病毒此刻就在距离我们不到一英里的地方。

“村子里有埃博拉病毒?”我问。

那人点点头。“就在那村子附近，”他说，“情况非常糟糕。”

“最近有人出来吗?”我问了一个至关重要的问题。

“没有人从那里出来，”他回答，“绝对不能出来。”我不确定他所说的“不能”是什么意思。村子只是被隔离了，村民自愿留在里面? 我对此表示怀疑。我也不确定我是否想知道真实答案。我们对此无能为力。

“非洲公园”经理约瑟·特洛在中午来到营地，并作了自我介绍。我听说过关于他的正面评价。他是非洲丛林中的老将，我们有一些共同的朋友。终于见到他，我很高兴。

他60多岁，体格结实，留着胡子，在非洲烈日下暴晒了大半辈子的脸皱巴巴的。他英语说得不错，带有浓重的葡萄牙口音，对我们似乎充满怀疑。布里吉特做了介绍并解释了事情始末，然后我们被带往主楼进行会谈。常驻加兰巴的ICCN经理在办公室外面等候着我们。他面带微笑，向我们致意，至少看起来很欢迎我们的到来。

约瑟主持会议，提出问题并认真记录下我们所讲的一切内容。他显然不是一个习惯正式场合的人，而这些精细的笔记与这个丛林中人似乎格格不入，以至于我认为他实际上是要送我们回去。他对我们的任务不屑一顾，明确表示“非洲公园”做得很好，不需要任何帮助。

我们认同他的看法，“非洲公园”是一个优秀的机构，并解释说我们是一个单一项目组织，只专注于保护仅存的北方犀牛。这是我们的唯一目标。我们将通过 ICCN 与“非洲公园”合作，并且绝对无意侵犯其在保护区中的权限。北方白犀牛濒临灭绝，相信“非洲公园”会欢迎所有可能的物资和经济援助，也会尽一切努力保存该亚种。

约瑟摇了摇头，他不确定。尽管布里吉特和 ICCN 高层官员出席了会议，但会议的气氛紧张。布里吉特气愤地摇了摇头。

唯一的积极建议来自特洛先生的对应方——加兰巴的 ICCN 经理，会议结束后他与我们联系。

“安东尼先生，”他带着温暖的微笑说道，“我很高兴您来到这里，请留下来，我们需要您的帮助。”

“谢谢，”我回答道，“感谢您的支持。”

“情况不好。”他接着说道，“圣主抵抗军的存在是严重问题，每个人都感到担忧。巡护员害怕走出营区会遭遇危险，因为盗猎者时常侵入。有圣主抵抗军在，我们就无法在园区内保护犀牛，没有人可以保护它们，你们最好尽快将它们运走。请不要介意会议中发生的一切，我希望您能帮助我们。”

“谢谢，”我对他的诚挚印象深刻，“请向总部通告您的想法，因为这中间似乎存在巨大的误会。”

“我会的。”

终于有了一些实际的支持。我告知布里吉特和 ICCN 官员，他们立即走过去与他交谈。

过了一会儿，我回去问约瑟，我们是否可以借辆车去保护区看看。他似乎松弛下来，说他会亲自带我们去。

福里、杰森和我自然不会放过这个机会。约瑟开车带我们穿越登古河，穿过林地进入大草原，那里长满了“大象眼睛那么高”的巨人草（Urelytrum Giganteum）。实际上，它们还要高得多，有时会长到 15 英尺，令人难以置信。这是一个真实的草原森林，一群大象在轻松地进食，甚至看不清它们具体在哪里。前一天晚上，那种自己处于未受污染的荒野之中的感觉又回来了。这是一片真正的古老的非洲荒野，葱郁而美丽，在这里，文明只是一个模糊的概念。你独自一人，却享有无尽的自由。现代世界中的规则和法规在这里毫无意义，你自行其是，拥有难得的特权。文明的唯一标志是两个仓促间竖立的双向无线电塔。

“犀牛呢？约瑟，你看到过它们了吗？”我问。

“它们的领地在加兰巴河的北部。找到它们的唯一方法是从空中搜索。”

进入保护区一小时后，福里开始向约瑟询问有关安全性的问题，特别是有关圣主抵抗军的信息。

约瑟回答说：“我们还没有与他们进行过正面冲突，但是他们就在附近。我们甚至在对讲机中收到过圣主抵抗军的信号，巡护员们吓坏了。我正绞尽脑汁设法让他们好好完成工作。当我派他们出去巡逻时，他们所做的只是躲藏，然后直接回营地。我是唯一一个敢离开营地这么远的人，我可以直接射击叛军。”他笑了起来，拍拍他的步枪。

他们可以截获圣主抵抗军的无线电通信，这一事实意味着反叛军就在无线电塔的接收范围内活动。我在心中默默记下，也许控制加兰巴的不是官方，而是一支恐怖部队。也许犀牛的命运实际上掌握在圣主抵抗军的手中。

约瑟对我们的态度开始缓和，我们发现他是一个非常有礼貌的人，一个真正的丛林中人，我相信他也发现我们具有相同的特质。当你剔除那些官面文章，我们是同一类人。

我们遇到了一大群森林水牛，它们看到我们后马上逃之夭夭。我们还非常幸运地发现了一只孤独的雄性刚果侏儒长颈鹿（pygmy giraffe）。当我们欣赏这只矮小的动物时，约瑟说：“全世界只剩下40只，它们也处于灭绝的边缘，真是可耻。”

福里问：“这真是让我气愤，到底谁会去射杀一只这么小的长颈鹿?”

约瑟点头同意。“别问我，盗猎是一个极其严重的问题。加兰巴的大部分野生动物已被消灭，成千上万的动物被杀死。您甚至都不用尝试着去统计那些随风而逝的动物的具体数量。”

我回想着他的话。一场野生动植物的大屠杀正进行着，而丛林外的世界却几乎没有任何反应。

约瑟在讲述这个悲剧时脸上的表情说明了一切。他一生都在保护野生动植物，而这就是结局。这是一个在记忆中存放着过去辉煌岁月的男人，那时成群的动物自由地游荡，非洲仍是年轻冒险家的乐园。我对他充满同情。

“您如此感兴趣的北方犀牛，”他继续说道，“大多数已经被屠杀了。以前有成千上万只犀牛分布在乌干达、刚果和苏丹。如今可能还剩下极少数，我甚至不知道，是否仍有希望保护它们。这都是为了什么？无用而沾满鲜血的犀牛角，那其实只有对犀牛才有真正的价值。”

他指向远方，“它们最后的家园在登古河和加兰巴河之间的某个很远的地方。盗猎者现在无法进入，因为水位太高，但雨季结束时，也就是在今年年底之前，河流水位会下降，而这也将是犀牛们生命的尽头。我们无法保护他们，距离太远，守卫们也不愿意在那里久留。实际上，我们甚至根本不知道它们在哪里，只能做出理论猜测。”

这不是我想要听到的。

约瑟停下来抬头看了看天空：“我们快要错过日落了。”

当时间向天空宣告自己的权利时，深红色、橙色、黄色以宏伟而令人回味的非洲色系在天幕上展示出来。黎明和日落是自然景象变更的动力，一旦启动，一切都变得不同凡响。那天的黄昏，我们身临其境，随着太阳下沉，我们精神振奋。蝙蝠和其他夜行生物开始出没，夜鹰也在鸣叫，我们回到了营地。约瑟邀请我们共进晚餐，我们已经一整天没吃东西了，所以欣然接受。他说将在一两个小时内派车接我们。

第十一章

当天下午与约瑟的谈话真是令人难以忘怀，远远超出了我们最初的认知。我现在非常担忧。

至今为止，我一直认为官僚主义和拖延症是犀牛救援的主要障碍，现在却意识到真正的威胁也许是保护区内的圣主抵抗军。我有些不安地感觉到，这种威胁在金沙萨会谈中完全被 ICCN 低估了，ICCN 甚至并没有向我们提到圣主抵抗军。我本人仅对圣主抵抗军拥有基本了解，因为我以前认为圣主抵抗军不会出现在营地附近的任何地方。但是我知道福里已经对项目的安全性进行了全面研究，既然在晚餐前有几个小时的空闲时间，就把他叫了过来。

“福里，你是专家。圣主抵抗军到底是怎么回事儿?”

他看着我，做了个鬼脸，轻声说道：“根据来自乌干达的消息，他们是最可怕的，绝对是最可怕的，圣主抵抗军是世界上最野蛮、最恐怖的军队。”

“他们与乌干达总统约韦里·穆塞韦尼进行的内战已长达20多年，这场战争已使数十万人丧生，数百万人流离失所，是非洲历时最长、最残酷的冲突，双方都有令人发指的暴行。谋杀、酷刑、绑架、强奸，这些他们都干，而且不仅仅一次两次。圣主抵抗军的所作所为是彻底的野蛮行径。众所周知，他们会割下受害者的嘴唇和鼻子，以警告其他抵抗者。”

我倾身向前。

“然而，最残酷的是他们征用童子军，招募方式极其野蛮。据报道，在20多年的战争中，圣主抵抗军疯狂地绑架了大约一万名儿童。他们的惯用手法是突袭某个村庄，烧毁这个地方，杀死所有碍事的成年人，绑架儿童。据说，有的孩子被迫杀死自己的父母以及其他反抗的儿童。你能想象吗？然后叛军命令孩子们把掠夺到的东西背回丛林中的营地，甚至连十岁的孩子也不放过。男孩被迫入伍，如果拒绝就遭杀害，女孩则与士兵结为夫妻——如果她们幸运的话。否则，就会被迫从事体力劳动或充当性奴度过余生。”

“圣主抵抗军的领袖是约瑟夫·科尼（Joseph Kony），他自称是旧约先知，崇拜热爱复仇的神灵。他希望将《十诫》作为乌干达的法律，并以巫师和拥有千里眼而著称，用来控制大批迷信的追随者。”

“圣主抵抗军的第二号人物是臭名昭著的文森特·奥蒂（Vincent Otti）。如果科尼是精神领袖，那么奥蒂就是他的砍刀，或者更准确地说是他的AK-47。奥蒂控制军队，他应该对圣主抵抗军的残暴负责。如果说有比科尼更冷酷残暴的人，那就是奥蒂，据说他曾经袭击乌干达的家乡，杀死了200多名朋友和邻居。谁知道这些年来他要为多少死亡的儿童兵负责。科尼和奥蒂是好朋友，从一开始进入灌木丛林就并肩作战。他们来自乌干达北部的同一地区。”

“科尼、奥蒂，及另外两名高级将领因战争罪和危害人类罪被海牙国际刑事法院定为世界最高级别通缉犯。”

他停下来，深吸了一口气。“圣主抵抗军就像幽灵一样。他们生活在丛林深处，据我所知，没有任何外来者曾经进入他们的秘密营地还能活着讲述经历。据说他们是应位于喀土穆（Khartoum）的政府邀请，于1994年进入苏丹，但后来双方关系恶化，现在藏身于刚果民主共和国、苏丹南部、乌干达以及中非共和国。他们的基地不断更换。总而言之，我听说圣主抵抗军进行魔鬼训练，在战斗中绝对令敌人恐惧。作战时，圣主抵抗军的士兵不会要求任何宽待，当然也绝不会给予敌方任何宽待。他们甚至杀死自己的伤员。”

“更为复杂的是，圣主抵抗军装备精良，甚至拥有地对空导弹。正如劳伦特告诉我们的，一小群圣主抵抗军士兵最近击落了两架联合国直升机，并消灭了一支训练有素的联合国特种部队。官方数字报道有八人死亡，但我听说实际有 40 名士兵被杀。据说他们割下美军指挥官的头游行。圣主抵抗军将联合国部队赶出了丛林，蓝色贝雷帽再也没有回来。顺便说一下，这些就发生在离我们不远的大道上，发生在加兰巴境内。”

“他们的成员来自哪里？”我问。

“圣主抵抗军成员主要来自乌干达北部的部落阿乔利（Acholis），属于尼罗特人（Nilotic），与南部的班图人（Bantu）大不相同。就像非洲其他许多地区一样，庞大的部落元素给战争增添了怨恨。”

“他们想要什么？”杰森问。

“嗯，权力，但他们更恨穆塞韦尼，圣主抵抗军认为这个班图人对阿乔利人犯下了种族灭绝的恶行，他们对穆塞韦尼恨之入骨。穆塞韦尼于 1986 年发动政变，像圣主抵抗军一样征用童子军，据说曾公开表示西方人并不理解非洲文化，这些言论甚至可以在 YouTube 上找到。他像科尼和奥蒂一样野蛮，只是掩饰得更好。穆塞韦尼曾经说过，他会把阿乔利人像蚂蚱一样关进瓶子里，让他们互相吞噬。”

“由于圣主抵抗军不断反抗，阿乔利民族被穆塞韦尼政府围捕，放逐到被称为‘受保护村庄’的区域，对待这些可怕的难民营正像用瓶子装蚂蚱一样，穆塞韦尼声称是为了保障阿乔利人的安全，但事实是，分布在乌干达北部的这些拥挤的难民营可以说是世界上最糟糕、最肮脏的居住地。阿乔利人称之为集中营，在那里有将近200万人生活在科尼和穆塞韦尼的双重恐怖中，这些人食不果腹，徘徊在死亡之门的边缘。那里几乎没有医疗服务，世界卫生组织去年与乌干达卫生部合作发布的一份报告指出，每周有1000多人死于可预防疾病。那里卖淫猖獗，艾滋病肆虐，腐败无处不在，家庭结构不复存在，居民的预期寿命只有40岁。最重要的是，穆塞韦尼的秘密警察无处不在，圣主抵抗军声称，甚至所有阿乔利民族的同情者都无故失踪了。”

他继续说：“孩子们被称为‘隐形儿’。每天下午，成千上万名受惊吓的孩子从营地步行数英里，跑到附近的城镇，为了逃避圣主抵抗军的绑架和残害。我本人还没亲眼看过，但我有认识的朋友见过，他们说那可以称作最悲惨的景象，那么多受惊的孩子匆匆上路，有些背着婴儿。幸运的孩子有时会在教堂里找到毯子，而大多数孩子则在任何危险的地方过夜，通常是公共汽车站或人迹罕至的人行道。第二天早上，他们醒来后饿着肚子走回学校，周而复始。你能想象他们这样生活吗？”

我们都沉默了。“这真是最残酷的情形。”

杰森说：“确实如此。现在你知道为什么我一开始就说，在这次的犀牛营救行动中，我们必须非常快速地出入那个区域。只有一个原因：圣主抵抗军。”

福里在军事方面多年的经验这时真正有的放矢了。

“我一直在仔细研究这里的情况，”他说，“守卫可以通过对讲机接听到圣主抵抗军的通话不是因为叛军正在外面野餐，而是因为他们正忙于进行全面侦察。请记住，在 ICCN 和‘非洲公园’进驻之前，官方有完全放弃加兰巴的意图。北部的圣主抵抗军现在意识到武装力量重新回到了保护区，并且还训练了不少守卫。因此，他们也在调查。也许他们就在附近，正在暗处监视我们的谈话。估计他们还在周边的部落里建立了情报网络，而且我可以肯定今天早上在操练中看到的新入伍的守卫中就有几名圣主抵抗军的卧底。圣主抵抗军比管理层更了解这个地方，因为他们需要的一切都在这里：食品和物资。最重要的是，武器和弹药全部掌握在一群没用的守卫手里。对他们来说，这里就像一个血腥的市场。从现在开始，这个营地将受到持续的威胁。阻止突袭的唯一可能是即将进行的圣主抵抗军和穆塞韦尼之间的和平对话。南苏丹政府已提出调解，希望与圣主抵抗军进行对话。圣主抵抗军不想引起争端，至少目前是这样。如果谈判失败，他们将会采取行动，加兰巴将受到袭击，这里实在是太诱人了。因此，我们需要在会谈结束或破裂之前将犀牛带离这里，否则我们将永远失去机会。”

他是绝对正确的。

“福里，你真是个曼巴（mamba），”我说，“谢谢！”

我们听到外面一辆汽车的引擎声，是来接我们吃晚餐的。

“让我们和约瑟喝上几杯。”福里说着，便从他的手提箱里拿出两瓶苏格兰尊尼获加威士忌。

“我需要好好了解一下，到底是怎么一回事。”

第十二章

晚餐设在约瑟居住的河边农舍的宽敞前廊里，食物很简单，意大利面配肉酱。我们一整天没吃饭，食量大得让人都有点不好意思，简直超过快要饿死的鬣狗。

尽管约瑟在葡萄牙有妻儿，但他在非洲度过了一生的大部分时光，可以看出他是个铁杆户外活动者，他深爱着荒野。非洲丛林中的老手属于另一类人，他们进入丛林最深处，几个月见不到一个白人。如果你想找到文质彬彬的人的对立面，约瑟就是。我本能地知道，如果还有人愿意为加兰巴的野生动植物竭尽全力，约瑟必定是其中之一。也许最初对我们的排斥是因为他已经不信任任何官方认可的东西，我完全理解他的感受。我还注意到，尽管从技术上讲，ICCN 官员们是他的雇主，但他并不买他们的账。实际上，那两个官员甚至没有得到邀请。后来事实也证明，布里吉特因为太过劳累，决定不参加聚会真是明智之举！

夜深了，我们把第一个威士忌的空瓶子丢进垃圾桶里，又打开第二瓶。现在，大多数工作人员都回家了，杰森明智地逃避了这场威士忌加水的马拉松比赛，决定上床睡觉。整个营地里到处都是清晰的狮子足印，所以约瑟派了一名武装警卫护送杰森回他的小屋。杰森上床时听到了豹子的吼声，他冲到并不结实的窗户边，几码外果然有一只成年雄性豹子正直视着他，杰森一定刚刚从它身边走过。他后来告诉我，那晚他梦见豹子四处徘徊，狮子在抓他的房门，携带疟疾病毒的蚊子中队俯冲着轰炸他的床，而蚂蚁杀手在床下沙沙作响。

回到约瑟这头。对于这片无政府状态的土地我们有许多无法解答的问题，需要在他那儿找到答案。福里瞄准了机会。

“我的朋友，加兰巴到底是怎么回事？为什么让我们在犀牛问题上兜圈子？是不是还需要更多的威士忌才能给我们真实的答案？”福里问道，露出灿烂的笑容。

约瑟也笑了。

“我是认真的，”福里说，“让我们少来那些没用的。”

约瑟边给自己倒上酒边说：“别急，到时候我会说的。”他并不着急——我们可能是自从他来到加兰巴以来，少有的几个访客，他得充分享受这一刻。

约瑟告诉我们，他在南非待过一段时间，并在乌姆福洛济与著名的伊恩·拉珀博士一起进行过与狮子相关的研究工作。当他听说伊恩和我是朋友时，对我的好感明显加深了，我想我已经最终说服了他，不仅仅因为我们是热心的动物保护者。然后我讲述起伊恩的故事：多年前在祖鲁兰，年轻的保护员有时在丛林中待上几个月而没有女性陪伴，他们回营地时浑身又脏又臭却满怀希望。但伊恩会说："恩托比史（nthombis，祖鲁语女孩的意思）对你们没兴趣，芭波尼史（baboons，祖鲁语狒狒的意思）跑得太快了。"说完笑话，加上约瑟喝着自己随意调配的很浓的威士忌，酒劲儿上来了，他终于松弛下来。

"你们想知道这到底是怎么回事吗？我会告诉你们，但听了不要觉得不舒服。我的朋友，你们想挽救北方白犀牛，那是在浪费时间，它们已经完了。你倒是应该用南方白犀牛来填补这个地区。南非不是有不少南方白犀牛吗，我们宁愿制订一个合作计划，把它们引进到这里来。"

我和福里互相看着对方。对我们来说，这无疑是在听天书。

我说："但是据我们所掌握的信息，还剩下 15 只。如果我们能把它们从丛林中带走，北方白犀牛应该可以繁殖延续。"

他摇了摇头："即使还剩下 15 只，当然我怀疑这个数字是否准确，基因库仍然太小了。你们的计划无异于追逐彩虹。"

这是不是金沙萨会议不愿意进行营救的真正原因？约瑟是"非洲公园"的负责人，而在刚刚接管加兰巴时，这最后几只北方白犀牛的命运一定是放在首要位置的。但是现在他们已经放弃了吗？我对此感到沮丧。

“约瑟，除非我们有所行动，否则它们将是下一个灭绝的亚种。即使只有极小的机会可以保住北方白犀牛，我们也必须试试。我们现在不谈总部的那些垃圾，你会帮助我们吗?”

“当然。我又不去任何地方。总公司正在考虑进行航测以统计剩余犀牛数量。”

福里开玩笑地说：“考虑？好吧，我想那多少是一个开始。”

约瑟耸了耸肩：“恐怕情况就是这样。我手上的工作实在太多。”

“我们没有时间仅仅只是‘考虑’任何事情，”我反对道，“我们应该立即采取实质性作动，必须先找到犀牛，用飞镖标记它们，然后再回去把它们运出来。我们可以通过两次快速行动来完成营救工作。否则，它们就会永远消失，我告诉你，这可是物种灭绝！”

“好，祝你好运。”约瑟高举酒杯。

“你如果获得到掌权者的认可，我会帮你。”

我们很高兴地以为聚会就此结束。但是并没猜对，约瑟命令剩下的唯一一个值班人员独自穿过灌木丛到河边去再打一桶水，该职员也尽职尽责地做到了。如果是我，肯定不会去，想想黑暗中，河里的那些鳄鱼和河马以及四处走动的狮子。

约瑟将水烧开，将威士忌与从水壶中倒出的水直接混合，再次将我们的杯子加满。他没有浪费时间等酒变凉，当然我也不知道在潮热的非洲之夜，酒是否真的会凉下来。用滚烫的开水混着威士忌在位于赤道上的灌木丛里比较酒量，这是我不会忘记的经历，但绝对不想重复。

直到凌晨4点半，我们终于喝完了掺了河水的威士忌酒。约瑟仍然像尊雕像一样稳健，哀叹着在这里很难找到好威士忌以及好朋友。他显然把我们划入了这个范围，我们也是如此。

“福里，太阳快升起来了，飞机将在一个半小时后起飞。”我说，“我们应该尽量睡一会儿。”

约瑟主动提出开车送我们回小屋，路上他仍在抱怨威士忌喝完了，这个人简直有水牛一样的酒量。

我们下车后，福里朝他的小屋走去，或者更准确地说，向他的小屋蹒跚而去。他突然发出一串刺耳的咒骂声，然后喊道：“混蛋，它们到处都是!”他跳来跳去，大声喊着，疯狂地拍打着双腿。

“怎么了，伙计?”

“蚂蚁！这些讨厌的家伙咬人!”他边说着，边跺着脚。

福里不幸走进了狩猎蚁的蚁群大军。值得庆幸的是，经过了好一阵折腾，福里终于摆脱了猖狂的蚁群的袭击，他正一边擦拭着灼痛的双腿上的诸多叮咬处，一边咒骂着。我们俩开始大笑，并摇晃着回到各自的小屋。当我瘫倒在床上时，仍然足够清醒，我还记得塞紧蚊帐。我们原定清晨6点离开，飞行员曾警告我们说，如果我们迟到，他的整个时间表就乱了，他会丢下我们独自离开。

我感觉只睡了一秒钟，就被杰森叫醒，他告诉我飞机将在十分钟内起飞。我感觉糟透了，但远不如福里差，他绝对比我更不想起床。

“我喜欢这里，”当我们到达他的房间时，他呻吟道，“几周后再回来找我，我还得向约瑟报仇。”

福里勇敢地与约瑟拼酒——大家都知道，这本是我的职责——而我极有心机，偷偷将一些酒倒入了身旁一片荒芜的花坛中。福里睡着时将一条裸露着的腿从蚊帐中伸了出去，现在腿上有一堆巨大红色的蚊子咬痕，加上之前狩猎蚁的袭击，让他痛苦不堪。更糟糕的是，福里身体状况不佳，看他的状态，我觉得不仅仅是因为昨晚醉酒，我估计他很有可能染上了疟疾。

我们想方设法让福里起了床，然后我们看到约瑟的车仍然停在原处，这位富有魅力的葡萄牙护林员睡着了，在方向盘后面打着呼噜。司机一侧的门敞开着，吸引了众多的食肉动物。也许是因为他的呼吸中的威士忌的味道，才让它们不敢靠近。

福里大笑着，走过去，把他叫醒。“感谢你做的一切，伙计，”他说，“约瑟说到底还是一个非常好的人。”

在飞机上，福里蜷缩在机舱后方放行李的地板上。机舱里十分闷热，我可以看到他汗如雨下。

“福里，”我对他说，“我觉得你得了疟疾。”

“有可能，不过既然无能为力不如顺其自然。放松伙计，让我睡一会儿。”疟疾是由蚊子传播的，它可是致命的疾病，症状包括发烧、剧烈发抖、出汗和恶心，这些福里都有。我真的很担心，但他是对的，我们对此无能为力。他有足够的经验，知道自己只能咬牙应对，直到回到南非才能接受治疗。

在途中，飞行员宣布我们将在丛林中间的一个修道院附近临时停靠以及收发邮件。在飞机下方是一条勉强称作跑道的小路，似乎更像一条细细的绳子切入雨林，我们在巨大的树木之间滑动着陆，飞机刚停稳，数十个充满渴望的孩子就从小学校里跑了出来，后面跟着修女。飞机降落是一件大事，孩子们当然不会错过，他们聚集在飞机四周，当我们走下飞机舷梯时，他们都拥了过来，兴奋地咯咯笑着。

“真好，是吗?”杰森说，“看他们见到来客有多高兴。”突然，笑声停止了，天使们脸上的表情变成了绝对的恐慌。我听到身后一声吼叫，转过身，看到福里站在飞机舷梯顶部。他把衬衫扯了出来，头发翘得像个大耙子，因为疟疾发热，汗水正从下巴滴下来。他是个壮汉，现在看起来更像但丁地狱里的幽灵。

“嘿，劳伦斯，”他大声喊道，“让我给他们看看一个真正的南非酒鬼是什么样子。”

他边说，边走到草地跑道上，躺在那里，双臂伸展，大声笑着。孩子们围着修女，惊恐地抓着她们的长袍。这时杰森走到他们身边，开了个玩笑，孩子们再次大笑起来。

我看着眼前这些灿烂的面孔，想到成千上万个被圣主抵抗军和穆塞韦尼从父母身边抢走的天真的孩子，无法想象他们的遭遇。

我们帮助福里回到飞机上，他重新蜷曲在地上。我们回到南非后，发现他的确患上了疟疾，但计算潜伏期，他应该是在远征之前就染上了病。疟疾袭击肝脏，他竟然可以与约瑟拼酒，令人感到不可思议。这对其他任何人都绝无可能，但是福里并非常人。

加兰巴之行对我们来说是一个转折点，至少现在我们知道正在面对什么。我想到一个问题，用于救援的大型飞机会引起注意，任何飞越圣主抵抗军巡逻队上空的飞机都有可能被击落。另外，我们也需要为遭受地面攻击的可能性做准备，我知道福里已经开始为此筹备。但是，你如何与恐怖部队作战？也许可以凭借一群好汉抵挡一时半会儿，但是和他们斗到底，那是天方夜谭。

我脑子里闪出一个念头，但这意味着和魔鬼握手言和。不可能，那太离谱了，我立即放弃了这个念头。一定还有别的办法。

好消息是，约瑟相信仍有一些北方白犀牛幸存下来，而且我知道捷克共和国的德乌尔·克拉洛维动物园（Dvur Kralove Zoo）仍有几只犀牛可以提供遗传基因的多样性。

也许我们仍然可以完成救援。但这只有在我们没有任何拖延地获得 ICCN 和“非洲公园”的关键性支持和批准的情况下。春天河水上涨，犀牛因此得到保护。正如约瑟所说，一旦盗猎者能够越过干旱的河床进入犀牛的领地，一切就晚了。

我们能降落在金沙萨，这要归功于飞行员娴熟的技术以及起飞前的祈祷。“你知道，”当我们融入车流进入城市时，我对杰森说，“这听起来也许很奇怪，但看起来仿佛我们才刚回来，就拥有了奢侈的生活方式。”

杰森笑了：“我们回到了现实世界。”

没错，与加兰巴那个蛮荒而宏伟的天堂相比，金沙萨确实是个文明世界。我们谁也没有想到我们现在会这样评价这个无比混乱的城市。

第十三章

当我回到苏拉苏拉时，象群早已守候在大门附近。它们已经有一段时间没有以这样的方式与我见面了，单单是靠近它们就令我精神振奋，这让过去几天里所受的压力显得微不足道。

整个象群都来了，娜娜、弗兰基、ET、玛鲁拉（Marula）、南迪（Nandi）以及我们没有，也从未打算为之取名的众多小象们。大象是野生动物，但是此刻它们都在门口等着我，出于某种我认为人类永远无法理解，或许也无须理解的原因，它们就是来了。

我停下来，下了车。娜娜走出队列，缓缓地将它的象鼻抬至我的胸口。它站在那里，庞大的身躯遮住了阳光，仿佛将我包裹在一个幸福满足的气泡中，在那一瞬间，我感到从未如此鲜活美好。

这也使我有机会仔细观察娜娜的眼睛，希望上次的治疗有效。可令我沮丧的是，事实并未如我所愿，它的眼睛仍然是乳白色的，但我们对此已无能为力。

象群离开了，在它们离去的方位，我看到了海蒂，在远方的地平线上仿佛一个斑点。我伸手从车里拿出双筒望远镜，集中注意力看着海蒂在祖鲁兰草原上自由地吃草，千百年来这里就是它祖先的家园。海蒂让我想起了它的堂兄们在加兰巴的生活。如此强大的生物如今却危在旦夕，这实在是人类对自然界的犯罪。而真正触动我的是，也许所有努力都将是悲剧性的徒劳无功。犀牛在近百万年不断进化而形成的那重达三吨，由肌肉、骨头和角组成的躯体，本来足以捍卫自身，却在丝毫不以为意的现代世界变得一文不值。我们的子孙可能再也看不到野生犀牛了，这也是我不断地尝试营救它们的一个主要原因。

我知道我们在刚果面临的挑战。仅仅物流本身就令人发怵，在这样一个偏远地区进行复杂的犀牛救援行动，成功的概率确实很小。我们必须对可以做的、计划要做的事发挥充分的创造力。如果想成功，就必须丢弃昆斯伯里规则（Queensberry Rules）①，像豺狼一样聪明甚至狡猾。因为如果我们失败了，将没有第二次机会。

我开车回我们的小屋，弗朗索瓦丝在草坪那里等我。她跳了

① 昆斯伯里规则：1860年昆斯伯里侯爵制定出拳击比赛的公平规则。

起来，给了我一个大大的拥抱，狗狗们争先恐后地扑到我的腿上，高兴地叫着。我时常想知道这些旅程对妻子的影响，我刚刚去了之前甚至不知道是否存在的疯狂地域。弗朗索瓦丝始终以完全的理解和支持接受我的每一次出走和探险，这无疑给予我足够的力量继续坚持下去。

今天她给我准备了一份惊喜。

“戴维·博萨斯回来了，他回来常住了。”她说着握着我的手，领我进去，“猜猜还有谁？布伦丹（Brendan）也过来了，他们现在在旅馆小屋。

我们开车去了旅馆，还没进屋，就能听到客厅里他们神气活现的对话：“大象真的把树木弄得‘枝’离破碎。”那是布伦丹·惠丁顿-琼斯（Brendan Whitting-Jones）的声音。

“你那些花哨的词到底是什么意思?”戴维·博萨斯回应道，“昨天这些大象是拟人化的，今天它们又在忙着拆树，你是在随心所欲地编故事吗?”

布伦丹反驳说：“‘枝’离破碎是一个真实的词，意思是将东西分解开。来源于‘爆裂’这个词，‘拟人化’的意思是类似人的意思。”

“你为啥不直接说？你这样说话听起来像个书呆子。实际上，我认为你就是个典型的书呆子。”

“你呢？你又能好到哪里去？你仍然认为猫王（Elvis）是国

王。谁会这么想？我告诉你，没人。我的意思是，你甚至还确信黑眼豆（Black Eyed Peas）[1] 是一种蔬菜。”

“好吧，猫王永远不会说像‘枝’离破碎这样的傻话。这是一个愚蠢的词。而且，猫王当然是国王。”戴维反驳道，“他还活着，去年，在孟菲斯的一家超市还有人见过他。”

当我走进去时，他们俩都跳了起来，咧着嘴开心地笑着。我注意到那只叫乔治的丛林宝宝夜猴，刚巧从丛林回来，已经对戴维大加青睐，它就坐在他的肩膀上。戴维在我们握手时试图将乔治推开，因为这次尝试差点被它咬掉了手指。

“你这个小土匪。”戴维吮吸着手指说道。乔治更紧地抓住他，但一看到弗朗索瓦丝，立刻一个大步跳到她肩上，然后窝进她脖子后面。

戴维刚从阿富汗回来，布伦丹仅仅是过来打个招呼，他们已经像老夫老妻一样争吵不休，好像从未分开过。

戴维·博萨斯是一位英勇无畏的年轻护林员，对事情的态度永远是“这就着手干吧”。象群刚刚抵达苏拉苏拉时麻烦不断，也非常危险，从那时起戴维就和我在一起工作。我当时刚到苏拉苏拉，我们一起经历了多次奇妙的丛林冒险。我们建立了保护

---

① 黑眼豆（Black Eyed Peas）是一支来自美国洛杉矶的Hip-hop流行音乐团体，在全球广受欢迎。

区，安顿了娜娜和它的象群。戴维四年前去了位于英国桑德赫斯特（Sandhurst）的著名的皇家军事学院。以军官身份毕业后，随英军在阿富汗服役，参与了多次军事行动，现在回到我们身边工作。戴维是一位天生的领袖，是一个骨子里的丛林人。对他来说，没有什么比在野外解决各种动物或人类的问题更快乐的了。我上一次见到他是在伦敦的烟雾中，在那里他活像一条离了水的鱼。我们在苏豪区的一家名为狗和鸭子的酒馆见面，我刚叫了一轮酒，戴维这个魁梧，非常英俊的年轻人就走到我面前说："这里的人真是很友好。"

"刚才，有个家伙走到我身边，问我们是否要可乐。我说，不用了，谢谢，朋友正忙着帮我买。"

另一个好朋友尼克·托马斯（Nick Thomas）正好和我们在一起，我们俩同时大笑起来。

尼克笑得喘不过气来，好不容易才挤出一句话："他实际上是在试图向你兜售可卡因。"

戴维很生气，有人胆敢尝试向他出售毒品。我们试图向戴维解释，这里是伦敦最时尚的地带，什么事都有可能发生。

"嘿，我可不管，如果那个家伙再敢过来，我要让他尝到我的厉害。"

现在，戴维回到了非洲，我可以看到他的脸上重新充满活力。

布伦丹·惠丁顿-琼斯曾是我的护林员队长，2003 年联军进驻伊拉克后，在巴格达动物园执行救援任务时一直是我的得力助手。这个中东最大的动物园，曾经是美国与伊拉克革命卫队之间的主战场。当我到达伊拉克时，数百只动物已经在围栏中死亡，有的沦为食物。有只瞎眼母熊缩在笼子里，爆炸声把它吓瘫了。所有没有牙齿或爪子来捍卫自己的动物要么饿死，要么渴死，要么被暴民吃掉。我叫布伦丹来帮我，在几个勇敢的伊拉克动物园工作人员的帮助下，依靠一位美国上尉的协助，我们设法拯救了尚且存活的动物，并让动物园再次恢复运行。令人高兴的是，美国人对该设施投资了数百万美元，今天它已成为这座城市的地标。

布伦丹现在在邻近的祖鲁兰乌姆福洛济野生动物保护区工作，研究中高度濒危的非洲野狗。他是一个帅气的年轻人，苗条却不失健壮，一头红发，我从未见过这么大大咧咧的人，经常把自己认为无关紧要的事情自然地忽略掉。当他在苏拉苏拉当护林员时，他与一条狗和一个叫拿破仑的患癫痫病的疣猪共享床铺，这正是他没有女朋友的原因。

“听弗朗索瓦丝说你昨天晚上参加了一个聚会，”我问道，“感觉怎么样?”

“挺不错的，但是回来的路上遇到点麻烦。”

“什么麻烦?”

“好吧，我开车回家时很累，决定在保护区里先睡一会儿。

但是我的腿在车里伸展不开，所以我把后面的货箱挡板放下来，增加一点空间。我很快就睡着了，梦中感到有东西在后面拽我，醒来发现有只该死的大鬣狗，正用牙齿咬住我的靴子。它显然希望我和它一起回家。”

“接着呢？”

“你认为我会做什么？我当然狠狠地踢了它一脚，让它滚蛋。”

“它走了吗？”

“走了。”

“接着呢？”

“当然是回去接着睡觉了。”

“你关上挡板了吗？”

“没有，我太累了。”

“鬣狗很幸运，你没有跟它讨论你的论文，”戴维嘲笑道，“你那些长单词会让它无聊死。”

他们回来真是太好了，乌姆福洛济距离这里不到一个小时的车程，戴维将再次与我合作，而布伦丹就在附近。当然毫无疑问，我还会听到更多关于“枝”离破碎以及猫王是否还活着的辩论。

这正是我再次面对犀牛问题之前所需要的调剂品。我计划在一两周内访问刚果民主共和国，那可能将是我一生中最重要的一次经历。

第十四章

从表面上看，我们为犀牛营救所做的准备工作进展顺利。很幸运，著名的夸祖鲁-纳塔尔野生动物兽医戴夫·库佩尔（Dave Cooper）同意加入我们。戴夫是我的好友，更重要的是，他是研究非洲犀牛方面的顶级专家。我还与其他热心野生动物保护的兽医进行了积极的探讨，他们都乐于提供帮助。

实际上，到目前为止，唯一引起我们担忧的是官僚主义。杰森一直与“非洲公园”保持联系，试图得到救援许可，但他们将我们的请求转给了ICCN，令人沮丧的是，后者随后又踢皮球，将申请转回“非洲公园”。因此，我们向莫普克大使作了简要汇报，他垂询后回复，问题都应该已经解决，我们将会收到环境部长的邀请，参加在金沙萨举行的本年度刚果动物保护区会议。

福里已经从疟疾中康复，加上杰森、伊恩·拉珀博士和我一起组成了代表团，我们兴致勃勃地前往金沙萨，希望可以获得加兰巴营救犀牛行动的最终许可。我的意思是，谁会否决任何一个大型援助，进而拯救一个物种免于灭绝呢？我们特意在与部长会面的前一天抵达，因为需要与联刚特派团的基地负责人劳伦特·库平见面。

劳伦特问候了我们，然后将我们介绍给了他的同事和上级，包括联刚特派团负责人比尔·斯温（Bill Swing）。一个犀牛亚种即将灭绝的现实引起了大家的共鸣，他们已经进行了相关研究，也表现出浓厚的兴趣，并且明确表示提供帮助的意愿。现在只需要环境部长提供一封正式信函，确认政府对救援的支持。

劳伦特取得了不可思议的进展。他对一个极其艰巨的请求做出承诺，竭尽所能地兑现诺言，他显然是一个有远见的人。这确实是一个巨大突破，我开始大胆地梦想我们可以实现目标——保存剩下的最后几只野生北方白犀牛。

我们在联刚特派团大院外叫了辆破旧的出租车，驶向环境部长办公室，在这里我们受到了热烈欢迎，部长称赞我们为救援行动和为获得联刚特派团支持所做出的努力。最后，他给了我们一份正式的政府认证项目批准书，这正是劳伦特所要求的文件，我们带着那份文件直接回到了联刚特派团。事情有了良好的开端。

劳伦特也给我们带来了更好的消息。联刚特派团不仅将为我们提供运送犀牛的飞机，而且还将为飞机提供护航分队。当然，我们必须与之在时间安排上进行协调，但是分队将全面协助救援工作。

已经到了午后，由于即将在明天举行会议的缘故，该市为数不多的相对高级的酒店都已爆满，我们被迫预订了一家条件十分简陋的旅馆。情况一开始就很糟，伊恩打开浴室的水龙头，一股水就从管道的接口处喷出来打到了他的膝盖上，真是糟透了。但是我们正着眼于更重要的事情，至少现在有瓦遮头。

那天晚上，我们冒险进入“极度疯狂”之城，杰森这样称呼金沙萨，享用了美味的中式晚餐。唯一的问题是，深夜从饭店出来找不着出租车，所以只好强撑精神准备步行大约一英里回旅馆。但是当我们离餐厅不到一百码时，一辆私家轿车停了下来。

“出租车。”司机叫道。

“好!”福里喊道，我们全都钻了进去。在金沙萨，我们发现，每辆车都是潜在的出租车。这位司机打算去探望亲戚，在路上捎上想要搭车的人，并收取费用，几乎所有金沙萨的司机都这样做。

窗外，直到凌晨四点半，雷鬼乐队（Reggae）都在反复尖声唱着同样的三首歌，我们无法入睡，一大早就前往位于市中心的梅岭酒店参加会议。

过于盛大的场面与外面残破的城市形成鲜明对比，来自世界各地西装革履的代表以及随行人员悉数到场，我们找到了自己的座位，随后我得到了在会议上简短发言的机会。我上台通过翻译进行了转述，说明了犀牛救援计划，并确认我们已经得到环境部长的支持，但与会者的掌声稀稀拉拉。

当天晚些时候，我们被召集与ICCN进行会谈，ICCN总干事、“非洲公园”的约瑟·考普斯（Jose Kalpers）、部长代表布里吉特、来自巴黎的国际自然保护联盟（IUCN）以及联合国教科文组织（UNESCO）的代表也出席了会议。令我高兴的是，约瑟·特洛先生从加兰巴赶来，热情地和我们交谈。在这样一个高级别的会议上，我尽量让自己天真而奢侈地相信常识将占上风，我们会获得支持，启动救援任务。

但我错了，这是我参加过的最令人沮丧的会议之一。

甚至在会谈开始之前，我们就被ICCN的人叫到一边，在“非洲公园”官员的注视下，他们私下指出，如果没有ICCN的批准，我们无权会见环境部长或参与任何加兰巴的援救行动。进而提醒我们，ICCN和“非洲公园”之间已就加兰巴国家公园的管理达成协议。

对突如其来的责难感到震惊的同时，我们重申我们非常了解该协议，我们的参与得到了刚果民主共和国驻南非大使的支持，并获得环境部长的邀请。我们可不是突然冒出这么个主意。

这个看似合乎逻辑的理由显然没有引起任何共鸣，因此我以较为正式的语气继续解释：“ICCN表示，我们参与救援工作必须遵循‘非洲公园’的指示，但‘非洲公园’一直要我们联系ICCN，反之亦然。我们一无所获，所以我们向南非大使寻求针对相关程序的建议。我们被告知，与ICCN交涉的正确外交途径是通过环境部长。所以我们就这么做了。”

我补充说明：“我们收到政府信函，正式要求我们与ICCN一起发起救援。这应该说明问题了吧?”

现实显然不是。不管我们说什么，在我们看来，ICCN和“非洲公园”都没有丝毫兴趣，尽管我们手里攥着政府公文。

这种态度在会议中一直持续着，官僚主义已取代行动计划成为主要议题。

最后，终于讨论到最重要的救援部分。首先，“非洲公园”告知与会代表，他们正计划使用固定翼飞机进行航测。

我们立即表示支持该普查计划。不仅如此，我们提出免费提供我们可以动用的资源——贝尔喷气直升机（Bell Jet Ranger），该机型非常适合这项工作，而且不会花费他们任何资金。

可是我们的提议被拒绝了。我完全不能理解。

我惊呆了。“您依据何种原因使用固定翼飞机而不是直升机进行航测?”我问道，“情况非常紧急。一旦发现犀牛的踪迹，就必须施放飞镖植入跟踪装置，以便稍后再次找到它们并进行营救。您不能用固定翼飞机做到这一点，这必须借助直升机。另外，如果灌木丛浓密，只在高空飞行您可能根本无法发现它们。使用直升机，则同时保证了搜索速度和机动性，并可以在需要时悬停。”

好吧，这个建议石沉大海。会议依然决定使用固定翼飞机而非直升机。

因此，我再次尝试，试图用显而易见的道理直击问题中心：“如果这样做的话，你将不得不先后两次追踪犀牛，一次计数，另一次营救。那是一个巨大、艰难而又危险的搜索区域。我认为，我们一旦发现犀牛的踪迹，就必须抓住机会立即用飞镖击中它们，并发射追踪器，将其植入它们的角中，以便再次找到它们并进行营救。不然，只会错失良机。”

然后我愤怒地摇着头说：“不使用直升机是毫无道理的。”

代表们看着我，脸部表情僵硬。他们仍然决定使用固定翼飞机，无论我怎样据理力争。

随后，他们继续讨论在未来的哪一天进行航测。

我再次打断对方的发言，这显然让一些代表感到不悦。“一切将为时太晚，我们必须立即采取行动。实际上，现在就必须行动。犀牛目前位于登古河和加兰巴河之间。”我指着一张假想中的地图，“根据驻守在加兰巴你方员工的判断，河流泛滥实际上可能是这些犀牛还活着的唯一原因。一旦雨季结束，水位下降，盗猎者就能越过河流的屏障而找到犀牛，一切就都结束了。”

一位代表不屑一顾地摒弃了我的论点：“但是我们的下一次会议排期在雨季结束之后，我们不可能现在就做出决定。”

这完全不可理喻。换句话说，犀牛几乎已经被判处死刑。

我把头埋进双掌中，简直不敢相信我所听到的一切。营救已经不再成为议题，计划被埋葬于官僚主义的固执所造成的雪崩之中。我气得发抖。

会议结束了，当我们离开座位时，我无意中听到有人在说："问题是那个安东尼先生认为他比我们更爱北方白犀牛。"

我转身看到一些代表在得意地笑。

我摇了摇头。他们没有进行任何研究。狼已经到门口，他们为什么还要拒绝政府已经批准的专业援助？加兰巴是一个极其危险的地方。如果 ICCN 和"非洲公园"真正了解他们面临的挑战以及圣主抵抗军的势力，他们将为我们——为任何疯狂到付出金钱和生命双重风险进行这样项目的人铺上红地毯。

在我看来，唯一真正了解加兰巴实情的人是 ICCN 在那里的现任经理和守卫们，他们目前实际上只是躲藏起来，但他们知道面对的是什么。

眼前发生的事实令我震惊。我清楚地知道，在这次会议上，北方白犀牛已经被判了死刑。除非奇迹发生，否则该物种将在野外灭绝。不是因为盗猎者或圣主抵抗军，不是因为那些非常残酷的自然威胁，而是因为保护工作最致命的诅咒：自负和自私。

我发现自己从愤怒陷入冷漠，竭尽全力说服自己不要当场起身离开那座建筑，远离金沙萨，回到尊重逻辑的苏拉苏拉，在那里我至少可以进行一些建设性的工作。

伊恩是个非常镇定、理性的人，但他也被激怒了。“我希望在这类会议上能提供科学证据。他们感情用事，结论完全不合逻辑，这肯定是我参加过的最愚蠢的会议。”

福里和杰森沮丧地摇了摇头。

“嗯，救援工作已经终结，”福里说，“向部长汇报是在浪费时间。我们现在所能做的就是去找驻南非的贝尼·莫普克大使，看他怎么说。”

代表们前往休息室。过了一会儿，我看到联刚特派团的劳伦特走进来。我把他叫到一边向他说明情况。

他也很震惊。“这太荒谬了，我简直不敢相信。”

“我们也难以置信。”

我们聊了一会儿，最后一次尝试恢复理性的讨论，我走向其他代表坐的地方。当我走近时，他们停止说话，都抬头看着我。我深吸了一口气说：“如果出于某种原因你们需要确认我们已经获得联刚特派团的支持，他们的重要官员就坐在那边，欢迎你们过去与他聊聊。”

我指了指劳伦特。

不久之后，我看到 IUCN 代表找到劳伦特进行了简短的交谈。他们一离开，劳伦特就招呼我过去。

“我只想让您知道，IUCN 代表问我们是否支持您的救援计划。我肯定后，他又问 IUCN 是否也可以从联刚特派团获得同等程度的援助。”

我目瞪口呆地看着他，“你在开玩笑吗？你是怎么回答的？”

“我告诉他们我们的安排已经锁定了你。我们对你计划的可行性很满意，不会变更合作伙伴。”

“我真不敢相信，”我说，“我们已经将自己的人力、财务、设备以及资源，所有的一切，都交给了 ICCN 全权支配。为什么还有人会试图走后门，偷偷摸摸地让煮熟的鸭子飞走呢？”

“看看他们是否会回过头来找你。”

他们并没有。

我们沮丧地收拾行装，飞回南非。也许在苏拉苏拉待上几天，可以带来我所急需的新视角。

如果北方白犀牛从世界上消失，那将是自毛象灭绝以后，最大型的哺乳动物亚种灭绝。北方白犀牛濒临灭绝不仅仅是某个人的问题，而是一场国际性危机，其产生的恶劣影响不可估量。犀牛不知道也不在乎政治、地位或者官僚主义，我发誓，我也是如此。

不幸的是，我现在唯一能看到的解决方案是一个十分激进的想法，以至于我本来光是考虑到其可能性就感到荒唐。

加兰巴的问题很简单：警卫人员因为恐惧而不能正常工作。原因是圣主抵抗军在加兰巴公园无处不在。

但是，如果可以消除这种威胁呢？这个可能性存在吗？圣主抵抗军是这个世界上饱受谴责的反叛武装之一。那么，我们有联系到他们的途径吗？

我用力吞了一口口水。

第十五章

灾难性的刚果保护区会议召开大约一周后，福里从比勒陀利亚打来电话。福里的意志如同斗牛犬一样顽强，无论刚果保护区会议上发生了什么，他都不会放弃犀牛营救计划。

“劳伦斯，我一直在与莫普克大使沟通，他接受了我们的邀请，即将来到苏拉苏拉进行访问，讨论犀牛救援的方案，这个周末你有空吗？”

“没问题，我有空。”我说。

“很好，大使和他的妻子以及三个孩子一起来，我们将在星期五午餐时间到达。我开自己的飞机载他们来。”

“太好了，应该会有一场有趣的探讨。”我和弗朗索瓦丝检查了灌木丛里的简易飞机跑道是否有新的白蚁丘或者其他动物的洞穴，这些障碍都可能挂住轮子，如果在停靠时机身倾斜，事故可能是致命的。我们捡了一些树枝放在跑道边上，因为没有风向袋，一小簇火苗产生的烟可以给飞行员指明风向。

另外，我们还特别留意了象群是否正巧在跑道附近，它们对飞机特别感兴趣。我曾经看到弗兰基与一架准备起飞的小型飞机对峙。驾驶员甚至不敢相信自己的眼睛，飞机在跑道上加速，试图逃脱这只愤怒的庞然大物的全速追赶，这无疑给他奋力起飞提供了严肃而充足的动机。幸运的是，飞机及时升空离开了，由于某种可以猜测的原因，那个飞行员从此再也没有回过苏拉苏拉。

星期五，福里和莫普克大使一家乘坐飞机如期到达，杰森、迪伦、几个护林员以及我本人看着飞机降落，低空飞行并在跑道上方轰鸣，赶走可能蛰伏在附近并且干扰着陆的动物。然后，飞机避开跑道尽头的树木，掉转机头开始降落。然而，飞机刚刚触地，就突然猛地向左倾斜。

我清楚地看到福里坐在驾驶舱中，拼了命地拉控制杆，脖子上的肌肉像一截截突出的手术肠线一样隆起。飞机再次急速升空，我的心脏都快跳了出来。千钧一发之际，机翼钩住一棵树，已经失控的飞机冲出跑道，一瞬间坠入灌木丛中，坠毁声震耳欲聋，足以传到数英里之外。这一切让我震惊，完全可以设想，如果看到火球冲向天空，福里以及其他乘客即刻间就会化为灰烬。

但是在那之后一切都仿佛停止，安静得诡异，我们开始朝事故现场狂奔。

当我冲刺奔跑时，眼角瞥到一群恐慌逃离的斑马，后面跟着三只长颈鹿，一大群凤头鹦从树林中飞起，发出独特的鸣叫。

找到飞机残骸后，我们爬过粉碎的植被和连根拔起的树木，找寻幸存者。我担心着最糟糕的情况，几乎没有人可以承受这样高速的撞击。

奇迹发生了，飞机腹部朝上，仍然直立在被撞倒的树木之间。机舱里没有动静，我抓住了把手，开始试图扳动那扇变形了的舱门。

我的恐惧得到了证实，里面的人都纹丝不动。

过了一会儿，福里动了一下，晃了晃头，斜倚在驾驶椅上。试图用肩膀帮我把舱门打开。慢慢地，撞瘪的门从铰链处脱落下来。在福里旁边，大使开始试着解开安全带。可他后面一排的座位上，没人动弹。

“福里，我们必须赶快离开！”我轻轻地对他耳语，试图不让其他乘客惊慌。

“我知道，”他一边向外爬一边清醒地回答，“我没事，快帮助其他人出去。”

“别的门！打开别的门！”杰森大喊。几秒钟之内，我们卸开所有的舱门，将乘客都拉出了机舱，因为担心这架飞机随时可能爆炸，我们匆忙离开事发现场。

“有人受伤吗?”福里大声喊着，然后从一名乘客走向另一名乘客，确保他们一切都好。

完全可以理解，他们都惊呆了，但是对于刚从天上掉下来并以接近致命的速度撞入丛林的人来说，他们应对得很好。没有人受重伤，这真是一个奇迹。大使的脚有些痛，仅此而已。他的妻子和孩子们茫然无措，但是居然都没有受伤。他们能幸免于难的原因是，尽管飞机的前部和后部像手风琴箱一样被完全压扁，但中间的乘客舱却完好无损。

同样令人惊讶的是飞机没有起火。飞机载着高度易燃的储油罐砸向丛林，无异于向死神招手。护林员帮助所有人登上车辆，驶往营区小屋。弗朗索瓦丝通过双向对讲机，在家里听到了飞机坠毁但所有人幸免于难的消息，她此刻已经准备了香槟，法国的"灵丹妙药"正等待着我们，这种药可以医治生命中的所有不幸。

法式疗法效果良好。所有人安顿下来后，福里过来，用了发射火箭筒才需要的力气在我背上狠拍了一下。

"这次我们又做到了，老兄。"这的确不是福里在其冒险生涯中的第一次死里逃生，我点了点头。

"只有你能做到，还保证乘客都活着。发生了什么?"

他耸了耸肩，"着陆时，飞机起落架和液压系统失灵，很难应付。"这几乎等于福里承认自己刚刚直面死神。

"好吧，每个人都没事，你也没受伤，这是最重要的。"我说，然后皱着眉头问，"不过我的树死了好些，你是现在赔还是以后赔?"

福里大笑起来。

尽管发生了戏剧性事故，但当天傍晚，我们仍然与大使坐下来，向他介绍真正灾难性的刚果会议。贝尼·莫普克是一位机敏的外交官，听到的情况显然让他很气愤。他说：“这完全没有必要，我将继续尽我所能提供帮助。我不久就要去金沙萨，将与部长和总统就此事进行商谈。”

福里回答道：“谢谢您，您一直以来都乐于助人。如果世界永远失去这几头犀牛，有些人将来要为此承担责任。”

大使点点头，“的确如此。”

也许仍然有希望，在等待大使是否有能力影响救援进展时，我还有最后一张牌：“非洲公园”是由一位成功的荷兰商人及环保主义者保罗·范弗利辛恩（Paul van Vlissingen）创立的。如果我们能以某种方式与他会面，他或许可以理解并就此打破僵局。幸运的是他正好在南非。尽管病得很重，这位令人钦佩的先生还是同意见我们。

会见安排在南非最北部的一个自然保护区，我无法参加，杰森和福里同意去见他。当天福里不知因何迷了路，杰森独自完成了这次非常重要的会谈。杰森后来对我说：“保罗是一个举足轻重的人，我一见到他就立刻对他充满好感。我记得我用了大约15分钟的时间说明情况。他等我讲完，点上雪茄，看着我，当场同意我们可以与‘非洲公园’和ICCN一起进行营救。这也正是我们一直以来的建议。”

就这样，我们与“非洲公园”终于统一了意见。这真是可能得到的最好消息了，我们立即与 ICCN 联系，并向他们通报了“非洲公园”的决定。几天后，我们收到回应，说如果“非洲公园”同意，他们就同意救援。旋转木马又开始荒谬地运转，在这以后，我们无法取得更多的进展。

第十六章

我开车前往设立在德班“地球组织”总部内的犀牛救援中心，向团队报告进展。这时我的手机响了，是戴维·博萨斯，他刚刚接手苏拉苏拉的工作，就已经全力以赴。

“老板，我这里有点问题。”

“怎么回事?”

“今天早上大约十点，我们发现一只雄性幼象独自在丛林中。”

“多大了?”

“不会超过几个小时。它一定是今天早上才出生的，脐带都还在。”

“几个小时大的幼象，独自在那儿?”我惊讶地问道，“不可能，母象一定就在附近。”

戴维回答道：“我们进行了全面搜索，一英里之内没有别的大象。”

“这可不同寻常，幼象的状况怎么样?”

“它紧张又虚弱，但没有受伤，只是站在那儿，看起来很困惑，我们在一个小沟里发现了它。我留了几个护林员在现场，防止鬣狗靠近，我要把小象带回营地。”

“好的，给我们的兽医莱蒂·莫克（Leottie Morkel）打电话，问她是否可以过来看看，告诉她带着点滴。”

戴维说：“当然，我还准备了奶瓶和奶粉。”

带一只幼象回营地，也就是说要抓住它并将其带到安全的地方，但这并不像听起来那么容易。刚出生几个小时，尽管小象可能十分虚弱，但仍然重达240磅，而且小家伙一定会竭力反抗。

但是，我知道戴维非常能干，并将竭尽所能保持幼象镇定，让它存活下来。他回来真是太好了。

戴维先是用石头和枯枝挡住了沟壑的底部，然后将泡沫床垫和毯子放入车的后备厢，然后他慢慢倒转车开到沟壑的另一端，困住小象。

戴维和三名护林员迅速牢牢地抓住了小家伙，在人们极力推拉和幼象的尖叫声中，他们设法把幼象推进车里，迅速用力关上了后备厢门。然后两个护林员将幼象摁在床垫上，直到它稍微放松下来。

尽管自出生以来就没有喝过奶，但戴维认为幼象仍然足够强壮。莱蒂到了以后就可以给它打点滴，而大家现在需要做的就是把它送回营地，在那里它可以得到治疗。

但是有一点我和戴维都想不通：大象不会遗弃它们的孩子。我可以很肯定地说，就是与人类相比，母象仍是我见过的最优秀的母亲。然而，由于某种原因，这只幼象被遗弃了，在成群专司消灭老弱残疾的捕食动物的视线下，它活不过半天。我见过其他动物抛弃孩子，但总是有充分的理由，例如新生儿畸形或是食物不够，因为这在无情的非洲丛林中意味着宣判了生命的死亡。但是，我从未见过大象抛弃自己的孩子。以前，象群中出生过一个脚部严重变形的幼象，即使如此，象群还是拒绝离开它。它们昼夜不停地试图帮它站起来。最终我们不得不偷偷将幼象带离并尝试进行治疗。不幸的是，这只我们命名为苏拉宝宝（Baby Thula）的幼象最终还是死了。

戴维小心翼翼地将车从沟壑中移出，并开始载着他尊贵的乘客缓慢地驶向营区。

大约开了一半的路程，汽车攀上山顶，戴维看到象群正在一英里外的一块空地上游荡。对于健康的幼象遭受遗弃的原因，戴维仍感到困惑，于是冒出一个念头：如果把幼象送回象群会发生什么？

这是一个困难的决定。这样做的风险是，如果大象出于某种我们不了解的原因而舍弃了幼象，那么把它带到太靠近象群的地方，护林员们将无法安全地再将它带离，幼象将面临死亡。但是，万一行得通呢？

戴维仔细地考虑了一下，决定还是相信大象伟大的母性，并向其他护林员说明了他的计划。具体行动步骤是：

他们顺着风向靠近大象，以便让象群闻到幼象的气味，然后根据它们的反应，决定是否放归幼象。如果大象闻到气味来找它，戴维他们就会迅速把幼象从车里卸下来，然后尽快撤离。如果象群不理睬幼象，就将它带回营地，让兽医检查治疗。

因为需要近距离靠近象群，完全没有犯错误的余地。幼象无疑会在被卸下时拼命挣扎，而且会大声尖叫。任何延误，都可能在瞬间激怒近在咫尺的象群。那可是你永远不想遇到的灾难：夹在大象和它的孩子之间。

戴维的心都揪紧了，他试了试风向，就开着车驶向灌木丛，直奔象群。十几分钟的颠簸后，他停了下来，转过车身，开始向着象群倒退着靠近，试图让大象闻到幼象的气味，但是它们始终没有反应。

戴维不断向象群靠近，直到坐在后面的一名护林员喊道："嘿，戴维，你在驾驶室里，很安全是吧，所以不必担心把我们倒退着扔到发怒的象群中！"他们都笑了，戴维没理他们，反而离象群更近了，几乎想把幼象的气味塞到象群的鼻子里，同时扭着脖子看象群是否做出反应。

突然，娜娜停了下来，它的象鼻转向车子。"娜娜闻到了！"一个护林员兴奋地说。

戴维立刻停下了车，关掉引擎，以减少可能掩盖幼象气味的任何柴油味。

娜娜站着不动，除了贴近地面微微甩动象鼻外，看起来仿佛是一尊雕像。然后，娜娜抬起头，朝着他们迈出了一步，又一步……

“它过来了。”戴维低语道。他把固定后备厢车盖的螺栓拧开，放下了后车盖。

“快，快，快！”

没有什么比与一头突然对你产生兴趣的巨型大象逐渐接近更刺激的了。两个护林员在车的后部，另外两个在地上，开始推拉小象，试图在娜娜到来之前把它从车上卸下来。

然而，灾难发生了。幼象突然开始大声尖叫，而娜娜则扬起象鼻，加快了脚步，幼象再次尖叫。“大象们都过来了！”戴维大喊，“快点，伙计们，快点！”

试图在创纪录的时间内从车后卸下一只重达240磅且不停反抗的幼象可不是在开玩笑。最终，当娜娜几乎只有一步之遥时，他们终于将幼象从车后推到地面，并哄着它站起身。护林员们跳进车后座时，狂乱地手舞足蹈，因为戴维正疯狂地加速撤离。然后他大幅度地掉转车身，让车头对着幼象，它到此时仍在尖叫着。

娜娜一来到这个困惑的幼象身边，就开始嗅它，并用自己的象鼻爱抚它。然后，它将大腿靠向那微小的身体，长时间地摩挲它的肚子。现在，象群已经很近了，护林员注意到其中一名成年雌象匆忙地与其他成年雌象拉开距离，以便尽快到幼象身边。

“那只是幼象的母亲，”戴维说，“让我们看看会发生什么。”

幼象的母亲到了，它伸出象鼻，闻着婴儿每一寸身体，仿佛不敢相信眼前发生的一切。然后，它将娜娜推开，站到幼象的上方，幼象立即发现了乳头，开始吮吸。

其余的大象赶到了，年长的雌性动物也开始触摸嗅闻这个小家伙，将它笼罩在家族的温暖之中。眼前的一切如此美好，护林员们大声欢呼。

然后，娜娜做了一件不同寻常的事情。它慢慢地转向车子，然后站着不动，直视了戴维他们很久，过了好长时间才转向大象母子。戴维告诉我，毫无疑问，娜娜完全清楚刚刚发生了什么，它在向他们致谢。但是为什么象群先前会遗弃幼象呢？鉴于娜娜、幼象的母亲以及其他大象对它的热情反应，它们决不会故意遗弃它。那到底发生了什么？我认为是这样的：这只幼象可能在出生后没有动弹过，因为在极少数情况下，产下的会是死胎，所以象群误以为它已经死了，所以最终离开了。

然而奇迹发生了，幼象后来活过来了。这可能是唯一的解释了。

第十七章

“所以，”我到达德班时对杰森、迪伦和格兰特说，“救援工作真的已经无望，金沙萨那些该死的公务人员完全不可理喻。”

围桌而坐的每个人都失望地摇头。

“问题是，世界上的权威野生动物保护组织基本都出席了金沙萨会议，他们要捍卫自己的立场。”格兰特说。

“我对他们的立场毫无兴趣。”迪伦说，“我从犀牛的角度来思考这个问题。它们足够聪明，完全清楚发生了什么。人类总是突然出现在它们面前，带来暴力、恐惧和混乱。到现在为止，幸存下来的犀牛目睹了数百名同伴被杀，它们无所适从。”

“同伴？”格兰特笑着说，“别人会说这有点拟人化吗？”

我记得布伦丹也用过那个“类似于人的”的单词。

“任何人如果还不相信动物意识中存在家人和朋友，并且相信它们关心自己的亲人，都一定是‘地平说’学会（Flat Earth

Society)[①] 的忠实会员，或者是那些仍然固执地认为太阳绕着地球转的家伙。”迪伦轻蔑地说，“我的意思是，他们怎么能这么不开窍？还有人会相信动物没有情感吗？它们有生命，而情感正是生命的回应。我见过疣猪，它们比我认识的某些人更负责任、更纯净也更聪明，它们甚至比人类更有做父亲的担当。”

我改变话题，想找个法子宣布下一个消息，这也是我召开会议的真正原因。“我和福里讨论过，我们一致认为北方白犀牛面临的最大危险源于加兰巴公园里的圣主抵抗军，他们的存在导致护林员因为恐惧而拒绝进行具有实际意义的巡查。”

迪伦补充说：“还有该死的官僚机构。”

“我们不要忘记福里对局势的评估是，如果圣主抵抗军和乌干达政府之间和谈失败，而他相信那将是必然的——加兰巴会遭到袭击。”杰森接着说，“我今天又和他通了话，他非常悲观。实际上，福里的预言是，加兰巴的主要营地遭受袭击只是时间问题，他谈论的是全面军事打击。”

其他人纷纷点头。

“看看我们能以何种方式消除这种风险，或者至少降低这种风险呢？”我问道，“我们是否有可能说服圣主抵抗军撤退呢？说

① 地平说学会，是一个支持地平说、反对地圆说的组织，由英国人塞缪尔·申顿于1956年建立。

服他们同意对加兰巴的护林员和营地网开一面，那就有机会拯救犀牛免于灭绝。”

“你在说什么?”杰森哼了一声说，“走进刚果丛林，找到国际刑事法院最高通缉令上的恐怖分子约瑟夫·科尼和文森特·奥蒂，并很友好地恳请他们仁慈地停止杀戮以及恐吓活动?”他震惊地看着我。

“我无法相信!”他大声说，“这就是你的计划？这次你终于失去了理智。”

杰森抓住了重点，我正是打算和圣主抵抗军对话。是的，尝试和他们对话。

“一切都始于计划。”我说，“还有别的办法吗？在金沙萨，没有几个人对我们的计划感兴趣，我可以肯定，以目前的局势，犀牛将在野外灭绝。”

事实证明，与世界上最阴险且饱受谴责的组织进行接触，或者至少与其政治派别进行接触，比我想象的要容易得多。

我打电话给朱莉亚·劳伦兹，问她是否可以帮忙。正是朱莉亚最先告诉我北方白犀牛的境况。朱莉亚时刻准备单凭相机和勇气去回击其他人的恐惧和质疑。

朱莉亚说：“让我研究一下，我知道有一个人可能会帮上忙，我曾与他合作过，我会给你回信。”

一天后，她给我打了电话。

“好消息，”她说，“我找到了一个联系人，他的名字叫弗兰克·尼亚凯鲁（Frank Nyakairu），是乌干达记者，多年来一直在撰写有关圣主抵抗军的文章。圣主抵抗军与乌干达政府之间的和谈于2006年7月中旬开始，在首屈一指的南苏丹首都朱巴（Juba）举行。尼亚凯鲁现在就在那里，他答应尽力提供帮助，但需要我们立即赶过去。”

我放下电话，立即给我、朱莉亚和她的丈夫克里斯托弗预订了经由肯尼亚内罗毕飞往朱巴的机票。

我们从德班飞往约翰内斯堡的第二天，就遇到了第一个波折：约翰内斯堡的海关当局不允许没有苏丹签证的朱莉亚和克里斯托弗登机。他们坚称我们必须首先从苏丹首都喀土穆获得签证，但这几乎是不可能的。喀土穆位于北部穆斯林地区，他们与南方的基督徒进行了多年激烈的内战。从喀土穆获得签证不仅需要很长时间，而且比起根本没有签证，那张签证更可能让我们在南苏丹首都朱巴遇到麻烦。

我也没有签证，但不知道出于何种原因，海关官员似乎并不介意让我登机。更糟糕的是，机场停电了，没有任何货币兑换处或自动提款机正常运作。这意味着我不仅失去了旅伴，而且也没有现金，美元现钞在非洲很多地方至关重要，因为在那些地方信用卡一文不值。

我最终决定不再忍受这一切，回到航空公司，告诉他们，大家都清楚不可能获得前往南苏丹的签证，而且这并不是南非航空公司的问题，因为我们需经内罗毕转机。最终，他们妥协了，而电力供应也刚巧在那时恢复了，我们狂奔着去兑换货币，在登机门关闭之前，我们拿到了一笔至关重要的美钞。

五小时后，我们在内罗毕经历了同样乏味烦琐的争论，肯尼亚海关效仿南非同行，拒绝让我们在无签证的情况下登上飞往朱巴的飞机。我再一次艰苦地重复了整个过程，一次又一次回到柜台。最终，我认为官员们对此实在厌烦了，便允许我们通关登机。

又过了几个小时，我们向西北方飞过没有人类居住痕迹的空旷灌木丛，降落在朱巴机场。

在非洲这些混乱的城市中有两个规则。首先，现金为王；其次，必须是新版美钞，因为许多较旧的面额都是伪造的。我们进入一栋还算得到了合理维护的白色建筑。在等待护照盖章的一群乘客中，有一个戴着墨镜，手持AK–47，穿着军装的硬汉。我朝他走去，“对不起，”我轻声说，一手拿着钱包，“我可以和你聊聊吗?”他轻蔑地看着我，注意到钱包后，点了点头。我跟着他走进大厅一侧的一个隐秘的小房间，我把两百美元被直接塞进了他的口袋。片刻之后，我们的护照都盖了章，我们通过了海关，没有任何问题。

又花了一百美元，我们找到了一辆出租车，前往城市中心。

但是，称其为“城市”可能会让人产生错觉。那些自从 20 世纪初开始建造，从未再进行过任何维修的建筑违背了牛顿的万有引力定律，至今仍然屹立不倒。长角牛在尘土飞扬的碎石路中徘徊，一只气势汹汹的花斑牛拒绝为我们让路。你必须是本地人，或者是长角牛，才能了解这里复杂的交通规则。

朱巴有着一种神秘而令人不安的气质。它给人的感觉像是一个失落的小镇，既因为地处偏远，同时其自身的独特性也让它与世隔绝。在这里，军队占主导地位，生命不值一钱，任何事情都可能发生，而且确实也会发生。我本能地把钱包从裤子口袋换到从林夹克内侧有拉链的口袋里。我活动了一下脚趾，袜子里藏着的应急的五百美元令我勇气倍增，如果再有一把手枪，我会感觉更舒坦一些。

朱巴还是世界的坑洼之都。当我们遇到一个大坑时，已经避开了许多小坑。司机瞥了我们一眼，就突然将破旧的出租车开进坑去。我们手足无措，仿佛跌入深渊。出租车到了坑底，又沿着坑里的轨道到达了另一端。随后司机猛踩油门，我们终于重新回到阳光下，再次驶向路面。

出租车司机告诉我们，乌干达政府与圣主抵抗军的谈判正在朱巴拉哈酒店（Juba Raha Hotel）举行，该酒店已经没有空房，但是他知道附近有另一家酒店，会带我们过去。

他终于将我们送到一家外面有“酒店”字样的建筑物。这是一个用词不当的说法，因为它只有一个基本框架，一间狭小的复合板房间每晚收费两百美元。由于苏丹和乌干达的战争，朱巴成为联合国活动的中心，当地人为现金充裕的跨国官僚提供了相应的高价收费。当我抱怨未经处理的污水从我房门前流过时，接待员耸了耸肩。“明天也许会修好”，是我得到的唯一答复。

放好行李后，我们乘出租车去了朱巴拉哈酒店。入口处是全副武装的士兵，他们背着 AK-47 进行巡逻。毫无疑问，周围的屋顶上还埋伏着狙击手。圣主抵抗军在城里，没有人敢冒险，尤其是不久前约瑟夫·科尼还曾经在朱巴出现过。

朱莉亚和克里斯托弗手上的相机和名片发挥了作用，我们声称是电视台摄制组，居然被允许进入了酒店。在酒店里，我们见到了乌干达记者弗兰克·尼亚凯鲁，他带我们来到了一个宽敞的露天平台，平台上布置着塑料制作的家具，拐角处是一个破旧的吧台。显然此时谈判正处于休息时间，因为平台上挤满了穿着考究的代表和成群结队的官员，似乎在讨论下午的议事日程。

“等一下，”我们点了些零食后，尼亚凯鲁说，“我看看能找到圣主抵抗军的人吗。”我盯着手中的三明治，兴奋地想到自己终于与圣主抵抗军同处一地，并且不久之后可能会见到这个恐怖而富有争议的组织的代表。

十分钟后，尼亚凯鲁回来了，他带来了坏消息，“圣主抵抗军的代表团仍在里面。我跟他们说了，但是恐怕他们不想见任何人。”

朱莉亚和我对望了一眼。

“抱歉，他们对一切都表示怀疑。我会尝试今晚再次和他们谈谈。我们明天上午九点在这里见面吧，看看我还能做什么。”

第二天早上，我们按照约定来到酒店，但不幸的是尼亚凯鲁很忙。因此，我们三个人找了一张位置不错的桌子，坐下来等待。

终于又到了休息时间，我问旁边的人，他们是否知道圣主抵抗军的代表在哪里。他指着一群站在花园另一侧的人。我的心跳了起来，他们在那里，就在我面前。

我深吸一口气，走过去，向其中一个看起来像是头领的男人介绍了自己。他完全无视我的存在，我简直不敢相信。他甚至连看都不看我一眼，只是一直呆呆地凝视着前方，一动不动。所有人都停止了谈话，但没有任何人对我的存在表现出丝毫的兴趣。

我再次试图和他说话，仍然没有结果，他甚至没有任何的情绪变化。情况就是这样。

没有什么拒绝方式比保持沉默更有力了，我独自坐在角落的桌子旁，思考着下一步该怎么做。我的选择十分有限。实际上，从这样的困境解脱出来，赶下一班飞机离开是非之地似乎是最有吸引力的方案。目前的情况是这样的：我们被迫通过行贿进入这个国家；我们来见的人对与我们交谈丝毫不感兴趣。

大约30分钟后，一个衣着考究、端庄的男人走了过来。令我印象深刻的，首先是他那双充满智慧的大眼睛。他用带着真诚温暖、浓郁而深厚的肯尼亚口音微笑着问我能否和他聊聊。

“当然。”我边说边给他拉过一把椅子。

他递给我一张名片，“我的名字是曼度·米萨马（Medo Misama），我是谈判调解员。”

这的确引起了我的注意。如果他是一名调解员，那么一定认识圣主抵抗军代表团的成员。

“请原谅我举止冒昧，”他用非洲人对陌生人最礼貌的方式问道，“我想知道是什么原因让一个白人这么耐心地坐在这里。你一整天都在这里，恐怕一些代表也想知道原因。”

我想，“代表”应该解读为圣主抵抗军。

“有些事情值得等待，”我微笑着说，“而且奇怪的是，我相信你可能正是我一直在等待的那个人。”

“好吧，这很有趣，”他说道，倾身向前，对我的答复非常好奇，“请告诉我如何为您服务。”

“我猜你认识圣主抵抗军代表团的成员。”

“嗯，自会议开始以来，我每天都在与他们合作。”他笑着说。

“作为调解员，我想你可以和他们说上话。”

“我相信我有这个能力。”他紧接着问，“为了什么？”

我决定一次性摊出所有的牌。有时候你需要一点运气，而当运气来到身边时，我决不会犹豫。我告诉了他我是谁，来自哪里，为什么来这里，并详细介绍了北方白犀牛和加兰巴国家公园当前所处的危机。

我描述了北方白犀牛如何濒临灭绝，以及由于圣主抵抗军在加兰巴的存在，保护区的守卫们因为恐惧，无法履行职责。情况已经十分危急，除非我能与圣主抵抗军达成协议，否则犀牛很可能会灭绝。我告诉他，我需要说服他们保护犀牛，不去攻击守卫或主要营地，如果双方谈判破裂，可能会发生一些令人绝望的事情。

我在结束即兴演讲时还说："就算不考虑其他因素，圣主抵抗军是乌干达人，犀牛是他们的自然遗产。"

米萨马教授耐心地听着，就某些问题提问，并指出要点。他停顿了一会儿，试图消化所有信息，然后回答："这显然是不同寻常的要求。与会谈的目的不符，却很重要。我需要回去开会，但是请不要离开。"

他站起来，犹豫片刻说："从小时候起，我就对大自然产生了浓厚的兴趣。您告诉我的信息，让我深感忧虑，我会尽力代表您与圣主抵抗军沟通。"

"谢谢，"我回答，"我会在这里等。"

到了傍晚，米萨马教授面带微笑重新出现。在我向朱莉亚和克里斯托弗做了介绍后，他说："好消息。我会见了圣主抵抗军代表团的负责人，他现在将与您交谈，请跟我来。"

终于有了突破！

他带我来到了之前我试图打扰的那一组人面前，并将其中一个人叫到一边。"请允许我正式介绍劳伦斯·安东尼先生，我和您说过的来自南非的动物保护主义者。安东尼先生，这是圣主抵抗军参加朱巴和谈的代表团团长马丁·奥朱尔（Martin Ojul）先生。"我们握手。马丁·奥朱尔矮矮胖胖、脸庞圆润、举止优雅。令我惊讶的是，他看上去更像是一个善良的邻家大叔，而不是邪恶叛军的政治领袖。后来我了解到，奥朱尔原本是一个住在内罗毕的乌干达商人，他赢得了圣主抵抗军军方的信任，并被任命为和平谈判的代表团团长。

"是的，我听说过你。"奥朱尔用很重的乌干达口音说，"您对犀牛感兴趣？"

"是的，"我回答，"我有一个具有国际意义的计划，相信您可以提供帮助。"

"我们可以做些什么？"

"如果可以的话，我希望可以向您的代表团做简短的介绍，我相信听取我的提议对您会有所帮助。"

"好，"他毫不犹豫地说，"明天在朱巴桥酒店。上午十点，您可以进行简短介绍。"

这么说着，他转身离开并重新加入了他的小组。

我的心跳加快，米萨马教授真是太棒了，我终于有机会参加不远万里而来的会议。

回到我们的桌子时，记者尼亚凯鲁、朱莉亚和她的丈夫克里斯托弗都在，我告诉他们刚刚发生的事。“太好了！”朱莉亚说，“如果可能的话，我们应该拍摄并记录会议。当然，我不知道有多大可能性。”

米萨马教授说：“也许最好先取得一些进展，然后你们再要求拍摄。这是一个非常多疑、缺乏信任的组织。”

“没问题，”朱莉亚微笑着说，“让我们先与他们成为朋友。”

“朋友？”尼亚凯鲁说，他的眼睛瞪大了，“你不可能与圣主抵抗军交朋友，他们不信任任何人。你们必须非常小心，坚持会议在这家酒店举行，而一定不能像他们要求的那样去朱巴桥，那里可是在市郊，并不安全。”

“但是我们将会见整个代表团，”我说，“他们能做什么？”

“他们能做什么？他们可以做任何事情，他们可是圣主抵抗军！你认为他们的代表团就这几个人吗？完全不是，整个朱巴都是他们的人，在朱巴的丛林中，也埋伏着强悍的士兵，一方面保护代表团，同时也收集情报。作为西方人，您是一个彩头，可能被绑架或杀死，甚至没人会试图找您，这里不是南非。”

在对潜在风险进行了更多讨论之后，奥朱尔先生和尼亚凯鲁回去开会，会议将持续到深夜。

我和朱莉亚对视一眼说，“这是一次难得的机会，如果我们尝试改变开会地点，会议可能会被取消，我们必须去。”

“我同意。”朱莉亚说。

第十八章

第二天早上，尽管担心安全问题，但朱莉亚、克里斯托弗和我仍然满怀期望地乘出租车去了朱巴桥酒店。这是一个位于城镇边缘、布局分散的小客栈，除了零星的工作人员之外，没有看到其他人，酒店看起来更像是空置着。

我们尝试着寻找代表团，但并未成功，走过那些活动板房，突然发现自己正站在一条一英里宽的河边。我在那一瞬间屏住了呼吸，直到意识到我们正站在尼罗河的岸边。

在那绝美的景象面前，圣主抵抗军的会议已被完全置之脑后。河流在我们脚下深凹的河床中掠过，水中分布着寥寥几个岛屿，河岸上只有沙子和芦苇，河水当中漂浮着巨大的芦苇筏的残骸，它们被最近暴发的洪涝撕成了碎片。锈棕色的芦苇球茎悬挂在细细长长的草茎上，看起来好像瓶刷一样狂狷地沿着河岸摆动。这是一条标志性的古老水路，仅仅能站在其河岸上就已经让我倍感荣幸。凭借一艘小船，从现在站着的地方出发，就可以到达埃及，甚至数千英里之外的地中海。

我记得当时还联想到这条如此雄伟的河流却不得不穿过如此破败的城市。这个想法很快被证明是有预见性的，一群妇女在河边约50码外的岩石上洗衣服，我们走向她们。无论到哪里，我总会尝试与当地人交谈，通常情况下，我都受益匪浅。

这次却与往日不同，我打招呼时大约距离她们20码远。没有任何警告，一个妇女捡起一块石子向我砸来。我闪身躲开，然而另一个妇女也抓起了一块石子——这次更大了，更像一块石头，不久，石头就形成一系列的“导弹”袭击我们。我们躲开了这阵“弹雨”，赶紧跑回酒店。我虽然不迷信，但这显然不是一个好兆头。

回到酒店后，我们再次穿行在活动板房之间，试图找人问询。我看到一个女人在尘土飞扬的过道上，很不协调地坐在办公椅上看书。她穿着一件漂亮的蓝色上衣，一条雪白色的长裙，头发整齐地梳成中分，举止端庄。我向她走来。

“不好意思，请问你能帮忙吗？我有预约，要与圣主抵抗军代表团会面。”

她猛地抬起头，“你是谁？”声音中的威胁口气显而易见。

“我叫劳伦斯·安东尼，是负责一个环境保护计划的南非人。”她站了起来，怒火在她的眼中燃起，“就是你在向全世界撒谎，说圣主抵抗军正在屠杀犀牛！你竟然还敢来这里和我们谈这件事！”

这的确让我吓坏了，这可并不是我期望中的接待员。

“这中间一定有什么误会。”我尽可能用最客气的语气否认我曾指责圣主抵抗军，“我只是想和他们谈谈加兰巴的事。”

她盯着我，愤怒的程度让我觉得仿佛正站在火炉旁边。我赶紧继续解释，我们需要拯救加兰巴幸存的最后几头犀牛，而目前的情况是多么令人绝望。我强调我们来这里是向圣主抵抗军寻求帮助，如果我曾经指责他们，那么肯定不会到圣主抵抗军的地盘上公然与之对峙。我还强调自己没有什么政治诉求，仅仅是一名动物保护主义者。

最终她放松下来，接受了我的解释。

“我们一直在等你，我现在允许你可以参加会议，一个小时内在河边的阿乔利杧果树边见。”

她介绍自己是圣主军和平代表团副团长约瑟芬·阿皮拉（Josephine Apira），后来我了解到她是穆塞韦尼政权的难民，定居伦敦，是国际知识分子和受迫害的乌干达海外移民组织成员。我真的需要巩固这点运气。我不太确定她所说的阿乔利杧果树是什么意思，但是尼罗河边的景观中只有一棵杧果树位置突出，我猜想应该是那一棵了。阿乔利是圣主抵抗军的本族，是约瑟夫·科尼和文森特·奥蒂所属的部落。

一个小时后，代表团抵达，由马丁·奥朱尔率领，一共七个人。他们的肢体语言并不消极，仅仅显得有些担忧，但肯定不是敌对的。我还明确地注意到约瑟芬的态度有所缓和，看起来她在开会之前已经花了一些时间与其他人交流。

曼度·米萨马教授也前来参加会议，大家入座，米萨马教授把我介绍给大家，我大概叙述了来这里的原因，为什么从南非远道而来向他们讲述犀牛的问题，并进一步向他们提供了我目前掌握的信息，但是避免将事态表述得过于戏剧化，因为我认为，事实说明一切。我指出圣主抵抗军在加兰巴公园里的驻军是影响犀牛生存的主要因素，除非他们提供帮助，否则整个物种都将灭绝。

当我结束发言时，一位代表说："你所叙述的情况让我们震惊。我们还以为这里仍然有很多犀牛，它们无处不在。"

我立即回答道："恐怕并非如此，实际上它们几乎要灭绝了。"

"你是什么意思？我们乌干达的公园里有犀牛。"

"你说的是南方白犀牛，它们被运往乌干达进行繁殖，以取代在伊迪·阿明（Idi Amin）时期几乎灭绝的北方白犀牛。实际上，我们认为世界上只剩下大约 15 头野生北方白犀牛，最多也就只有这 15 头，它们全都在加兰巴。"

我看了看四周，打了一个比方，这家酒店现在坐在这两张桌子周围的人，可比世界上所有现存北方白犀牛还多。片刻的沉默之后，一个代表问："我们怎么知道这是真实的?"

"因为我没有理由对你说谎。这已是常识，在互联网上都可以找到。这就是仅存的北方白犀牛数量。"

他们用阿乔利方言讨论了片刻。我可以感到，有希望引起共鸣。

"它们快完了!"我补充道，"再说一次，犀牛的命运现在掌握在各位手中。除非获得你们的帮助，否则它们将永远消失。"他们继续讨论，边谈边摇着头。

马丁·奥朱尔转向我说："犀牛是阿乔利人的神圣图腾。我们不吃犀牛，犀牛角对我们也没用，我们不希望看到它们灭亡。但是，我们能提供什么帮助呢?"

"我有四个请求，希望你们考虑。"我回答，"首先，请贵方军事指挥官把全部人员撤离加兰巴主要营地。你们已经进行了侦察，知道在那里只有尚需训练的公园管理员，而非士兵。那些人不是军人，所以你们不用担心。其次，我要求圣主抵抗军不干扰公园管理员执行巡查。再次，我要求圣主抵抗军不允许在其行动区域内出现任何盗猎捕杀犀牛的行为，同时无论何时何地，只要看到犀牛，就要提供保护。最后，我要请你们帮忙收集有关犀牛的信息，请贵方在丛林中密切关注它们，发现任何动态，请通知我。"

我停顿了一下，“如果你们这样做，将帮助保护该物种免于灭绝。”

在我讲话时有人做笔记，然后他们用阿乔利语进行了进一步的讨论。最后，奥朱尔转向我说：“我们可以看出你是关心动物的人。”这个说法在西方可能意味着你与众不同，但是在非洲是以一个有趣而讽刺的方式进行赞美，这意味着你的精神世界与其他人不同：你在某种程度上是动物世界，而非人类世界的一部分。更重要的是，这也意味着我没有任何财务、政治或军事方面的追求。

“我们会向丛林指挥官转达你的要求，明天继续在这里开会并向你汇报，谢谢前来。”会议结束后，一些代表团成员留下来与我们进行了非正式交谈。其中包括居住在德国的公共关系主管戈弗雷·阿约（Godfrey Ayoo），律师克里斯普斯·阿耶纳（Crispsus Ayena），这是一个戴着眼镜看上去很有学者风度的人，还有奥本尤·欧文尼（Obonyo Olweny），他是出版商、作家兼科尼的发言人，居住在内罗毕。约瑟芬也加入了交谈，我提供了“地球组织”以及苏拉苏拉网站的影印文件，简单介绍了我从事的动物保护工作。然后，我讲述了在美军入侵伊拉克期间，我们在巴格达动物园进行的救援工作，并送给了他们一本我的书《巴比伦方舟》（*Babylon's Ark*），以期让我们的项目更具有可信度。

“我查看过您的网站，”戈弗雷·阿约说，“我还希望和您讨论另一件事。”

“我很乐意尽一切可能提供帮助，你想现在就讨论吗？”

“目前到此就好。”他回答，让我存有悬念。于是，克里斯托弗、朱莉亚和我回到了酒店，在那里我们又在一起待了几个小时，讨论当天的进程。晚饭难以下咽，我们在遍布虫子和蚊子的床上度过了一个难眠之夜。我屋里的空调是个嘈杂的怪物，对于这个小房间来说功率太大，我要么将它开着并在薄毯子下冻得要死，要么将它关闭而被热死。我不确定在这个陌生的城市打开窗户是否是个好主意。想起福里在加兰巴曾染上疟疾，我还是把蚊帐紧紧地塞在床垫下面。尽管如此，我还是很高兴，这是富有成果的一天。不管我们面临着什么样的麻烦，比如说差一点儿被石头砸中，但我们取得了实质性的进展，与圣主抵抗军的政治人物举行了具有历史意义的动物保护会谈。

第十九章

第二天早上，我们被告知与圣主抵抗军的会晤取消了。

消息是由一个举止鲁莽，外表粗野的男人传达到我们酒店的。看起来，如果让他背着 AK-47 在树丛中溜达，而不是装扮成送信的，他一定会更加愉快。我估计他是圣主抵抗军的密探，我们故意没有告诉圣主抵抗军我们住在哪里，但是他们还是知道了。

因为没有别的事情可做，我们去了朱巴拉哈酒店，希望找到代表团并询问发生了什么事，但是并没能找到他们的踪影。

我打算到外面走走，在酒店门口碰到两名蓬头垢面的士兵，懒散地坐在简易的塑料椅上。

“给根烟。”一个人伸着手粗鲁地招呼道。

“没问题。”我微笑着走过去从口袋里掏出一支烟，给他点上，然后又递给他三支。

“留着以后抽。”

“谢谢。”

“会议进展得如何?”我试图展开话题。

“圣主抵抗军就在这里。”他做了一个鬼脸说道，用力抽着那根讨来的香烟。

“会议能否带来和平?”我问。

他回答：“与圣主抵抗军吗？永远不会。他们根本不知道什么是和平。”

“但是他们的领导人在这里，”我说，“正在进行谈判。”

“那些人不是圣主抵抗军的领导人，”他沉重地笑了一下接着说，“约瑟夫·科尼不在这里，文森特·奥蒂也不在这里。里面的人没有实权，什么都不是，不会带来和平。”

我们继续谈论朱巴，他告诉我，他的家人在苏丹延续20年的南北内战中经历了苦难岁月。军队经常不按时支付工资，家境极其困难。

然后奇怪的事情发生了，一直靠在他向前伸出的腿上的AK-47滑倒并掉在地上，恰巧落在我的脚面上。他懒得去捡，任由它蒙尘。

“你会用这把枪吗?”他说着，轻蔑地指着那支倒下的枪。

“会。”我回答。在巴格达动物园进行营救时，因为当时面临被叛乱分子袭击的危险，雇佣军曾教我使用AK-47。

“那就捡起来。”

我犹豫着，“此时此刻？”

他俯身自己把枪捡起来，放在并不情愿的我的手中，笑着说：“检查一下弹夹。”

“你确定吗？”我说，并向两旁看看。在这个动荡的城市里，我却拿着士兵的 AK-47 站在大门口，感觉非常不安。

“检查弹夹。”他坚持说。

我迅速卸下弹夹，是空的。然后我打开后膛，也是空的。“看到他们如何对待我们了吗？”他说，“他们今天早上忘了给我们子弹，让他们都下地狱吧！”

我惊呆了。如此重要的会谈，又是在一个有恐怖组织威胁的区域，会谈现场竟由一名没有子弹的士兵守卫。这真是个疯狂的地方！

几个小时后，一位圣主抵抗军的使者找到了我们，并通知我们下午三点在朱巴桥酒店会面。

我们叫了一辆出租车前往，突然之间沉重的预感动摇了我昨晚燃起的期望。我极度担忧奥朱尔通过卫星电话打给丛林深处的军事要人，我们提出的要求会被拒绝。枪里没有子弹的警卫说的是实情，不管这个代表团同意了什么，如果科尼和奥蒂说不，那么救援任务和北方白犀牛都到此完结。

圣主抵抗军代表团坐在阿乔利杧果树下的餐桌旁，我立刻被他们的热情所鼓舞，沮丧的情绪烟消云散。一定是好消息。

的确如此。马丁·奥朱尔说，他昨晚已与奥蒂将军联系，并进行了详细讨论。今天早晨，他接到奥蒂的回电，确认科尼和军事最高司令部同意了我的所有要求。他们会保护犀牛，就是这样。

到会的人很多，他们都站了起来，喜气洋洋，相互握手，祝贺声不断。不仅如此，该代表团还希望将这一历史性条约作为正式文件提交和谈。他们的律师克里斯普斯·阿耶纳将起草协议。

阿耶纳走上前：“请跟我来，安东尼先生，我们另外找个地方坐下来记录一下协议要点。”实质上，该条约（这可能是战争期间第一个动物保护条约）规定，圣主抵抗军将保护北方白犀牛，并且不会伤害或干扰加兰巴护林员以及其他工作人员的正常工作。

我进一步确认条例中包括圣主抵抗军将从加兰巴主营地周围撤出的条款，阿耶纳明确表示这一条已经得到认可。然后，我试图把保护大象也纳入该协议。“成千上万的大象已经被盗猎者杀害，”我说，“它们是聪慧的动物，我们必须确保它们可以繁衍生息。”

“不行，”阿耶纳回答说，“这个问题没有与奥蒂将军讨论，我们没有权力修改。”

然后，我又提到了矮小的刚果长颈鹿，快速地解释说这类动物极度濒危。阿耶纳这次表示刚果长颈鹿可以包括在内，然后又出乎意外地将欧卡皮鹿纳入了合约。

这的确让我感到惊讶。欧卡皮鹿是一种美丽的、具有超凡魅力的动物，看起来像是长颈鹿与斑马的杂交品种。加兰巴没有欧卡皮鹿。但大概是因为圣主抵抗军在三个国家以及地区活动，也许他们在其他地区见过它们，谁知道呢？

“公园中的其他动物呢？”意识到也许再也不会有今天的运气，我又补充道。

“不行，他们只能保证保护这三个物种，就是这样。”

尽管其他已经极度濒危的物种不在保护名单之列，包括被排除在外而令我非常失望的大象，但我决定接受现实。我不能一厢情愿。无论如何，我们正在起草一份历史性文件，圣主抵抗军已经决定将其纳入与乌干达政府的和平条约。当然，如果和平条约最终能够达成。

当克里斯普斯·阿耶纳起身将协议起草完成，我回到了主桌。

圣主抵抗军公共关系负责人戈弗雷·阿约发言：“我们一直在研究互联网上有关您的信息。相信您会理解，出于安全原因，我们必须进一步了解您。”

“我明白。”我回答。

“我们对您在伊拉克战争期间所做的工作，尤其是您在萨达姆·侯赛因被罢免后，向伊拉克政府提出成立真相与和解委员会[①]的提议深感敬意。”

我向前倾身，这是一个非同寻常的方向。当南非的种族隔离制度崩溃时，南非成立了真相与和解委员会（Truth and Reconciliation Commission，TRC）作为人们供认以种族隔离或者自由解放为名所犯下罪行的平台。它的运作方式是，任何人如实地承认自己的罪行，并且公开道歉，将免受谴责。该程序在国家电视台现场直播，由戴斯蒙德·图图（Desmond Tutu）大主教主持，以帮助消除黑人和白人之间的紧张关系，并使南非迈向真正和平的道路，这取得了巨大成功。在巴格达的一次会议上，我应伊拉克临时政府的邀请深入介绍了真相与和解委员会。这也正是戈弗雷在互联网上获得的信息。

他指着摆在面前桌子上的一些网页打印件，“我们需要您的真相与和解委员会来治愈我们国家的伤口。但是，我们不信任穆塞韦尼。”这引来一阵隐藏着担忧的笑声，“而且，我们也不信任苏丹人。我们将协助您的犀牛保护工作，这是互利互惠，可以吗？”

戈弗雷在迄今为止的讨论中所显现的智慧，给我留下了深刻

---

① 真相与和解委员会，是南非为实现“在弄清过去事实真相的基础上促进全国团结与民族和解”的目标，于 1995 年 11 月 29 日，宣布成立的社会调解组织。委员会主席为诺贝尔和平奖得主南非圣公会大主教戴斯蒙德·图图。

的印象。圣主抵抗军的战略性举措，是希望通过成立真相与和解委员会迫使他们的领导人和穆塞韦尼公开承认所犯的罪行，如果当事双方相互指控对方犯下暴行，这将是轰动性的。事实上，这将从根本上改变乌干达的政治格局。

现在我明白了，这就是他们通过帮助我保护犀牛来换取的条件。

“我会竭诚为你服务。”我说。

“有关真相与和解委员会的详细信息我都进行了存档，一回到家就可以立即发给你。我在南非政府高层中也有一些联系人，会转达你们的要求。”

“南非人在非洲有影响力，他们拥有这个能力，”戈弗雷说，“如果南非提供帮助，就有希望打破僵持的局面。”

第二天早晨，我们再次在杧果树边见面。阿耶纳分发了协议的副本，我们一起逐条进行了审核。

“大象，”我再一次提出，“先生们，请问我们可以将大象添加到受保护的名单上吗？大象的死亡已经非常惨重，它们需要你们的帮助。”回应是他们没有与丛林领导人讨论过大象的问题，现在再去请示会耽搁进程，他们建议我最好接受已达成的协议，进一步的要求留待将来解决。

协议签署完毕，朱莉亚获准拍摄会议进程，克里斯托弗在尼罗河岸边为我们和圣主抵抗军代表团拍照，合影中我们手握着协议。我签署了一份可能是我一生中最重要的文件，这是与交战方达成的一项在战争区域中保护濒临灭绝物种的协议。这史无前例。

我仍然为这个历史性签名能最终达成以及过程中随机发生的众多事件感叹不已。从毫无线索地寻找世界上最臭名昭著的恐怖组织，凭借谈判登上飞机，依靠行贿进入朱巴，在尼罗河边上险些被石头砸死，直到遇到枪里没有子弹的士兵，一切超乎想象。

但是，我认为这是自从该计划开始以来第一次取得重大进展。显然，与圣主抵抗军签订的协议无法强制执行，这相当于与一个非法的恐怖组织仅仅凭借握手而结成盟约。

但总比什么都没有强。

第二十章

当我们正要动身去机场时，曾出席我们与圣主抵抗军代表团首次会面的曼度·米萨马教授来到我们下榻的酒店。

“结果如何?”他问。

“令人惊讶的成功!”我回答，“我们与圣主抵抗军签署了犀牛保护协议，更重要的是，他们同意不伤害园区工作人员以及不干扰公园管理工作。”

这位肯尼亚学者对此十分赞赏，“听起来不错，你到底是怎样做到的?”

“犀牛是阿乔利人民的精神图腾，因此他们联系了丛林中的领导人寻求指示。第二天他们做出回应，命令来自文森特·奥蒂本人。”

教授瞪大了眼睛，“奥蒂！太不可思议了。你几乎找到了他们最高级别将领，这是一个重大突破!”

他看着我有好一会儿，好像在仔细考虑接下来要说的话。“我不确定你是否意识到自己已经取得了怎样的成就。我的意思是，这是圣主抵抗军首次由军方的科尼和奥蒂与一个完全的局外人达成协议，绝对史无先例。他们最大的问题是不信任任何人，也没有人信任他们，每个人都因为过于恐惧而不敢与之有任何交集。但是，如果没有人听取他们的声音，没有人与之沟通，这片土地将永远不会得到和平，痛苦将永远延续。

“我和其他人开始担心穆塞韦尼并不真正希望和平，他更喜欢将科尼扔在外面，沦为孤魂野鬼。圣主抵抗军的存在是穆塞韦尼从美国、英国以及其他国家获得各种援助的筹码。我们担心他会再次违反停火协议并重返战场，以确保自己的利益。圣主抵抗军恶名昭彰，穆塞韦尼可以顺理成章地将和谈失败再次归咎于他们，每个人都会相信。”

“再次?”我问。

“是的，”教授说，“这是一个鲜为人知的事实，圣主抵抗军已经多次寻求和平，但是似乎每次谈判即将取得进展时，穆塞韦尼要么撤出，要么发动袭击。信任已经荡然无存，我们需要其他助力来打破僵局。”

他稍做停顿，接着说：“现在还言之过早，我这么说是经过慎重考虑的。我有一种感觉，圣主抵抗军已经开始信任你，正是你与动物界的联系使你与众不同。他们认为你可以与大象对话，如果真是这样的话，这可能会使你处于独特的位置。你必须以此为基础继续努力，以后的很多事情都如同赌博。”

我可以理解，我可能是第一个没有任何政治目的，并且没有因为被排斥而退缩，坚持寻求与圣主抵抗军对话的人。对他们来说，我只对拯救屈指可数的动物感兴趣，这看似荒谬，但也许正是问题症结。我是中立的，与战争、政治以及暴力相隔甚远。事实上，我去加兰巴之前几乎没有听说过圣主抵抗军。也许他们认为是命运驱使，让一个陌生的白人男子突然出现在自家门口。无论纯粹是误打误撞还是命运使然，我突然间成为一个可能的沟通渠道。

教授继续说道：“做好准备，他们一直在对你进行背景调查，你很可能会再次收到他们的消息。顺便说一句，在我看来，他们将尊重与你就犀牛达成的协议。你对他们而言有价值，在这种情况下，圣主抵抗军将恪守承诺。”

分别前我感谢了他的建议。他是一个优秀的人，和谈中少数的智者之一，他给予我们的帮助非常宝贵。

我回到苏拉苏拉后，正如教授所预言的那样，圣主抵抗军代表团成员一直与我保持联系，并信守了诺言。文森特·奥蒂指示圣主抵抗军远离加兰巴主要营地，不与护林员发生冲突，并向我报告与犀牛踪迹有关的消息。我很高兴，我还接到圣主抵抗军的两个电话，专门通知我何时圣主抵抗军巡逻队将靠近加兰巴营地，并且建议我提前告知“非洲公园”，圣主抵抗军的巡逻队秋毫无犯。

我也向他们发送了有关真相与和解委员会及其在南非运作方式的详细介绍，并回答了他们的问题。

苏拉苏拉的生活依旧，关于我与当地祖鲁部落进行的将其土地纳入保护区范围的谈判，尽管进展缓慢，但是前景良好。在这个问题上，也同样需要建立信任，彼此了解，让信仰和善意超越种族隔离带给黑人与白人之间的偏见。谈判最直接的受益者将是野生动植物。非洲有它自己的节奏，一切需要耐心。

几周后，我接到一个不同寻常的电话，是马丁·奥朱尔打来的。约瑟夫·科尼要求派代表来南非与我会面，因为圣主抵抗军有“重要事项”需要讨论。

我对会面前景很感兴趣，但是存在一个很直接的问题，因为圣主抵抗军被定义为恐怖组织，其成员极有可能被禁止入境。我与弗朗索瓦丝讨论，尽管麻烦重重，我们还是决定去做。无论与谁交流，交流总是比封闭要好。这次访问不仅使我有机会强化有关犀牛的协定，而且可以再次尝试制止偷猎者在加兰巴杀害大象。

因此，我打电话给南非国际关系与合作部的一位旧相识，在伊拉克战争期间，当我试图进入巴格达时，他曾为我提供了帮助。我把自己的要求告诉了他，他听了我的全部论点后最终同意，但条件是由我严格负责监督他们的行踪，为期一周的签证将仅限于参与圣主抵抗军和平谈判的两名成员而非圣主抵抗军的军人。圣主抵抗军任命了和平代表团团长马丁·奥朱尔和公共关系与信息部负责人戈弗雷·阿约出访。出于安全的原因，除了福里，伊恩·拉珀博士，还有我的儿子杰森和迪伦，我没有告诉其他人。

马丁·奥朱尔和戈弗雷·阿约在一周后到达苏拉苏拉。奥朱尔立即致电刚果丛林深处的约瑟夫·科尼。当他这样做时，我反思着自己的生活是那样洒脱。就在几周前，圣主抵抗军还仅仅是远在丛林某处的抽象恐怖故事，而现在他们就在苏拉苏拉，电话连线的另一端就是臭名昭著的科尼。

奥朱尔在首次会议上，一边落座一边说道："在开始之前，我们必须向您坦白，我们访问的目的是完成对您的'审核'。我们已经进行了背景调查，现在到访，正是我们接受了您的证据。"

"我明白，"我说，"谢谢你的坦诚。"

我们必须立即开展工作，从真相与和解委员会开始讨论，研究它是如何运作以及如何使其符合乌干达国情，转变成为和谈的一部分。我告诉他们，依照简单的逻辑推理，真相与和解委员会是经过验证的系统，并获得国际支持，有助于让战争及早结束。真相与和解委员会还将迫使科尼、穆塞韦尼及其各自的将军和士兵公开承认自己的罪行，以求获得大赦。

“但是，这可行吗？除非科尼、奥蒂和圣主抵抗军的高级将领理解这一点并同意公开认罪，否则我们真的没有必要进行下去。”

“我们与他们已经进行了详尽讨论，他们了解全过程，并且已经同意。”

“国际刑事法院（International Criminal Court，ICC）呢？”我问。

“科尼、奥蒂和另外两名圣主抵抗军将领是他们最想抓捕的人。”阿约说，“我们也意识到这一点。国际刑事法院的起诉是和平的障碍。乌干达北部的阿乔利人不承认国际刑事法院的起诉。我们只承认传统司法，让圣主抵抗军的受害者阿乔利人，以阿乔利的方式决定如何执行正义。”

“这足以满足国际刑事法院的要求吗？”我仗着胆子刨根问底。

“阿乔利是一个民族，一个拥有古老司法制度的伟大民族。欧洲人凭什么把他们认为的公正强加给我们呢？西方人靠着无情的惩罚，来达到无耻的正义。在非洲，我们了解认罪、仁慈和宽恕的价值。但是，西方人接受真相与和解委员会，这非常接近我们的传统。这就是为什么它会起作用。”

他说：“我们相信我们可以找到解决问题的方法，但是，这足够我们聊上一整天。让我们开始吃晚餐吧，然后明早再聊。”

第二天早上，他们提出乌干达北部的问题，在那里大多数阿乔利人都生活在令人绝望的境地，我耐心地听取了他们的观点，谨慎地维持着中立态度，确保从他们的角度观察事态。

这些难民营是否如乌干达政府所声称的那样是收容逃离圣主抵抗军迫害的难民，还是像圣主抵抗军所宣称的那样是违背阿乔利人的意愿而囚禁他们的监狱，是审议的焦点。从朱巴回来以后，我越研究这个问题，越不寒而栗。人的生命如同蝼蚁，不是死于饥荒，就是死于疾病和绝望，这还没有计算战争中的伤亡。因为苏丹金戈威德（Janjaweed）[①] 的“部族武装”随意袭击无人防御的黑人村庄，达尔富尔（Darfur）地区是当前的头条，而那些难民营的情况甚至比达尔富尔还要糟糕。然而整个世界却袖手旁观，当这些乌干达难民营中有近200万人将简陋的茅草垛或塑料板称为家园时，世界又如何能够袖手旁观？那里缺乏洁净的饮用水，联合国提供的食物严重短缺，大多数居民要么挨饿，要么严重营养不良。弱者更难获得食物，许多儿童因为营养不良而患上瓜西奥科儿症（kwashiorkor），年轻的女孩为了生存而沦为妓女。

乌干达圣公会主教奥霍拉（Ochola）曾说，乌干达北部是世

---

① 金戈威德，即武装民兵、部族武装或骑兵队，也指阿拉伯民兵，此处是一个概括性的称呼，用来描述苏丹西部达尔富尔地区的武装分子。

界上儿童出生、成长最糟糕的地区。主教接着指出，那里发生了大屠杀，正在进行着对阿乔利人的种族灭绝。

我试图说服马丁和戈弗雷，圣主抵抗军对营地和村庄的袭击无济于事。在这方面，他们是自己最大的敌人。马丁和戈弗雷立即否认曾经发生过此类袭击，但指出这个问题只能与奥蒂直接讨论。

我说："请不要小看这一点。如果圣主抵抗军确实攻击自己的人民并带走他们的孩子，什么都于事无补。从事情本质上定义，这是一场人道主义灾难，而对于圣主抵抗军来说，这是一场公关灾难。如果这类事件确实发生过，那么请务必将意见传达给奥蒂，这样做没有任何好处。"

我与马丁和戈弗雷交谈得越深入，我就越意识到必须采取非常规的方法来打破这种局面。如此可怕的战争正在进行，人们生活在如此可怕的环境之中，很难只专注于拯救犀牛。中非的人道主义局势仍然恶劣，和平谈判进展得并不顺利，圣主抵抗军担心乌干达会突然袭击圣主抵抗军营地，谈判双方彼此毫无信任可言。如果谈判破裂，战争的魔鬼将被重新释放，穆塞韦尼将再次有理由从国际社会获取资金和援助。

"安东尼先生，我们需要您的帮助，"奥朱尔说，"文森特·奥蒂在科尼的祝福下，正在寻求和平，谈判决不能失败。您会帮助我们吗？"

“愿意效劳，”我说，“但是要怎么做呢？”

“我们会尽快通知您。首先，我们必须回去向科尼和奥蒂报告这次到访的结果，然后我们将与您联系。”

“谢谢，”我说，“但是我必须说明，我会提供帮助，但是我不会支持圣主抵抗军，也不想被视为其在政治上或其他方面的拥趸，我希望这是前提。如果你有其他想法，恐怕我们必须结束进一步的讨论。我将在可能的范围内为寻求和平提供帮助，但我必须保持中立。”

当我停止讲话时，我意识到我表达得过于直接了，如果他们不赞成我所说的抑或反感我的表达方式，那么关于犀牛的协议也将成为历史。

“我们完全理解，”戈弗雷说，“因为圣主抵抗军的名声，我们没有太多朋友，但是我们正在讨论的是22年来首次获得和平的希望。”

他停下来看着奥朱尔，“还有一些事您必须知道，如果您愿意。”戈弗雷说，“约瑟夫·科尼是一位著名的先知，他拥有千里眼，可以预测未来。”

“我听说过。”

“在您访问朱巴期间，科尼给我们打电话说他有一个预感，我们的救赎将来自南非。这就是我们前来朱巴与您会面的原因，这也正是我们保护犀牛的原因。他认为，将您带到我们这里来的不仅仅是偶然。”

我向后靠去，这是一切的根源。崇拜祖先、黑魔法、神灵、恶魔和巫师都是非洲传统的组成部分。泛灵论是一种根深蒂固的信念，即神灵栖息在植物、动物，甚至岩石以及山脉之中。科尼是个巫师，他能未卜先知。在非洲，这是个很严肃的话题，神灵已经与他通话，他的预言将会成真，除非其他人使用更强大的魔法来对抗。

我没有意识到魔法的对抗会如此迅速地成为现实。

第二十一章

那天下午，在长时间工作之后，我问戈弗雷和马丁是否愿意到保护区转转。他俩正想找机会放松一下，戈弗雷和马丁以前从未亲眼见过大象或是犀牛，我也想试驾一下那辆新车，于是一起出发。

那是一个美丽的傍晚，我指认着各种羚羊，主要是林羚（Nyala）[①]，苏拉苏拉拥有世界上最珍贵的林羚亚种。我带他们看了鸟类、疣猪、长颈鹿、斑马以及水牛的多彩世界，他们绝对被所见所闻迷住了。

绕过一个弯道，那头最年长的公象，姆南赞（Mnumzane）出现在我们面前，六吨重的身躯挡住道路，恶狠狠地注视着我们。

---

① 林羚，学名：安氏林羚（Tragelaphus angasii），又名安氏薮羚或东非条纹羚，分布于非洲南部。

我立刻看出它正处于发情期，在这种情况下，公象会变得极度烦躁，因为雄性颞腺油脂性分泌，排尿失控染得小腿发黑。发情期中公象的行为难以预测，非常危险。它们的睾丸激素水平很高，无论以往与它们如何熟悉，这期间最好避免靠近。过去，在庞大的象群中，总有至少一只也处于发情期的母象可以缓和这种情况。但是今天在较小型的动物保护区中，情况并非总是如此。

事实上，姆南赞处于发情期并不意味着即刻造成问题，但它没见过我的新车，因此为了安全起见，我将车转成倒车挡，慢慢向后退。多年前，姆南赞的母亲在儿子面前被枪杀，随后它来到了苏拉苏拉，它一直是一个特例。公象一旦进入青春期，就会被象群排斥，因此独自在外的姆南赞与我建立了感情。多年来，我们一起度过了许多快乐时光。随着它渐渐长大，我试图保持距离，让它回归自然。但是，即使没有进入发情期，姆南赞这几个月来也让我担心。它的举止变得不可预测，脾气暴躁，我无法弄清原因。

姆南赞认为自己现在是这个地区最强大的，所以行为变得乖张招摇。它从我们的左边消失，却突然从浓密灌木丛中钻出，出现在前排乘客车窗的正前方，这使我们大吃一惊。更糟糕的是，它此刻以挑战的姿势站着，摇摆着它的象鼻子，公象这么做时可不是好兆头。戈弗雷和马丁开始大喊：“大家伙！大家伙！”这进一步激怒了它。当一头好斗的公象出现在一个人的头顶上方时，黄金法则是悄悄地缓慢移动，或者采用另一种策略：迷惑法，利用噪声分散其注意力。我努力让他们安静下来，同时非常缓慢地向后倒车。姆南赞走近一步，用它的象牙抵着车窗，我看着车门在压力下开始弯曲变形。

上帝呀！我想，姆南赞试图撬开车门，我意识到如果它的象牙冲破窗户，就会将戈弗雷刺穿，我无暇细想，猛踩油门，当车向后急驶时，姆南赞的象牙沿着窗户滑了下来，撞到了支撑架上。

它发出的声音听起来更像是全音频的尖叫，而不是低吼，我知道我们有大麻烦了。我狂按喇叭，将引擎踩到轰鸣，试图吓退它，为我们的逃跑争取几秒钟的宝贵时间，但为时已晚。它踱向车的前侧，低下头准备攻击，伴随着令人恐怖的声响它撞向车头护栏，力度非常大以致我的头砸在风挡玻璃上。在意识昏昏沉沉的几秒钟里，我蒙眬地感受到一个六吨重的怪物正填满我的风挡玻璃，车被猛烈地撞向后方，仿佛一件小玩具被丢入灌木丛中。汽车与树木猛烈撞击，枝杈的断裂声在我耳边响彻不停，直到车被一棵大树拦住，才停了下来。我仍然想不通车怎么会没有翻，但我可没工夫操心这些。四周是致命的沉默，姆南赞向侧面走去，它愤怒的目光始终没有离开车子，同时身体向左移动。我非常明确地知道，它所做的一切只是打算腾出空间以便蓄积下一次冲击。这一次它决定要做得干脆彻底。

这时马丁大喊，尽管杂乱无章，只言片语中我仍然听懂了他表达的含义：“这是穆塞韦尼，他正试图杀死我们!”时间在那一瞬间停止了。在马丁的意识里，这些都是巫术，这些认识在非洲的确根深蒂固。

我再次拼命让引擎启动，直到马达发出尖叫声以示抗议，我同时用力按着喇叭，制造出尽可能多的噪声来迷惑姆南赞，然后松开离合器，试图躲开即将到来的二次袭击。可是一切都太晚了。我们开始移动的同时，感觉到了惊天动地的撞击，突然间我通过风挡玻璃看到的，不再是前方的道路，而是下方的地面狂震，然后车突然侧翻。但是，姆南赞还远远没有结束它的攻击，它再次从车的底部袭击我们，它吼叫着，一次又一次，将两吨重的车砸入一片枯枝败叶中。

随后，四周一片沉寂。

我发现自己竟仍然意识清醒，我在狂乱之中快速评估着各种状况。我们倒向右边，门和车顶凹陷，风挡玻璃都被砸坏。戈弗雷躺在我的身上，马丁躺在车后方。奇迹的是居然没人受伤，但是姆南赞仍然在那里愤怒地踱步，我们十分危险地暴露在外。我设法扭转身体，并用我的手枪对准姆南赞，向大象射击如同向它砸一颗豆子。我迅速通过破碎的风挡玻璃向空中开了四枪。小心翼翼地不击中姆南赞，避免进一步激怒它。我知道以往大象往往会被枪声吓呆，或者会更加发狂，开枪是一场豪赌，但没有时间多想。如果它再次攻击，我们就完了。

庆幸的是，它停住了，我迅速地一遍又一遍呼唤它，让它听到我的声音，说话采用的是它从年轻时就熟悉的语气。如果发生最坏的情况，我会将剩下的四发子弹射入它的脚中，尽一切办法使它动弹不得。这也许会给我们几秒钟的宝贵时间，但那绝对是最后的选择。

它盯着我，眼神呆滞。大象在发情时只会想到一件事——母象。

“姆南赞，我的孩子！”我再次喊道，“是我！你吓到我了，我们正处于危险之中。退后，退后。”

它听到我的声音时，张开了大耳朵，然后提起象鼻，对准我，仿佛一根巨大的弹性魔杖寻找我的气味。几秒钟后，它慢慢走过来，开始轻轻地用鼻子拉开破损的风挡玻璃。姆南赞正对着我们，它的大脚距离我的头只有几英寸，只要将脚踩到驾驶室上，就会将我们碾碎。我可以看到它的象鼻尾部正在抽搐，蜿蜒地伸入了车内，一股潮湿而刺鼻的味道扑面而来。我一直以舒缓的声音与它交谈，让它放松。最重要的是，我可以看到懵懂从姆南赞的眼中消散，它非常轻柔地将象鼻的末端放在我的头顶上方，然后慢慢地将其移过我的整个身体，闻着我的味道。现在车内一片祥和，它几乎就像是在检查我是否安好。满意后，姆南赞走开几码，然后，好像不确定该怎么做，站在那里静静地看了我们几分钟，然后才离开。

我的两位乘客现在浑身被肾上腺素充斥，瞪圆了眼睛，张大了嘴却忘了呼吸。他们简直不敢相信刚刚发生的事。我也无法相信，这真是令人震惊的经历。

“它听你的话!”戈弗雷说，“它听了你的话，它饶了我们的命!”

马丁比较直接，“我们还活着!”他听起来仍然认为这完全难以置信。

我什么都没说，真是惊险。

回到小屋，弗朗索瓦丝冲了过来，张开双臂抱住我。戈弗雷成了不折不扣的酒鬼，连倒了三大杯威士忌。

我问马丁，当姆南赞袭击我们时，他为什么大喊“这是穆塞韦尼”?他突然变得异常神秘，戈弗雷也是如此，他们靠向我。

马丁解释说：“因为那正是穆塞韦尼附身于大象。穆塞韦尼试图阻止我们与你会谈，因为他知道真相将被传开，他的谎言以及他对阿乔利人的所作所为会被公之于众。穆塞韦尼不期望和平，他害怕和平，他想摧毁我们。他当时就在那头大象的心中。”

“是的，”戈弗雷说，“我一直在心里和大象说话，我直接把想法告诉了它，我说，我和你之间没有冲突，穆塞韦尼不应该影响你，让你攻击我们。”

许多非洲人虔诚地信仰精神力量，他们相信没有偶然事件。

如果你被蛇咬伤，意味着众神或你的祖先都对你有所不满。如果你失去工作或妻子，则是由于黑魔法。如果你被一头大象袭击，不是因为动物在发情，而是因为某种神秘的原因。我知道说什么也无法改变戈弗雷和马丁的观点：在愤怒的袭击中，姆南赞实际上就是穆塞韦尼。所以我甚至懒得解释。

他们第二天就离开了苏拉苏拉，前往南苏丹，并强调说会保持联系。我想，事情正变得越来越有趣。

但其实我全无头绪。

第二十二章

几天之后，当马丁·奥朱尔打来电话时，我和弗朗索瓦丝正坐在丛林小屋的客厅里。

“安东尼先生，”马丁用很正式的语气说，“我与我们的领导人一起在森林里，将在一小时后与您再次通话，进行重要讨论。通话必须要简短，以免有人追踪我们的位置。您有空吗?”

“有空，”我回答，“我会等你的电话。”

与圣主抵抗军和平小组的每次通话都是重要的，可以巩固保护犀牛的安全协议并为确保加兰巴保护区的安全提供机会。有所不同的是，这次马丁与军事领导人在一起，我很想知道接下来会发生什么。

一个小时后，电话响了。

“是您吗，安东尼先生?”马丁问。

“是的。”

“请稍候，文森特·奥蒂将军将与您通话。”

这个声明让我感到惊讶。奥蒂是地球上第二号通缉犯，国际刑事法院对他十分关注。正如我前面提到的，国际刑事法院于2005年对约瑟夫·科尼和他的副手文森特·奥蒂以及圣主抵抗军的指挥官拉斯卡·卢克维亚（Raska Lukwiya）、奥考特·奥德海博（Okot Odhiambo）、多米尼克·翁格文（Dominic Ongwen）发出了逮捕令，这是海牙最高国际法院发布的第一份国际逮捕令。卢克维亚于2006年8月在与乌干达军队的战斗中被杀。我现在在自己的家中，而奥蒂将要与我通话。其中隐含的意义让我困惑，在那一瞬间我知道，潘多拉的盒子被打开了，一切将不同于以往，我努力集中注意力接听电话。

“早上好，安东尼先生，我是圣主抵抗军的文森特·奥蒂将军。你好吗?”

从电话里传出的细微话语，打破了苏拉苏拉的纯净，介入我的生活。

“谢谢，我很好。”我机械地回答，仍为正与臭名昭著的文森特·奥蒂通话而感到困惑，据说他是世界上最难对付的屠杀者。

“我很高兴可以与您通话。”奥蒂继续以正式的语气说，“我的人告诉我您是可以信任的，我恳求您的帮助以获得南非政府的支持。”

“以什么方式?”我问道，这时意识到马丁警告说卫星信号可能会被跟踪，通话不会持续很长时间。

“我们有可靠的信息，穆塞韦尼将违反和平协议并攻击我们，我们不允许这种情况发生。我们的紧急要求是，请您的政府干预并将和谈的地点从朱巴转移到肯尼亚或南非境内，人们将听取南非的建议。”他总结道。

作为朱巴和谈的前提，圣主抵抗军和乌干达政府已同意终止敌对行动，圣主抵抗军的主要人员（据说有几千人）集结于刚果加兰巴禁猎区北端的一个安全区域，圣主抵抗军认为该地区将会遭受袭击。

“我们对目前的状况缺乏信心，”奥蒂继续说道，“我们侦察到敌方增加了对部队和飞机的调度，短期内会发动进攻，而我们将被迫从集结地区撤出，回到丛林中继续战斗。除非您能为我们提供帮助，并且将和谈地点从朱巴转移到别处，否则结果会完全符合穆塞韦尼的意愿——和谈将终止。”

“我理解，”我回答，“我将与我在南非政府中的联系人通话。”

“我会在两天内再次和您通话，”他说，“时间紧迫。”

“感谢您对援救犀牛所给予的帮助。”我赶紧将这句话插进去。

“这很重要。”他回答，卫星线路就此中断了。

我关闭手机，对他的请求感到震惊：奥蒂直接来找我，完全

▲犀牛的美丽古老而恒久。巨大的身体，隐藏在厚厚的如同盔甲一样的皱褶中，加上一个华丽的弯角，让它们如此迷人。

▲成年犀牛可以重达三吨半，高达六英尺，除了大象之外，它们是世界上最庞大的陆地动物。

▲北方白犀牛已经存在了数百万年，主要分布在非洲中部的乍得、中非共和国、刚果、苏丹和乌干达。

▲野生犀牛的数量无法被替换，因为数量减少的速度远远快于补充速度，指数级增长的屠杀率只有当物种灭绝才会清零。

▲在非洲成千上万的犀牛被屠杀，几个亚种濒临灭绝。在亚洲的黑市里，犀牛角的价值以盎司计算，比黄金还贵重。

▲南非每年因犀牛角有440头犀牛被杀死，相当于每隔19个小时，就有一头犀牛被枪杀。

▲地球上的每一头犀牛现在都正处于致命的危险之中。除非发生根本性的变化，否则很快，最后一头野生犀牛终将被杀死。

▲在非洲，华丽的犀牛角已经被称为“潘嘎斯”的大砍刀凶残地砍掉，只剩下那张高贵的脸庞，承担着残留下的亵渎和蹂躏。

▲在我们的土地上被屠杀的犀牛，被砍掉的角，碾碎了的脸，那残酷的景象在眼前挥之不去。类似的屠杀正在整个非洲大陆恶化蔓延……

绕开了联合国发起的和谈。

“谁打的电话?”坐在对面沙发上的弗朗索瓦丝问。

“圣主抵抗军的文森特·奥蒂刚给我打了电话,”我说,“我不敢相信他直接将电话打到这里。”

她瞪大眼睛。“他想要什么?”她问道,站起来走向我。

“奥蒂对和谈地点没有信心,希望将地点改到肯尼亚或南非。他认为穆塞韦尼正在策划进攻,希望我与南非政府接触以改变和谈地点,否则他们将退出和谈。”

“他为什么要跟你讨论这件事?全世界都在关注这次和谈,你又不是外交官。”

“只有上帝知道,”我说,“出于某种原因奥蒂相信我可以提供帮助,我不确定自己是否可以。”

弗朗索瓦丝注视了我很久,然后说:“你可以,而且你必须做到。”

她的话让我很吃惊。我们在一起已经二十年了,令人难以置信的是,她支持我所有的冒险活动,从不予以批评,总是鼓励我。但是,鼓励我接触像圣主抵抗军这样的团体与以往的情况非常不同。

她继续说道:“你必须提供帮助,这次不仅是为了保护动物,还因为这场无休止的战争给人类带来苦难。我一直在网上关注这场战争,那是我读过的最令人震惊的情形——儿童士兵、暴行、恐怖——通通违背了人类的基本信念。”

她凝视着我：“圣主抵抗军没有联系人，与外界没有任何联系，现在他们找到了你。他们在丛林中战斗了二十多年，作为一个女人，让我告诉你，士兵们已经厌倦了，没有人愿意战争持续那么长的时间。无论他们之前做了什么，无论他们成了什么样子，他们都希望再次见到父母和家人。其实很久以前，他们也都是孩子，从充满爱的家中被带走，被迫加入圣主抵抗军。尽管情况恶化，尽管他们变成了现在这个样子，但我向你保证，他们只是想回到家乡。我对政治和战争一无所知，但是了解家庭的意义。我来到南非这么多年，和你在一起我感受到从未有过的快乐，但我仍然经常想念自己的家，自己的文化以及老朋友，而我可以随时回去看他们。想象一下他们的感受，没有什么值得如此程度的牺牲。”

她叹了口气：“一切真是太疯狂了。儿童被曾经也是儿童士兵的人绑架，多么疯狂。但从根本上来说，他们是人类。你必须非常谨慎地利用与圣主抵抗军的联系以及你所拥有的信任。你可以做很多事，这些都是你必须经历的，不仅是为了动物，更是为了人类。”

这是一次改变我人生的谈话。

我说：“显然，你知道我所做的任何事情都可能会遭到双方的严厉谴责。实际上，这件事远远超出了时事热点的范畴，是爆炸性的新闻。”

“这些已经开始了。”弗朗索瓦丝说，“我在网上看到，在朱巴与圣主抵抗军和平委员会的会面，已经让你遭到ICCN和肯尼亚另一个环境保护团体的攻击。”

“我知道，我担心我们必须得开始习惯这类事情。”

在我做出最终决定之前，我们又聊了一会儿。我拿起电话，打给在东京的本·恩巴班（Ben Ngudane）博士。本·恩巴班是一位老朋友，一位非洲政治家，曾任南非驻日本大使。他在国际上享有很高的声誉，并且在南非高层有很好的人脉。如果有人可以在这件事上帮忙，他是合适的人选。

当我的电话终于被秘书转接过去后，我问他：“您听说过圣主抵抗军吗?”

“穆塞韦尼的头号敌人约瑟夫·科尼。”他回答道，“又有谁没听说过呢?”

“那么你就不会相信我下面要告诉你的事。”我说。

“哇，”他听完我的解释后笑着说，“这绝对非同寻常，我以为你是个环保主义者?”而后他说：“交给我，我会进行咨询的，然后给你回电话。”

第二天本打电话给我。

“我已经与外交部进行了沟通，但是所有人都很难相信任何人会与文森特·奥蒂有密切联系。但我仍在努力，请随时向我通报您这边的任何进展。”

第二天下午，我接到了预期中的奥蒂的电话，并几乎立刻辨别出他那柔和的声音，同时提醒自己，通话要简短。

“我已经与我在政府部门的联络人交谈过，”我回答他的问题，“都是些可以影响决策的资深人士，他们对此很感兴趣，但有个问题是对方难以相信您与我直接接触，绕开和谈会议与像我这样一个普通人打交道。”

短暂的沉默。

“请转告他们，我们想要真正、持久的和平。在和谈中战争应该停止，但是我们的一些士兵刚刚被乌干达部队杀害了，这是令人无法接受的。穆塞韦尼违反了停火协议，一切迫在眉睫。如果三天内无法得到积极的回应，我们将被迫撤离，放弃谈判。”

我回应奥蒂，表示对听到的消息感到震惊。

“谢谢，”他说，“我会尽快与您联系。”

公平地说，当时双方都指责对方率先违反停火协议，而我无法得知实际情况。我把通话的内容转告给在东京的本。对战争问题的困扰，让我深感无力，每当此时，我就会驱车前往保护区寻找所有烦恼的天然解药——大象。

当我在开阔的灌木丛中寻找象群的踪影时，我不禁联想到一件有意思的事：如果大象仅仅是自然界中的大块头，为什么人们在它们面前总是感到无比舒适呢？我为什么要出于自身的需求和福祉而寻找它们？多年来，我与很多人谈论过，所有人都同意，与大象在野外度过的时光往往使人感到四周的一切变得美好。

而我现在面临的状况糟糕透了。联合国维系的乌干达政府与圣主抵抗军之间的和平谈判濒临崩溃。数以千计的邪恶的圣主抵抗军士兵将再次失控，除非我能以某种方式找到解决方案，否则非洲耗时最长、最丑陋的内战将重新开始。

我到底是怎么陷入这种状况的？与许多其他动物保护活动一样，在可以帮助受到人类影响的动物之前，首先必须解决人类问题，但这一次的规模已远超出预期范围。我向自己发誓，这一切因犀牛而起，也将始终以犀牛为宗旨。

我发现象群在鳄鱼潭（Croc Pools）周围茂密的绿草地上吃草，鳄鱼潭是纳埃莱尼河附近一片美丽的开阔湿地。我走近些，看到大象娜娜和象群保持一定距离，它有个习惯——阅读“早间新闻”。

娜娜几乎静止地站在那里，象鼻谨慎地垂在离地面不远的地方，在空气中徘徊，在四处散发出的气味中寻找信息。它那双巨大的耳朵微微地迎着微风，清晰地收集着方圆数英里的所有声音。除了耳朵轻弹和象鼻移动外，它一动不动，专注于手头的工作。

像往常一样，娜娜首先阅读“头条新闻”。

动物界中最长、最大的鼻子可以分辨出亿分之一的气味颗粒，因此娜娜可以轻松地闻到涌入微风中微弱的血腥气味。它在前一天晚上听到了猎杀的声音，现在那些气味证实了这些。依靠令人难以置信的记忆力，它熟悉动物们的栖息地，确切地知道哪一群动物刚刚经历了死亡游戏，甚至可以确定被猎杀的是哪几只动物。

然后它收听“葬礼通告”。远处腐臭的气味，夹杂着鬣狗、狼和秃鹰的气味从山上飘过，告诉它尸体的残留部分也已经被消灭掉了。在灌木丛中没什么需要埋葬，一切都将被吃掉。

接着它收听“出生通报”。产后的气味在早晨的空气中与众不同。这种气味同时吸引着食肉动物，这正是刚出生的动物有时甚至在几分钟之内就可以站立并奔跑的原因。象群在前一天迁徙入该区域时，娜娜注意到了一群斑马，现在嗅到了斑马新生儿的味道，也许它正默默地向那位母亲表示祝贺。

天气报告不如娜娜希望的那样。微风轻拂下的水分子带来消息，明后两天可能只会下小雨。很长一段时间以来气候都很干燥，实际上多年来一直如此。娜娜以及它的家人需要一场大雨，但是这次不是大雨。

它可以很容易地辨别出公象正在发情的气味，是从远处山上的马布拉（Mabula）那儿传过来的，看是否有任何母象愿意接受它的提议。但是正如娜娜所知，象群中没有雌性正处于发情期，这次马布拉并不走运。

娜娜那动物界中最大号的令人难以置信的耳朵正在来回扇动，收集着周围数千英里的所有声音，所有这些信息都被传达到陆地动物最大的大脑中，进行综合解码。

不止如此，远远不止如此。

大象拥有自己的专用波长，用于大象之间的通信，这就是所谓的次声波。这种低沉的隆隆声人类几乎是听不见的，但是传播的距离很远，据说可以达到数百平方英里。在当天的新闻里，娜娜可能会感应到附近的乌姆福洛济野生动物保护区的象群传来的隆隆声。它不仅可以听到，而且还可以通过脚从地面吸收振动，空中的隆隆声同时通过地面传达，这种使用次声波通过地表振动进行通信的方式真令人惊叹。

我关注了它一段时间，认知局限于它正忙碌着。人类可怜而有限的能力，仅仅可以让我想象它正在收集和分析的大量信息，却无从知晓具体内容。

对于这种应该视为珍宝的生物，人类为它的两个前牙而舍弃其他，令人哀叹。

娜娜早在我到达那儿之前就认出了我新车的声音，并举起它的象鼻。它始终能够很快从其他品牌型号相同的汽车中识别出我的，我一停车，它就离开原地，把象群带了过来，正在阅读的森林晨报也被置于一边。我有一阵子没看到它了。

在大象式问候（象鼻进入司机位置的窗户并用黏液蹭我）之后的几个小时内，象群只是在四周闲逛，然后在附近进食。一些不认识我的年轻大象和幼象退缩在一边，警惕地看着我，但跟随着成年大象的引导，它们井然有序，举止得体。

当您被一群大象环绕时，不可能仅仅想着自己的问题。它们如此庞大，气势磅礴，起初足以让人们担心自身的安全，始终处于紧张状态。但是当您习惯并放松之后，就会发现这样的经历是灵丹妙药，绝无仅有。

我回想起当初它们是多么的不开心并充满攻击性，娜娜最终是如何接纳我，并教会了我很多关于它自身善良本质的知识。面对种种困难，它通过与一个人成为朋友，设法在严峻的环境里确保家庭成员的安全。现在象群健壮、快乐，在苏拉苏拉繁衍生息。在那片葱翠的沼泽地的背景中，它们看起来如此祥和。

我不情愿地离开了象群开车回家，选了较长的那条路，给自己更多时间去思考。当我走进我们的小屋时，本从东京打电话过来，正和弗朗索瓦丝聊天。他并没带来好消息，我接过电话时，本说："我恐怕圣主抵抗军将会议场地迁往肯尼亚或南非的提议已经在朱巴和谈中提出过，但遭到拒绝。没有人相信您的警告，相信圣主抵抗军将撤军并放弃会谈，他们说以前就多次听说过这样的恐吓。"

我惊呆了。

"但是，如果他们真这么做呢？"

本说："嗯，还有三天时间，我们改变不了什么。发球权现在在奥蒂那半场上。"

第二十三章

三天后，文森特·奥蒂通过刚果丛林深处的卫星电话再次打来。

“安东尼先生，情况很糟糕。令人遗憾的是，我必须知会您我们打算退出谈判，回到丛林中去。您是否告诉过你们的人这些事情将会发生?”

我回答说：“我完全按照您的要求去做了，但是没有人相信。关键在于圣主抵抗军的信誉仍然是个问题。”

他沉默了一两分钟，我正担心信号是否中断了，他的声音传了过来。

“您拥有信誉，您的预测已经被证实，他们会相信您。”他回答，“我们已别无选择，希望您继续为和平而努力，再见。”

我马上致电东京的本。

“奥蒂刚刚给我打了电话。圣主抵抗军正打算撤出和谈，军队将回到丛林中去。”

“所以你是对的。”本说。

“如果不得不靠重启战争来证明我是对的，那可真没什么好庆幸的。”我说，“这是一个令人沮丧的状况。”

“奥蒂听得进去你的意见，这可是一个独一无二的机会，我们必须在此基础上继续努力，我将回南非并采取进一步行动。”

一周后，本回到了南非，通过各种权力渠道，试图寻求解决方案。取得突破性进展花了很长时间，本在获得一些积极的反馈之前，已经回到了日本。答案不完全是我们想要的，但确实提供了一个解决方案。会议地点无法改变，这是最终决定，但是南非将任命一名监察员参加谈判，肯尼亚和莫桑比克也将派出监察员。监察员将监督和谈会议的秩序并维持安全，在所有事项上与代表互动。

“提案尚未正式提交圣主抵抗军，”本再次致电时表示，“但令人担忧的是，提案可能不会被顺利接受。你的任务是将其提交给奥蒂并获得圣主抵抗军的同意，和谈很大程度上取决于你成功与否，因为如果他们拒绝，那么我们再无别的方案。”

我又打电话给马丁·奥朱尔。“马丁，”我说，“虽然花费了比我想象的要长得多的时间，但是我们可能有了解决方案。这无法通过电话进行讨论，您和戈弗雷是否能够再到南非来一趟?”

“我们需要科尼和奥蒂的许可，还需要您帮我们获得新签证。”他回答说。

我为他们订了机票，又安排了一次特殊签证，几天后他们就到了。

“先生们，”当他们到达并安顿下来后，我见到他们就说，“恕我直言，尽管我们尽了全力，但将谈判地点从朱巴转移到肯尼亚或南非的提案显然没有获得支持，这两个地方政府都不同意。”

马丁说：“我们已听到有关此事的传言。但是在朱巴继续和谈会议是我们完全不能接受的，必须换到另一个地点。”

戈弗雷点头表示同意。

“问题是，”我说，“肯尼亚和南非都是非洲统一组织（Organization of African of Unity，OAU）的领头成员，如果这两国不同意，其他任何非洲国家都不可能，也不会推翻这一决定。”

戈弗雷说：“这是一个问题，有太多的外部影响和阴谋破坏了会谈的稳定性，朱巴现在对我们的代表们来说是不安全的。我们的部队已经遭受过一次袭击，我们担心如果士兵留在集结地区，那里将成为一个陷阱。我们越来越清楚地认识到穆塞韦尼并不是真的想要达成和平协定。”

“有一项提案即将正式提交给贵方代表团。”我说，“但是，我认为重要的是我们必须先行讨论，这样可以提前向奥蒂将军介绍情况。”

戈弗雷和马丁皱着眉头，相互看着，而我觉得胃部紧缩。这是一个机会，让圣主抵抗军重新回到集结地区（那是一大片森林地带，LRA 的军队在和谈时期隐蔽其间）。马丁和戈弗雷说他们真切地希望寻找和平的机会，奥蒂也告诉我他盼望和平，但是仍然很难判断真伪。我在外交或政治领域上没有接受过正规训练，只能依靠常识在这个非常陌生的领域迂回前行。

我对圣主抵抗军声称曾经几次尝试实现和平这种说法充满好奇。难道地球上最暴力的恐怖部队真的希望和平，受够了战争之苦吗？人们说不希望和平的是穆塞韦尼，这是真的吗？我的确不知道。

我所知道的是，我将要提出的建议是阻止战争的唯一可能。圣主抵抗军已经不受控制并处于警戒状态。局势紧张，每个人都很焦虑。只需要一个事故，一次走火，一处错误，谈判就会破裂，我们正处在深渊的边缘。中非各地的人们对局势感到震惊，圣主抵抗军撤离聚集区，终止和谈的新闻覆盖了本地和国际媒体，恐慌情绪正在蔓延。

马丁说："那么，让我们听听他们的提议，我们十分感兴趣。"

我说："如果我表述错误，请纠正我。当我们在朱巴见面时，您说你们不信任穆塞韦尼或苏丹人。据我了解，因为南苏丹和乌干达之间存在着隐秘关系，圣主抵抗军认为在朱巴进行和谈是不公正而且排外的。这是你们希望转变和谈地点的原因吗？"

戈弗雷说："在和谈中被出卖只是问题之一，乌干达方面随时可能发动袭击这是一直存在的另一个问题。"

马丁说："如果出现问题，我方驻朱巴代表团的人身安全将受到威胁，南苏丹人民解放军（APLA）并不是我们的朋友，我们没有外交豁免权。"

"明白，"我说，"更改会议地点的要求被拒，让选择变得非常有限。因此，如果我们不能将穆罕默德带到山上，那么我们必须尝试将山移往穆罕默德。"

"用什么方式?"戈弗雷问。

我想，是时候摊牌了。

"监督会谈，"我回答，"来自中立非洲国家的监察员，简要了解局势的动态，帮助监督谈判并化解紧张局势。监察员将全权参加会议，考察、调查投诉、提供意见，并保证公平。"

我仔细地观察马丁和戈弗雷是否接受这一提议的任何迹象，但他们俩都面无表情，不为所动。

"南非、肯尼亚和莫桑比克政府将各自任命一名监察员，他们将就所有事项向本国政府报告，并向谈判各方提出建议。"

马丁示意我继续说下去。

"最重要的是，该提案将这三个政府纳入了和谈进程，意味着他们对事件的关注和参与度将大幅度增加。这将有助于避免不规矩行为，并推动和谈进程。"

这是基调，简短，虽然不是他们想听的，但是切实可行。

马丁首先讲话。

“谈判是否有可能转移到其他地区，或者是海外？”他问。

“我觉得很难，”我回答说，“任何政府都会将此要求转回非洲统一组织。这是非洲问题。”他沉默了。马丁是一位政治家，总是试图从各种角度寻找机会，但是正如我所说，可能性很有限。

戈弗雷是一位知识分子，对事情采取了审慎周到的考虑方法。在我看来，他是和谈的重要筹码。如果不被并不高明的傲慢政客所排挤，那么他也许可以协助我们真正地结束这场战争。但是朱巴外交的烂摊子有太多的这类例子。

“乌干达会接受监察员吗？”他说。

“我相信他们会的。”我回答说。

“那么对我们来说选择似乎很简单。如果我们不接受监察员，战争将继续。”

“的确如此，”我说，“但是让我们重新审视一下：这尽管不是一个完美的解决方案，然而是一个可行的解决方案。我要强调‘可行’一词。”

马丁和戈弗雷用阿乔利语进行了长时间的交谈，显然是在争论并讨论该提案。

然后马丁再次用英语说道：“安东尼先生，我们无权决定。我们需要将提案转达给奥蒂将军，你介意我们离开一会儿吗？”

我说请便之后，他们离开桌子走了出去，打电话给奥蒂请示。

“这件事需要领导层开会决定，”戈弗雷在返回时说，“我们要返程。有一些需要解决的问题和要点，但我们必须在后天离开。”

“阻碍进一步发展的还有一件事，”马丁严肃地说，“我们的军事领导层需要得到保证，联合国在刚果的联刚特派团在和谈期间不会对我们发动袭击。”

“我有一些联系人。”我回答说，并惊叹于他们对我能处理棘手事件的充分信心。

他继续说：“这一点是无法协商的，我们与穆塞韦尼达成的停火协议，也必须包括联刚特派团在内，否则我们将无法继续谈判。”

“我明白。”我说，“我会尽力而为。现在我必须安排你们去机场了。”

“安东尼先生，我们要感谢您为和平所做的一切。有一天，阿乔利人民将感谢您。”

这听起来像是个好消息，我想。如果否定提案，他们肯定会说些别的什么。

“还有一件事，”马丁说。“约瑟夫·科尼和文森特·奥蒂想见你。”

我不可置信地看着他。

第二十四章

约瑟夫·科尼和文森特·奥蒂想见我！这意味着我将独自进入刚果丛林中的秘密营地。我头晕目眩，感觉一切发生得如此突然。

我想过退出，把这个混乱的危险的烂摊子留给别人去处理。我确信没有人会责怪我。

但是话又说回来，战争持续了二十年，没有人能够解决争端，而我却真的可以提供帮助。圣主抵抗军政治和军事部门的领导人都曾直接与我联系，并显示出高度的信任。谈判当然会继续沿着正式和非正式途径进行下去，但是很明显，圣主抵抗军高层对此没有信心。

我该怎么办？

我回想起离开朱巴时马丁·奥朱尔教授对我所说的话：圣主抵抗军开始信任你，这使你处于独特的地位，可以帮助无数被这场看起来永无止境的战争影响的人们。

我联想到这些年来被圣主抵抗军劫持的数千名儿童。从温暖的家庭中被绑架的无辜儿童，一去不复返。还有在乌干达北部的国内流离失所者（Internally Displaced Person，IDP）营地，那里羁留了将近200万人，他们被迫在那里生活，其实只是生存，那样的生存方式堪比人间炼狱。

简单想象一下，200万人被羁留的景象，这违背人道主义准则。难民不应该被羁留，他们是为了逃避危险，自主选择抵达安全区域，而非被强行送去。我认识许多参观过营地，或是曾生活在这些营地中的人。这些营地每周有500名儿童死亡，那里的人预期寿命不到40岁。我不相信穆塞韦尼的公共关系部认为那里是难民营，我们也许称之为集中营。它介于两者之间，是令人震惊而恐怖的地方，任何人都绝不应该被迫留在那里。

成千上万的孩子因为恐惧被圣主抵抗军抓走，白天不敢出门，而夜间出来行走。这是因为穆塞韦尼不能，或许也不打算保护他的国民。如果我退出，他们怎么办？在这场可怕的残酷的战争中，无数的人已经流离失所，暴行、欺骗和强奸是人们赖以生存、别无选择的武器。

由于圣主抵抗军在一月份击落了联刚特派团的两架发动攻击的直升机，他们一直担心遭到报复。现在，科尼和奥蒂希望通过我说服联合国同意不攻击圣主抵抗军的营地，然后他们才有可能接受关于和谈监察员的提议。我查询了联合国在刚果民主共和国的分支机构即联刚特派团的电话号码，拨通了电话。我想，他们又不会咬我，最多说不。

总机的女孩说，“您需要找的人是穆贾希德·阿拉姆（Mujahid Alam）先生。他负责这类事务，我帮您转接。”

“阿拉姆先生，”电话接通后我说，“感谢您接听我的电话，你并不认识我。”我接着报上姓名，“但是我有件非常重要的事需要咨询您。”

“我对你早有耳闻，”他在我继续说话之前答道，“我们曾支持避免加兰巴国家公园内北部白犀牛灭绝的项目，尝试为其提供飞机和设备。这次我能提供些什么？”

我向他描述了事情的大概轮廓。

第二天早上，我飞了五个小时前往金沙萨。当天傍晚，我已经坐在大饭店游泳池旁边的桌子边上。那是星期天的晚上，我很高兴露台上人不多，可以保证谈话的秘密性，在金沙萨你永远都不知道还有谁在倾听。

穆贾希德·阿拉姆大名鼎鼎的正式头衔是联合国秘书长特别代表首席顾问。他准时到达，我们相互做了自我介绍。阿拉姆是巴基斯坦人，职业的原因让他用词以及对话都十分老练。他成熟的笑容和坦诚的举止消除了会面的紧张气氛，经过一番闲聊，他了解到我与圣主抵抗军不同寻常的接触及其这个重要提议发生的始末。

我说："归根结底，问题在于圣主抵抗军认为，穆塞韦尼正努力鼓动联刚特派团再次发动进攻，无论这是真是假，都将成为恢复朱巴和谈的障碍。"

"我明白，"我说完后他若有所思地说，"安东尼先生，我可以向您保证，联刚特派团完全支持朱巴和谈，我们目前没有计划在军事上与圣主抵抗军发生任何冲突。当然，这需要圣主抵抗军留在集结地区，并对这个国家的平民不构成直接威胁。"

"嗯，这个消息需要经过漫长的途径才能传达给圣主抵抗军，让他们重新回到集结地，但必定有助于恢复和谈。"我说。

我们在晚餐时又聊了约一个小时，深入分析局势，让我深入了解到穆塞韦尼的历史以及科尼为何进行武力反抗。阿拉姆显然对非洲政治的来龙去脉了如指掌。他没有透露有关联刚特派团军事能力的任何信息，但可以肯定的是，除非圣主抵抗军做出任何不明智的行动，否则他们不必担心会受到联刚特派团的攻击。这次谈话让我倍感振奋。

阿拉姆告诉我很重要的一点是，朱巴和谈已丧失信誉，如果我继续参与，将有助于首次与圣主抵抗军军事领导人建立一条可靠的沟通渠道。

"现在是我们寻求解决方案的关键时刻，"他使用了外交辞令，"朱巴和谈是阻止战争的有效途径，我希望我们保持密切联系，并及时通报进展情况。”

“我很乐意这样做，”我回答说，“同样，我也请您告知任何根本性变化。”

“我会的。”他回答，“为了您的人身安全，我们必须对讨论的细节保密。”

我说：“感谢您的关心。”

我们交换了联系方式，第二天下午我回到了南非，并打电话给戈弗雷，告知对方在金沙萨的访问以及会见结果。

“我必须强调一下，”我对他说，“不发动攻击的承诺包含特定条件，即圣主抵抗军部队停在集结地区，并且继续和平谈判。”

“这是非常重要的信息，”戈弗雷说，“马丁和我将立即向科尼和奥蒂汇报。感谢您所做的努力。我们将尽快与您联系。”

第二天，我和戴维一起去野外，弥补被我耽搁了的丛林工作。对讲机突然响起来。“红色警告，红色警告！所有人，所有人注意。”我用力踩下了路虎的刹车，去抓对讲机。戴维抢了先。

“收到。”

“救我，请救我，它试图杀死我。大水牛要杀死我！”声音高昂的南非语从对讲机里传来，“你的方位？”戴维问，同时看了我一眼，担心地皱着眉。

“我在沙卡河（Shaka River）交界处附近的一棵树上。快过来，情况不妙，老兄！”

“好，我们现在就过来。坚持一下。”

“快点，拜托。它真的想干掉我。”

我找到最近的路线，将车驶离土路，开进灌木丛，把油门踩到底。戴维捡起在我们车座之间的步枪，熟练地取下弹匣检查子弹。

对讲机里呼救的是我们年轻的新护林员贝尔·皮耶特（Bel Pieter），听上去他遇到了大麻烦。

大水牛是我最喜欢的非洲动物之一，像帝王般强大而不可预测，是非洲丛林地带最优秀的象征，也是非洲最危险的动物之一，被称为孤独的公牛、达加男孩，甚至是黑色死神。最好还是不要招惹这些脾气暴躁的半吨重的大家伙。皮耶特一定是太靠近河边惹到了水牛，幸好他现在爬到了树上。

我一只手握住对讲机，另一只手转动方向盘。

“哎，我在。发生什么事了？”

“公牛在覆盖着泥土的芦苇丛中睡觉，但我没有看到它。而且，我几乎踩到它。”皮耶特停下来，喘了几口气。

“它追我，我没命地奔跑，总算找到一棵树。现在还好，它无法攻击我，但它不会离开。它就在下面等着，想杀了我。”

“你会没事的。”戴维试图让他平静下来，拿起无线电对讲机说，“坚持住，别担心，我们很快就会到。”

“不仅仅是水牛，还有荆棘刺，”皮耶特说，“都卡在我的身上。”

我可以想象出那恐慌的情景：肾上腺素让皮耶特飞跑，慌慌忙忙地爬上了看到的第一棵树。不幸的是，皮耶特的树上避难所恰好与他的克星同名：传说中的水牛刺树（buffalo thorn tree），它之所以具有传奇色彩，不仅是因为传说中与祖鲁灵性世界相通，更因为它身上藏着成千上万根狠毒的倒刺。

“用你的莱特曼（Leatherman），”我说的是他的组合刀，上面有钳子和螺丝刀，这是每个护林员的必备装备，“把刺割断。”

“我做不到。”

“为什么?”

“因为我用莱特曼砸大水牛了。”

“你的意思是你把莱特曼刀扔向大水牛了?”我问，暗自笑着，想象着水牛和莱特曼刀都在空中飞舞。

“是的，它不走，所以我砸它。”

“好吧，还好你没有将对讲机丢给它，”我说，“否则我们就不用通话了。”

十分钟后，我们到了。就像他描述的那样，皮耶特紧紧地抱着一棵树，树下有一只被泥土覆盖着的巨大的水牛。数十根棘手的荆棘钩在他的衣服上，深深地刺入了他的身体。

通过用拍打双手、大喊和敲车门等简单方法，戴维和我成功地让水牛离得远远的，我们下车，帮助皮耶特爬下树。

戴维抬头看着这位孤独的护林员，笑了，然后从地上找回莱特曼刀递给他。

“下次看清自己正往哪里走，”他强调道，无视年轻护林员正难受地从身上割下尖刺，“这里可不是养羊场，快把这些刺伤处理一下，不要感染了。”

每个过分自信的年轻护林员都必须经历某种形式的灌木丛重生，以了解野外的真正危险。皮耶特刚刚完成了他的丛林功课，而且幸存下来了。他会没事的。

大水牛使我想起了加兰巴，我的思维转向圣主抵抗军以及险些失败的和谈。媒体上有很多胡言乱语，但好消息是，尽管相互指控，但没有军事冲突。脆弱的和平仍然维持着。

几周后，我接到了两个电话，分别来自马丁和戈弗雷，其中一个传来了最好的消息：圣主抵抗军已同意接受监察员提案并将恢复谈判。他们的军队将集结，回到指定地区。我给在东京的本打了电话，告诉他这个好消息。如果我们离得近一些，一定会碰面并分享一瓶香槟。

随后，我打电话给穆贾希德·阿拉姆，提供最新消息。

“圣主抵抗军同意恢复谈判。”我说。

“这是一个好消息。”穆贾希德说。

“是的，”我回答，“您的保证在其中发挥了重要作用。这是一个疑心很重的组织，长期以来一直担心联刚特派团的报复性袭击。我们会谈的信息使圣主抵抗军安心，所以他们能够专注于恢复和谈。”

大约一个月后，即2007年4月，当监察员开始参加会议时，和谈恢复了。

在救援犀牛方面，协议也得以维持。圣主抵抗军避开加兰巴的警卫人员和营地，并在公园北部的巡逻中寻找犀牛。其实我几乎从没有对他们发现犀牛的踪迹抱任何希望。

随着会谈的进行，我重新着手处理前段时间有些疏忽的与苏拉苏拉酋长们的协商。几个月后，经过多次会议，我们终于签署了协议，将他们的一块土地首次纳入保护区范围。这片夸祖鲁-纳塔尔野生动物保护区位于其传统领地，已归还部落，将与苏拉苏拉合资成立游览保护区，以便维护和发展。

我们搬到了这片被忽视的土地上，带着神圣的使命感开始着手修理围栏，分割道路，修建水坝以及做所有必要的事情来建立一个出色的游览保护区。一旦我们将栅栏延展到苏拉苏拉，保护区便开始向新区域迁移，我们很快就可以看到水牛、斑马和所有其他原生物种。

不过最奇怪的是，娜娜和弗兰基拒绝让象群进入新的保护区。它们会站在曾经有栅栏的地方，望向新区域，但不向前跨一步。有一天，我决定进行干预，于是越过边界进入新的区域并呼唤它们。它们俩都立即认出了我的声音，挺身而出，但随后停在了原有的篱笆线上。

“娜娜，没关系。”我安慰它说。它站在那儿犹豫不决。“你可以过来，很安全。有一大片新的天地等待你和你的家人，这里也属于苏拉苏拉了。”它仍然没有动。

象群仍然站在苏拉苏拉以内约65英尺处，我下了车，先靠近它们，然后一边转身走回新区域，一边与它们交谈。

我花了好些时间才让它们向前走。弗兰基第一个做出反应，然后又有几只大象犹豫着走向前，先迈了几步，然后大步跨过边界，走过这一百米到了新保护区。整个象群紧随其后，除了娜娜仍然留在原地。弗兰基停下来，转身面对娜娜，等待着它过来。最终，娜娜加入了它们的行列。象群消失在美丽浓密的原始灌木丛中，那片灌木丛中已经有一百年没有出现大象的身影了。

第二天是星期天，我们的家人和朋友带着孩子和狗狗嬉戏玩耍，在恩坦巴纳纳河（Ntambanana River）附近的水库旁烧烤。我从眼角瞥到，戴维、杰森和迪伦走到河边，拍着他们的双手，赶走一只我起先以为是狗的动物。但我仔细一看，才意识到实际上是一条小鳄鱼，小狗引起了它的兴趣，于是它游到河岸。我留意到，几分钟后又有另一只鳄鱼加入。鳄鱼喜欢捕食狗，狗和孩子们四处奔跑时，狗叫声把它们吸引了过来。

戴维和迪伦再次驱赶鳄鱼，但是当他们转过身来，两只鳄鱼立即又爬到河岸上。第三只更大的鳄鱼从深处冒出来，在它们之间浮出水面。

“小心些伙计们，这些鳄鱼在向我们靠拢，”我喊道，“如果不想失去孩子或狗，我们必须把烧烤架移个位置。”

“别担心。”戴维说，向鳄鱼扔了一个旧网球，试图把它赶走。“我们不用担心。按规定首席护林员必须立即替补在保护区丢失的孩子，我们可都是首席护林员。”他补充道，双臂环抱杰森和迪伦，面带微笑。片刻之后，迪伦妻子的鞋子掠过他们的头顶，几个大男人不得不低头躲避，看起来她可以在五十步外杀了他们。

祖鲁兰的乡村女孩都十分坚强。几个月前，第一次怀孕的年轻见习厨师菲维（Phiwe），她的孩子决定提前来到人世。两个护林员被叫醒，手忙脚乱地用我的车送她去医院，车在去城镇的半途中抛了锚，护林员们更加慌了，然后菲维在后座生下了孩子，他们完全陷入恐慌。一个惊慌失措的护林员看了一眼就跑开了，另一个倒是多少提供了一些实际性的帮助，喊叫着鼓励她，并用他手头仅有的工具，一把弯刀和石头弄断了脐带。

这位疲倦的母亲高兴地将刚出生的婴儿抱在怀里，护林员们设法启动了汽车并准备继续前往诊所。

“你们要去哪里？”菲维从后座问道。

“去诊所。”司机回答。

“为什么？”菲维问，“我已经生下孩子了。”

“但是你必须去让医生检查一下。”

“不用。我已经把孩子生下来了，为什么还要去?”

“那你想去哪里?”

“回我的房间，”菲维坚持说，“我很累。”

于是他们掉转车头开回了苏拉苏拉，找了几个菲维的年轻朋友，整夜照顾母婴二人。菲维没有再去医院，我们还不得不打消她一周后想把婴儿绑在背上重返工作岗位的打算。

在这段时间里，我一直与奥蒂、戈弗雷以及马丁保持联系。

9 月的一天，马丁再次给我打电话。

“早上好，安东尼先生。事态发展得很快，您有空来内罗毕（Nairobi）吗?”

“我有空。”我回答。

“太好了，戈弗雷和我将在机场与您会面，然后我们将一起前往朱巴。”

“行程的目的是什么?”我问。

“您收到了约瑟夫·科尼和文森特·奥蒂的邀请，做客并进行会谈。我们要去丛林中的营地。”他回答。

尽管我有所期望，但是这个邀请还是让我震惊。

“为什么?”我条件反射地问道，忘记了举止得体。

“您在刚果传达给联合国的信息备受好评，军方高层要亲自感谢您在谈判中发挥的作用，他们希望得到您的帮助，以确保和谈不会再次失败，这很重要。戈弗雷和我将陪伴您，圣主抵抗军将保证您的安全。”

“我们将如何到达那里？”

“我们将从朱巴开车前往。”

“开车！”尽管我对该地区所知不多，但到达加兰巴需要从朱巴穿越南苏丹，并途经刚果无人区，这需要两天到三天的车程，旅途将是一场噩梦。

我有些头晕目眩，受邀旅行3000英里，与世界上最危险的人在秘密丛林营地里相处。并且我的安全将由地球上最臭名昭著的恐怖部队保障。荒诞甚至不足以描述这一切。

奇怪的是，得到圣主抵抗军的安全保证实际上给了我很强的安全感。我想，我唯一的死亡方式是，处死我的指令来自科尼或奥蒂本人，但这似乎不太可能。当然，除非遭到了圣主抵抗军的敌人乌干达或南苏丹人民解放军的袭击，遭遇内部叛乱，感染从未听说过的疾病，或者路遇叛乱分子或土匪——我似乎忘记了这几点。前景看起来一片光明。

我一直相信自己的直觉。抉择中过多的思考会使事情复杂化，尤其是做出重大决策时。我说：“马丁，如果他们真的需要我的帮助，认真地期盼和平，那么我会接受邀请。但是首先我必须知道议程是开放的，我可以提出任何问题。”

“你想讨论什么？”他问。

“圣主抵抗军在世界范围内因儿童兵问题而被诟病。如果真正希望和平，必须将其提上议程。我需要就此征求他们意见。”

“事情已经解决了。”他回答说，“我们已在上一次访问苏拉苏拉后向奥蒂说明此事，高层已经决定解决这个问题。”

“另外就是对国内流离失所难民营以及乌干达北部阿乔利人发动的袭击。我们在第一次您来这里的时候讨论过，这些攻击无济于事，如果和谈想要取得任何进展，就必须停止这些行为。我同时需要在这方面听取他们的意见。”我又提出另一个要求。

“我们已经将您在此问题上的想法传达给领导们。这个话题可以公开讨论。”

“那么请向他们转达我的感谢，我同意会面。”我说得远比自己实际的感觉更加自信。

我终于能够与圣主抵抗军的高级领导人面对面地谈论犀牛问题，这是诸事之始。

“需要我什么时候到达内罗毕？”

马丁回答：“下周的周六。您必须带上自己的睡袋、药品和需要的任何特殊食品。因为我们要去的地方没有商店。”

他又总结说：“请不要将行程告诉任何人。如果被外人知晓，将会增加安全问题的复杂性。”

这确实让人信心倍增。

尽管存在明显的风险，但这确实是一个独特的机会。据现有报道来看，还没有外人曾经到过神秘的圣主抵抗军营地。当然，讨论的前提是“自愿地到达”。

我随后给福里打了电话，请他加入，他立即同意。“您打算什么时候去?”

“我必须在十天内离开。”

“但我现在在欧洲，才刚刚到。我这里有个无法取消的会议，行程可以推迟吗?”

“福里，估计不能。”说完我就向他解释了原因和事情始末。“很抱歉，”他最终说道，“但是我无法及时返回。”

“我也很遗憾。”我回答说。

“我的朋友，你好好注意安全，并向圣主抵抗军转达我的爱。”他笑着说。

我无法对弗朗索瓦丝隐瞒此事。如果不是必要的话，我不想让她卷入其中，但是在这种情况下，她必须知道。

考虑到她是法国人，如果愿意的话，可以展示出优良的高卢传统，所以我准备好接受一顿常识理论的说教。

她的回答却异常平静，充满理解。

“这是你最擅长的事情，”在我解释完情况后，她说，“圣主抵抗军没有任何信誉，需要你的呼声以及与外界的联系才能实现和平。”

我内心赞同这种说法。实际上，任何危险只可能来自那些希望谈判失败的人。和平会让科尼、奥蒂和其他将领结束流亡，并处于全世界的聚光灯之下。二十年的战争和暴行，应该有很多要说的。探戈需要两个人跳，圣主抵抗军有罪，这大家都知道。但是另一方呢？曾经有人告诉我，老鼠和仓鼠之间的唯一区别是身份是否合法。

我必须谨慎。

第二十五章

一周后的周六下午，我按计划抵达内罗毕，马丁和戈弗雷已在当地等候。在他们的陪同下，我们一起前往朱巴，由司机和保镖带到朱巴桥饭店（Juba Bridge Hotel）。

我把行李放在一间小板房里，经过当初签署保护犀牛协定的那棵阿乔利杧果树，站在尼罗河岸边，再次陶醉于它的宏伟。河岸上的芦苇健壮茂密，我看到一位当地的渔民十分钟内就钓到了两条很大的尼罗河鲈鱼。

马丁在吃晚饭时说：“明天我们分乘两辆四驱路虎，早上四点离开。”因为独自前往驻地未获批准，南苏丹人民解放军将一路陪同护送我们。“你有买汽油的钱吗?”他满怀期待地看着我。

“有。”我边说边甚感安慰地感觉着钱的重要性。

“太好了，我们的工作总是缺少资金。”

“说得确切一些，我们要去哪里，路上需要多长时间?”我问。

“目的地所在区域位于南苏丹和刚果边境交界处，一个叫如-卡瓦巴（Ri-Kwangba）的地方，在地图上没有任何标注。”马丁说，“如果没有太多耽搁，我们应该在两天内到达。”

“安全问题呢?”

“圣主抵抗军知道我们的行程，都已经安排好了，离他们的驻地越近，我们就越安全。”戈弗雷回答。

我向他们道了晚安回到房间里，还有一件重要的事情要做。如果处于疟疾的潜伏期贸然进入偏远地区等同于送死，在远征之前确保尚未患病的唯一方法是进行所谓的“怀孕自测法”，也就是通过喝两小杯酒并观察反应来测试。疟疾是非常可怕的疾病，如果正处于疾病潜伏期，酒后就会感到头晕以及胆汁上涌的状态。值得庆幸的是，我没染上疟疾，探险可以继续。

第二天凌晨三点半，我们的车行驶在朱巴一条黑暗的尘土飞扬的街道上。我、戈弗雷以及两名南苏丹人民解放军士兵同车，其中一名负责驾驶，两名士兵都携带着AK-47枪支。车上还有另一名乘客，平民装束。马丁所在的另一辆车上也是同样的安排。

“这些家伙是什么人?”我对戈弗雷轻声说，指的是那两个平民。

他瞥了一眼南苏丹人民解放军士兵，将手指放在嘴唇上，“过一会儿告诉你。”他说。

黎明到来之前，我们顺利出发。几个小时后，在崎岖坎坷的道路上颠簸得筋骨酸痛，我意识到这将是一次漫长的旅程。

我们沿着西南方向的公路前往耶伊（Yei），然后转向东北方到达法拉希卡（Faraxica），在十字路口向西去马里迪（Maridi），这是一段平淡无事的行程。然后进入第一个雷区，扫雷车之前已清除了地雷，我们被告知不要偏离以前的车轨，也不要因为任何原因中途停车，即使是需要方便。我们没有停车，非常小心地驾驶，将车轮牢牢地轧在标定的道路上。只有一条路，我想知道如果遇到反向驶来的车辆该怎么办，还好没遇到。

马里迪是苏丹西南部小镇，由西赤道省负责管辖，位于首都朱巴以西约 295 公里，与刚果民主共和国接壤，2011 年约有 18000 人。

我们四驱车上的南苏丹士兵毫无纪律性，一路抱怨，不断地要烟以及食物。他们的 AK-47 枪被毫不在意地扔在车厢的地上，而我们的乘客始终保持沉默和警觉，留意着周围的一切动态，一言不发。

通过雷区之后，我们停下来休息，我又问了刚才的问题。

“这些家伙是谁，戈弗雷，你认识他们吗?”

戈弗雷回答说:“是我们的人，他们在这里是为了保护我们。”

“但是他们没有武器，如果我们被袭击该怎么办?”

“别担心，”他回答，“都已经安排好了，在这个区域没什么危险。”

我们在傍晚时分到达马里迪，那是一个在茫茫荒野之中的虚幻破败的小镇。

“我们将在这里过夜。”我们停靠在一个摇摇欲坠，十年都没有任何粉刷修缮痕迹的混搭房旁边时，马丁说：“看起来还不错。”

这家酒店的主人是一个友善的女人。两个人一个房间，我与戈弗雷同屋。我们每人都有一双颜色鲜艳的橡胶凉鞋和一条毛巾，找到勉强还在工作的淋浴喷头，清除身上的污垢。之后我们穿过马路，喝了些暖胃的啤酒，吃了顿非常简单的晚餐，包括玉米面以及一点淋着汁的肉。饭后出门散步。

马里迪的确处于宇宙边缘。我在路边遇到一位友善的居民，他告诉我这里没有警察，显然他对一个白人为什么出现在这个地方十分好奇。于是我问他这里如果没有任何形式的警察守护，如何维持秩序？他用不太流利的英语告诉我，该地由自发组织的治安团管理。审判在大街上进行，最严厉的判决也可以用这种方式通过，立即被民众执行，一切就像倒退了两百年一样。

当我闲逛的时候，注意到被人尾随。应该是圣主抵抗军，我也希望如此，随后意识到思考上的歧义。我一定是世界上唯一一个希望被圣主抵抗军跟踪的人。

我们睡得很好，第二天一大早就出发了。

如果旅程的第一部分还算得上顺利，接下来令人完全改观。随着行程推进，道路变窄，地形发生变化，植被逐渐变厚，大树最终遮盖了道路，大量的水和泥浆充斥着前方。后来下起了大雨，每条小溪和河流都膨胀成巨大的障碍，冲击着道路，四驱车显然达到了极限。道路变成了一条泥泞的洼地，横穿的河流更是令人心惊胆战。如果没有排气管，我们连五英里也走不了，当我们强行穿过一条接一条的河道时，引擎盖几乎一直都没入水下。有好几次，在较宽的河段上，车轮打滑，我担心车辆会被河水卷走。驾驶员鲁莽行事，但在没有必要时又过分谨慎。我要求驾驶却被拒绝了。

“这是一辆军用车辆，”司机坚定地说，一只手在空气中挥舞着，仿佛试图驱赶走我，“你是平民，不能开车。”

我摇下车窗，作为不时之需时的逃生通道。

我们看到过停在道路中央阻挡通行的破损卡车，雨季中的泥泞吞噬了车轴。卡车的整个上身已经剥离，仅仅剩下底盘陷在泥里。看得出在机箱周围有生火的痕迹，我判断有人试图烘干泥土，然后设法将车辆驶出，这些车显然还会在那里待上很长时间。

我们先后经过了两辆被烧毁的卡车，我开始担心，因为车身上都有大量的弹孔。我意识到这是最近才发生的，因此我叫司机停下，下车查看。

司机并没有生气。

“叛军，”他说，谴责地看着走向我们的戈弗雷和马丁，“但是他们现在消失了，我们已经获得军方通行的许可。”

南苏丹人民解放军的驾驶员和四名士兵是一伙的，戈弗雷、马丁和我们的两名乘客组成另一组，分歧十分明显。

“如果我们遭到攻击，有什么计划？”我悄悄地向我们一方提出问题。“我们没有武器，我很担心现在的状况。”

一片沉默。

“伙计们，如果发生战斗，计划 B 是什么？”

仍然是一阵沉默。

然后一位圣主抵抗军平静地说：“我们将迅速地杀死这些士兵并夺取武器。”他英语说得很好。“这些人，”他对着南苏丹人民解放军的方向点了点头，“毫无用处。”

好吧，一切都很妥当，我的担心是愚蠢的，这些人掌控着一切，我有点头晕目眩。他说得十分清楚，我意识到，在离开无法无天的马里迪之后，我们已远离文明，一切都已改变。

我望向那几个南苏丹士兵，他们也在交谈，分析着局势。但是我们的人是对的，我用新的思维模式考虑——他们十分懒散，AK–47 枪被随意地扔在车辆的地板上。如果现在有人从树林里向我们发动袭击该怎么办？

我被一大堆西亚夫（siafu）蚂蚁分散了注意力，它们从浓密的植被中倾泻而出，从车后方穿过马路。在正常情况下，我会很兴奋，但此时我因为太过担忧而无法关注它们。谈话将我带入了一个全新的维度，我体内的每一根神经都处于高度戒备状态。

我们回到车上继续行进。

现在气氛变了：派别之间关系紧张。

我们花费数小时穿越泥泞的道路、溪流以及河道，与各种恶劣环境作战，将车辆的承受能力推向极限。战争的痕迹在路上随处可见，不断提醒着我们身在何处。

我们经过了一个叫埃迪（EiDi）的小镇，吃过午饭后不久，司机叫道："纳邦加（Nabanga）就在前面。"20分钟后，我们到达了这个偏远乡村。

"这里有一个南苏丹解放军的基地。"戈弗雷平静地说，"我们必须停下来加油，虽然我一点也不想，别离开车辆太远。"

"我必须找个厕所。"到达帐篷式军事设施时我提出要求。我收到的指示表明目的地是沿着一条长长的下行小道，通向的四周都是树林的小屋。没有任何提示，但我就要进入世界上最肮脏的厕所了。我关上门，抬起马桶座圈，成群的蓝绿色苍蝇从成年人大肠的排泄物中倾泻而出，填满了那个狭小房间的每一寸空间，再加上散发出来的难闻气味，我用手捂住嘴和鼻子，裤子还在脚踝上，就狼狈地逃出了这个地狱般的房间，跌倒在外面的草地上。

除了蹲下来在公开场合解决问题，别无选择。路过的士兵指着我大笑。值得庆幸的是，凭借经验我备着一卷厕纸。

事情进展得并不顺利。纳邦加是在进入圣主抵抗军领地之前南苏丹解放军的最后一个哨所，他们的聚集区仅在大约二十英里外。如果谈判有任何问题，纳邦加是抵御圣主抵抗军的第一个堡垒。

南苏丹解放军的士兵们收到消息说有圣主抵抗军在车上，自尊心开始作怪。随着消息的传播，越来越多愤怒的士兵开始聚集在四驱车的周围，打着手势，挥舞着 AK–47 枪。我一边爬回车里一边想，这可不妙。司机们困惑地站在车旁，仍在等待即将运来的柴油桶。

“别加油了，”有人朝他们喊道，“开车！”

我也是这么想的，如果再待下去，我们可能会被强行拖离车辆。司机们收到指令，启动引擎，以最快的速度离开，一群愤怒的士兵在后面追赶着我们。

“感觉很不好，”我对戈弗雷说，“他们十分不友好。”

他指着仍然站在后面道路上的士兵，平静地说：“他们是新兵，正规军，过于自信，认为可以击败圣主抵抗军，但他们不知道我们只是不想再打下去了，希望和谈成功。如果他们愚蠢到进攻圣主抵抗军的营地，都会丧命的。”

戈弗雷的话后来应验了。

最后二十英里是我见过的最糟糕的路段。旱季还勉强可以通行，但现在路况简直糟透了。整段路上，我不停地祈祷我们不要陷入困境，不要因为被卡在这里，而不得不再次面对纳邦加的驻军。我完全脱离了原有认知，认为现在最好的选择竟然是仰仗圣主抵抗军的保护，顺利抵达如-卡瓦巴，这有多疯狂？

即使发挥最疯狂的想象力，也无法让我为眼前的经历做好准备。我对金沙萨会议的官僚作风感到愤怒，原本用一支笔就可以轻松完成所有工作，那我就无须为了拯救犀牛而将自己置身于如此疯狂的境地。

没有路标或任何提示，灌木丛分开，我们驶入草丛中的一片空地。

戈弗雷说：“我们到了，这里就是如-卡瓦巴。”

我心跳加速。

司机停下来，迅速提起行李给我们，显然是急着让我们下车，好尽快离开。我们就在圣主抵抗军领地的边缘，他们显然不喜欢眼前的局势。简单告别后，司机驾驶着那两辆把我们送来的浑身泥泞的四驱车，又驶向同样泥泞的道路，从我们的视线中消失了。我环顾四周，如-卡瓦巴是一片空地，完全被茂密高大的树林包围。一个被遗弃的水箱立在一边，几条原木做成的长凳围成一圈，人影全无。

我这才意识到，我们被搁置在茫茫荒野之中，这片空无一人的地方，隐藏于高大的树木和灌木丛之中。我站在文明的边缘，甚至超越了“龙腾之地”。我们现在所能做的就是等候世界上最令人恐惧的叛乱分子，并与他们一起进入黑暗的丛林，进入他们的巢穴。当然，如果他们没有忘记来迎接我们的话。

“现在怎么办？”我问。

“我们等等，”马丁走过来，回答说，“我们的人在附近，”他用手臂扫过森林，“但是他们要先确定我们的车辆没有被尾随。”

不久，一个细小的动静引起了我的注意，几秒钟后，一个人从丛林中出现，在某个地方，用阿乔利语喊了一句。

马丁回了话，那个人挺身而出。紧接着又有五个人从树林里走出来，排成一线，武器就位。这是我第一次见到臭名昭著的圣主抵抗军士兵，完全被迷住了。士兵们穿着某种式样的陈旧军服，其中四个人携带着 AK–47 枪，另两个拿着 20mm 机枪，年纪都在二十岁上下。

士兵们走到我们身边，马丁与其中一个人握手，指着我用阿乔利语交谈。他们点了点头，拿起我们的行李，快速转入丛林。三个士兵走在我们前面，其余士兵断后。

“现在我们步行。”马丁对我微笑着说。

我们确实在走路。

我们排成一列，沿着狭窄的丛林小径走了很长时间，灌木丛中视野局限，几乎看不到前方十码以外的地方。谁认为在这片茂密的丛林中能够战胜圣主抵抗军，那真是自以为是。我回想起那些过分自信的纳邦加士兵，如果他们真的打一仗。

终于，戈弗雷指着一棵大树说：“那就是边界，我们从苏丹进入了刚果境内。”我知道我们进入了加兰巴国家公园北部，这片属于世界遗产的地方驻扎着一支叛军。自然保护工作在非洲是一项艰巨的任务。

奇怪的是，尽管身处险境，但我全然放松，在被长时间困在四驱车内之后，我很享受户外。我不再忧虑，因为那毫无意义，到了此地，已别无选择。在我们身后有三名全副武装的圣主抵抗军，在他们后面是敌对的南苏丹人民解放军，然后是从朱巴开始的两天的车程，而我连车都没有。见鬼，希望有人知道我们怎么回去，我想。

周围有动静，我仔细看了看，以为是某种动物，于是等着它再次移动，但是它一动不动。我知道没有什么野生动物能够允许我们靠得这么近，突然意识到必然是人。肯定是圣主抵抗军士兵静静地守在伏击位置，观察是否有人在跟踪我们，显然不想给敌方任何机会。

道路变得越来越狭窄，并且越来越少有人迹，我确信我们重复走了某些路段，终于到达了一小块开阔地。在前方，我看到几座茅草小屋，以及一个帐篷。

“我们到了，”马丁说，“这里是文森特·奥蒂将军的营地。”

第二十六章

前面的一个士兵叫停了行进的队伍，消失在前方的树丛中，独自进入营地。几分钟后，他回来并向我们招了招手。

我们进入一片空旷地带，一群士兵从大约三十码外向我们走来。领头的是一个高高瘦瘦的男人，六十岁左右，穿着浅色的野生动物园工作服。

然后奇怪的事发生了。一个士兵从后面走到我身边，轻拍我的肩膀，当我转过身，他竟然试图交给我一只狒狒宝宝。我简直不敢相信自己的眼睛，但是抱着狒狒、双臂伸向我的士兵就在眼前。我的注意力还集中在将要第一次会面的文森特·奥蒂那儿，试图耸肩将它赶走，但狒狒跳了一下，牢牢地贴在我胸前，将脸埋进我的衣领中。马丁和戈弗雷笑着看着这份见面礼。那个身穿野生动物园工作服的男人伸出了手。

“安东尼先生，下午好，”他微笑着对我说，“我是文森特·

奥蒂将军，欢迎来到我的家。”

没有什么可以和这种场面相提并论，一边抱着个小狒狒，一边与国际刑事法院的第二号通缉犯首次会面。

我握了握他的手，“很高兴见到您。”我回答。感觉自己像是蒙提·派森（Monty Python，英国六人喜剧团体）喜剧中彻头彻尾的白痴，但这的确打破了起初的尴尬局面。

“我了解到您是动物的朋友。”他说。

“这是我毕生的工作。”我回答，从烦躁的狒狒身后望向他。

“我已经听说了，”他说着，指向空旷地边缘一个用柱子和茅草搭成的篷子，我的行李已经被放在外面，“这是您的住处。如果不够舒适，我们十分抱歉，但是在丛林里条件有限。”

“这已经很好了，”我说，“谢谢。”

“我们为您准备了食物，漫长的旅途后，请先吃些东西放松身心。您准备就绪，我们就开始会谈。”然后，他转身从马丁那里拿起一堆当地报纸，坐在住所外面的塑料椅子上，开始认真地阅读。

我环顾四周，熟悉环境。空旷地带的中心是一个火炉，周围环绕着长长的木凳，长木凳都是用森林里的原木新制成的，树林在营地周围形成了一个深不可测的边界。奥蒂显然居住在那个主要的小屋中，一群小孩子正在屋外玩耍。火炉旁是一栋较大的建筑，看起来像是厨房和存储室。在空地的另一侧，有两个小帐篷，马丁和戈弗雷正在整理行李。

我穿过空地，到了我的住所，观察了狒狒，小狒狒仍然紧紧地抓着我的脖子。它才几个月大，没有受伤，但这可怜的小东西显然营养不良。

“它的母亲在哪里?”我问站在旁边的士兵，一支精心保养的AK-47枪随意地挂在他的身上。

“我不知道。”他说士兵们在森林里发现小狒狒，它当时独自在那。

“你喂它什么?”我问。

“我们给它吃水和浆果。”

“它需要牛奶。”

“这里没有牛奶。”

“也没有奶粉?”我问。

“没有，只有很少量的奶粉，我们给将军们喝。”

“它有名字吗?”

“没有。”

“它得有一个名字，我们叫它姆菲尼（Mfeni）吧。”我说，祖鲁语里“狒狒”的意思。

“我会告诉其他人这个新名字，我们希望它能活下去，希望您能帮忙。”

“我会尽力而为，”我将姆菲尼递还给他时说，“你和附近的村庄有联系吗?”

“有，我们有时会去那里。”

“尽快找到一些牛奶或山羊奶。”

这些士兵被指控为最凶恶的罪人、狠毒的杀手，而实际上他们正照看着一只可怜的小狒狒，这使我对他们有了新的认识：真是个奇怪的世界。

放下行李后，我被带去厕所，一个被芦苇和草墙围着的简单蹲坑。这虽然是一个丛林厕所，但和营地的其他地方一样，十分干净。那里没有人乱扔垃圾，一切都井井有条。

马丁和戈弗雷过来，我们分享了一顿简单但美味的晚餐，是用豆类、玉米面和肉汁做成的非洲风味，装着食物的瓦罐就放在我们中间的地上，我们自己随意用手取用黏糊糊的玉米面，浸入肉汁享用。

吃完之后，一路护送我们的沉默的圣主抵抗军士兵前来第一次正式地介绍了自己。“我是文森特·奥蒂的儿子，欢迎光临，”其中一个军人说，“我们将在这里陪同您，这是我父亲的营地。”

毫无疑问，他们将成为我的保镖兼守望者。他们笑容灿烂，这是我第一次看到他们这个样子，显然很高兴已经完成了护送任务，将我安全地送达了奥蒂的营地。

穿着破旧军装的士兵来回穿梭于空地，全部携带着 AK–47 枪或重型武器。有两名军官，一个携带着 20mm 机关枪，肩膀上挂着沉重的子弹带，这些武器可以在战斗中推倒树木；另一个背着

50mm 枪支，自动射击可以将房屋劈成两半。我悄悄地吹了声口哨。通常这类武器会被固定后使用，当然用手拖着射击火力巨大。我还注意到，这些枪支的状况都很好，能看出来经常保养，虽然曾被多次使用，但是都很干净，而且看上去性能良好。一名士兵带着一支不寻常的枪械走了过来，是一支短小的黑色的现代突击步枪。我无法确定品牌，但是新的型号。

他们是怎么得到这些的？我很想知道。然后想起不久前联合国部队的那次袭击，显然是在那次特种部队对圣主抵抗军失败的突袭中，从死去的联合国士兵手中夺来的。

仍在附近看报的奥蒂呼唤一名士兵。这名士兵跑过去，行礼，接受命令，而后迅速地完成奥蒂的指示。我对其纪律性感到惊讶，这根本不是我想象中会见到的情况。我原本以为会见到一群衣衫褴褛、纪律混乱的雇佣军，但事实远非如此。

马丁、戈弗雷和我聊了会儿天，一个士兵叫我们过去和奥蒂会谈。“安东尼先生，”奥蒂在我们中间拉过来一些塑料小椅子坐下之后说道，“我们要感谢您为和平谈判提供的协助，并远道而来与我们见面，我知道这对你来说并不容易。”

“谢谢。”我简单地回答，全神贯注于即将开始的讨论。

“今晚我已安排了全军高层将领会议，我希望您向将军和高级官员们介绍事情始末以及如何实现和平。从外界中立的角度解释局面，这对我们所有人都是有益的。”

“约瑟夫·科尼将军会参加会议吗?”我问。

“不会。”戈弗雷回答，“非常不巧，因为近期的大雨他无法过河，明后两天才能到。将军和军官都在附近等您，他们聚集此地，进行会面的这次机会很难得，不能再等了。”

“我明白。”我回答，脑子里出现这个情景：应邀在圣主抵抗军组织内部称为“组织圣坛”的军事高层会议上发言。

“从来没有外人在军事高层的全体会议上讲过话，”戈弗雷说，“甚至包括代表团成员，这对您来说是无上的荣誉。”

奥蒂在戈弗雷讲话时点头表示赞同。

“谢谢，我会尽力而为。”我回答，“需要涵盖哪些关键问题?”

戈弗雷说：“请首先向将军们确认，您已与联合国在金沙萨达成协议，停止对我们的攻击。”

“是的，这很重要，”奥蒂说，“自从他们被我们的人击败以来，我们一直在等待另一次袭击。穆塞韦尼正试图说服联合国再次动用武力。”

马丁补充道：“还请说明为什么不能转移会谈地点，任命监察员的原因。”

“我会的。”

“将会有人提出很多问题，您也将有充足的机会提出自己的问题。这是一次重要的会议，高层将领对谈判缺乏信心。”奥蒂说。

“谢谢，我会尽我所能。”

奥蒂回答道:“我必须感谢您。”在继续说话之前他停顿了一会儿，戈弗雷和马丁安静地坐在那里等待着。

“关于我们，一直有许多传闻，”他继续说道，几乎是在反思，“这是一场漫长的战争。有些说法是真实的，但更多的是谎言。我们不同于执政党，拥有广播、电视或者报纸来告诉世界穆塞韦尼说的那些谎言。我们什么都没有。

但是，安东尼先生，您必须记住，我们才是要求进行和谈的一方，而不是穆塞韦尼。我们呼吁和平。穆塞韦尼只是被他的美国和英国盟友强迫参加和谈，但我们是自愿参加的。您在今晚的会议上会感受到，这也正是我们邀请您来这里的原因。只有这样，您才可以亲耳听到实情，然后告诉南非人、美国人和英国人，他们不相信我们，但是他们相信你。”

从林中打来一个电话，奥蒂接听。

“他们到了，我们明天再见面。”奥蒂结束了讨论。

“我们为您准备好了洗澡水。”戈弗雷指着两个士兵说，他们正在我的住所附近放置一个铁皮桶。

“别担心，明天我们将讨论您的犀牛提案的进展情况。”奥蒂离开时说道。

在灌木丛中洗个澡很放松，我原以为得在附近的溪流中洗漱。但现在我拥有专用浴缸，而且里面装满了新鲜干净的水。

两个士兵在我洗澡时站得很近，对整个过程非常感兴趣，看着我脱衣服，当我爬进浴缸时，把衣服拿走。

“森林里有病毒，每个人都必须清洗。”其中一个士兵很明智地说。

“你必须刷牙，”另一个士兵说，把牙刷从我的洗漱包里拿出来，边模仿着正确的牙刷方式边说，“森林里没有牙医。”

我倾身向前，从他身边拿过袋子，然后取出三四根驱蚊药棒，解释那些是什么并送给他们，教他们如何使用。他们的眼睛亮了。

“这真是太好了。这里疟疾很严重，我得过十次了。”其中一个士兵说着，举起他所有的手指，“但是现在不会发病了，只会头痛。”我从浴缸里出来，擦干，穿上衣服，然后取出一支除臭剂涂抹腋窝处。

“蚊子咬你这里?”他指着腋下问。

“你在丛林里待了多久了?”我问他们，并没有回答士兵的问题。

他们俩都认为自己已经待了超过十年，但不能确定。

“你们几岁?”我问。

他们仍然不确定，猜自己大约二十三岁。

所以，他们不到十三岁就被带离了家人，而且甚至不知道什么是除臭剂。

第二十七章

在士兵和保镖的陪同下，将军和指挥官们从茂密的森林中走出来。依据对他们照片容貌的记忆，我认出了重量级人物奥考特·奥德海博和多米尼克·翁格文，他们与科尼和奥蒂一起被海牙国际刑事法院通缉。戈弗雷介绍了另外六七个人，所有人都穿着烫得很平整的军装。在非洲，人们还能购买到里面装上烧热的煤块来烫衣服的铁熨斗，如果您知道如何使用，可以完美地完成熨烫工作。

我、戈弗雷和马丁坐在高阶层会议成员面前，奥蒂坐在我们左边，将军们正对着我们坐成一个半圆形。武装士兵在营地四周守卫，森林中还会有更多的士兵驻扎。整个圣主抵抗军的军事高级指挥力量的聚集点绝对是一个极具价值的袭击目标，他们显然不想给任何人可乘之机。

奥蒂用阿乔利语致开幕词，其间我听到自己的名字被提到几次，戈弗雷低声说：“他正在介绍您，让他们了解您来访的背景和原因。”

“感谢您在这里与我们会面。”奥蒂转身面对我用英语说。“这里在座的是圣主抵抗军的最高指挥层，”他向小组致敬，“约瑟夫·科尼向您致歉，他随后才能到，一旦抵达马上就与您会面。”

然后，他向我介绍了与会代表，每个将领都点头或挥手致意。会议开始前，一位将军用阿乔利语发问。

“安东尼先生，”那人说完，奥蒂翻译过来，“在我们开始之前，有一个问题：给我们的50万美元，您带来了吗？”

随着这个问题的提出，我眼前的一切变成了慢动作。我很熟悉这种感觉，因为之前也曾发生过，当时我遭到大象的袭击，处于极度危险中。我简直不敢相信我所听到的，难道还有其他我不知道的议程，与我毫不知情的50万美元有关？他们现在想要这笔觉得我应该带来的钱？

我急切地想问马丁这到底是怎么一回事，但那可能是糟糕的选择，会暗示我们之间有牵连。

我不得不就此作出回复，就像野生动物受到威胁时的反应一样。我站起来，挺直身子，全神贯注地回答这个问题，保证声音响亮而且表现得足够自信。

“会议主席先生，”我说，“我是应您的邀请来这里的。每个人都知道我是一个动物保护主义者，是一个专注于动物而非金钱世界的人。这次来我的口袋里没有多少钱。我对你所说的情况一无所知。”

点到为止，我想，压制住进一步解释的欲望。如果继续说下去，听起来反而好像是在找借口。我强迫自己坐下，早先那种时间停滞的感觉现在淹没在我的心跳中。如果他们不相信，我该怎么办？在这些家伙面前，黑手党看起来就像一群懦夫。他们可以把我绑在树边，一枪解决，然后继续聊天，好像什么都没发生。我听到接下来的几个问题是以阿乔利语提出，并由马丁·奥朱尔回答，讨论的语调并没有充满敌意，这使我多少恢复了一些信心。然后，奥蒂露出灿烂的笑容转向我。

“谢谢，安东尼先生，请原谅我们提出的问题，我们一直在寻找资金以购买物资。这个议题结束了。”

让我更为欣慰的是，我看到将军们也微笑着。

该死，我想，这到底是怎么回事？

“我们继续，”奥蒂说，“首先，关于在刚果的联刚特派团的立场，安东尼先生，您能告诉我们您对此有何了解吗？”

我再次站起来，小心地不提到任何具体名字，详细地解释了我在金沙萨举行的非公开会谈的内容。

“我可以肯定，在刚果的联合国部队的立场十分明确。只要圣主抵抗军留在集结地区，就不会动用军事力量影响朱巴和谈的进程。当然，还有一个前提是圣主抵抗军不对平民发动袭击。”

我的保证在与会代表之间引起了短暂的喧闹，随后他们又用阿乔利语进行了长时间的讨论。对他们来说，这显然比我想象的重要。

“我们怎么能相信他们的话?”一位将军在讨论停止后说。

我回答说：“在这个世界上，很难信任任何人。”吻合了他们对任何人、任何事都完全不信任的习惯。“但是，联合国组织从上到下致力于维护朱巴谈判，他们给予了承诺，我相信他们，否则我也不会站在这里。”

“这是重要的信息，”奥蒂说，“感谢您告知我们。”

一个代表说：“请感谢您在联合国的联络人，并转告我们将尊重他们的条件，但与此同时仍会保持戒备，全力反击任何袭击。”

“我会在回去后转达这个信息。”我回答，“联合国同时也提出要求，希望我可以作为圣主抵抗军的直接联系人，以消除混乱和误解。我是否有权同意?”

“当然，”奥蒂在与一些将军简短交谈后回答，“这非常好。”

另一位代表在低声表示同意后，问：“穆塞韦尼总是先发起进攻，再将责任推向我方。如果再次发生这种情况，我们将结束朱巴和谈。会谈为什么不能转往南非，为什么最后的结果仅仅是监察员到场?”

我回答说："监察员不是你们最初想要的结果，但比起原来的局面要好得多。会谈中监察员会活跃参与，这可以加强国际社会的关注。如果会谈距离营地太远，对你们来说将很难控制局面。同时，军队仍然留在集结区，在无人统帅的情况下，任何事情都可能发生。有了监察员，你们将把世界拉近，监察员会在朱巴聆听、观察会议进程，并向全世界汇报。"

这场讨论也很激烈，但是由于圣主抵抗军已经回到谈判桌上，所以不是一个难以应付的话题。

随着傍晚的到来和谈话的深入，我意识到将领们对朱巴谈判取得任何成果几乎完全没有信心。他们的共识似乎是穆塞韦尼在美国和欧洲盟国的压力下，被迫加入谈判，重燃战火所需要的仅仅是穆塞韦尼的一次秘密袭击，然后将原因归咎于圣主抵抗军。他们不相信乌干达代表团，甚至也不信任自己代表团中的某些成员。

我原本对自己的处境不抱任何幻想，但是当夜幕降临在这个偏远的丛林营地时，我发现我已赢得了慷慨的尊重，将领们认真聆听我的意见。我最终如同在边远的祖鲁兰一样，轻松地参与讨论。非洲人有耐心聆听的习惯，我可以自由发表意见。

讨论的主题是和平以及如何实现和平。这些军人在丛林中奋斗了一生，实现和平的概念对他们来说是陌生的。随着会议的进行，我确认他们的确想结束这一切并回家，只是不知道如何实现。

乌干达北部的国内流离失所者营地的议题引起了热烈的讨论。对这些营地的深恶痛绝，以及对穆塞韦尼创建该营地的仇恨，在代表们中间如同赤裸的火焰一样燃烧。

“先生们，”我说，“你们邀请我来这里听取我的建议，感谢允许我自由地发言。如果要获得帮助，那么我们必须公开讨论某些问题。首先是对营地的袭击，其次是儿童兵问题。”

这显然引起了所有人的注意。

“我被告知，这些被你们极端厌恶的营地经常遭到圣主抵抗军的袭击，你们可能有自己的理由，但我必须告诉你们，每次袭击都将让你们的敌人正中下怀。关于这些袭击的新闻震惊世界，难民营中的孩子们生活在恐惧之中，成千上万的孩子因为担心圣主抵抗军的袭击而在夜间逃往避难所，这在欧美和南非的电视和报纸上都有报道，这个现象不断地在给你们制造敌人。

“无论出于何种原因，我都要求你们重新考虑并永久停止袭击。这是通往和平之路至关重要的一步。”

“由于穆塞韦尼的宣传，我们自己的民族对我们充满恐惧，”奥蒂站起来说，“只有我们的敌人需要恐惧我们，我们为自己的民族奋斗多年，当我们回到乌干达北部时，我们的人民将欢迎我们，感谢我们。”他在继续说下去之前停顿了一下，“但是我们不能完全控制我们的人，我们不能逃避自己的责任，必须承担责任，但穆塞韦尼也应负责。”

能听到这样的答复，就值得所有的冒险。语气已经从责备转变为承担责任，态度发生了巨大的转变。

“戈弗雷·阿约先生和安东尼先生共同研究了南非真相与和解委员会的措施。”他继续说，直接转向将军们，“真相与和解委员会是我国代表团提交的《问责与和解协定》的基础，该协定是我们在朱巴和谈中签署的。”

他继续说：“必须有所承担。”

我很欣慰。

“谢谢奥蒂将军，”他坐下后我说，“您说乌干达北部国内流离失所者营地的阿乔利人想回家，他们对战争感到厌倦。但是，”我停顿后强调，“许多人认为，即使阿乔利人最初是被迫进入营地的，但由于圣主抵抗军的袭击，他们现在只能羁留在那儿。因此如果您准许，我建议放弃这种攻击，不再将其作为军事战略。”

我知道我的建议及其背后的原因已经通过马丁和戈弗雷传达给了圣主抵抗军，他们进行了长时间的讨论，我坐下来等待回应。

奥蒂再次站起来，沉默了一两分钟，一两个将军还在议论。

“我们同意，”他终于说，“我们与穆塞韦尼达成停止敌对行动的协议，对乌干达北部的国内流离失所者营地以及阿乔利人停止袭击。您可以将这个信息转达给你方负责人，安东尼先生，我们的公共关系负责人戈弗雷·阿约先生将会通知我们的人民。我要在广播电台发布讲话，告诉世界袭击结束了，阿乔利人应该离开营地回到家乡，这样做是安全的。”

又一项至关重要的决议获得通过，我非常高兴，戈弗雷和马丁脸上露出灿烂的笑容。这些决定对乌干达北部的影响将是巨大的。如果切实执行，文字变成事实，那么恐怖的战争将就此结束。

“您现在满意了吗，安东尼先生?”戈弗雷私下问我，马丁在一旁听着。

“我确实很满意，”我回答说，“这很可能是一次历史性的会议，感谢你们，以及你们所做的一切，没有你们，这些是不可能的。”

为了进一步推进儿童兵这个话题，我试图站起来发言，但戈弗雷拉住了我。奥蒂俯过身，私下与我们交谈。

奥蒂说：“阿乔利人不吃犀牛，安东尼，它们的角对我们也没有用，我们也不捕杀大象来获取象牙，我们从来没有做过这些事情。而且，我们的巡逻队没有发现任何犀牛。有人告诉我们，以前有阿拉伯人侵入苏丹偷猎，骑着马和骆驼杀死大象和犀牛，但是已有很长一段时间没有看到他们了。我们的巡逻队已经要求居住在北部地区的村民告诉所有人，圣主抵抗军不允许任何人去那里捕杀犀牛或大象。”

“如果盗猎者再来呢?”我冒险问道。

“他们已被警告，如果仍然潜入，会被要求离开，如果他们发动袭击，我们将解决他们。”

如果你坐在西方国家的办公室里，这些听起来似乎完全不真实。但人们必须了解到在非洲地区，护林员必须面对什么。由于暴力冲突，公园已被当局遗弃多年，犀牛和大象盗猎者都是绝对的专业人士，使用AK–47突击步枪，并会毫不犹豫地射击任何妨碍他们的公园护林员。几十年来盗猎者已经杀死了几千头大象，将犀牛逼到了物种灭绝的边缘。他们不会因为有人友好的请求而放弃一切。对我而言，如果奥蒂打算阻止他们，那我绝对赞同，并祝盗猎者好运。如果盗猎者愚蠢到对圣主抵抗军巡逻队开火，只能自食其果。

已经过了十点，会议总共进行了将近五个小时，没有间断。当我对戈弗雷小声说我想进一步讨论重要的儿童兵问题时，奥蒂和将军们正用阿乔利语进行另一场长时间的讨论。

他回答:“现在讨论不了了，会议结束了。您做得不错，我方即将发布重要公告。不用担心，将军们明天早晨会回来继续讨论，一切都已提上日程。”

最终谈话声平息下来，奥蒂站起来结束会议。他对我说:“自从您在朱巴与我们的代表团会晤，我们一起经历了很多，学会了彼此信任，我们已决定请您成为我们的教父，并请求您继续帮助并引导我们返回家乡。”

我回答：“请再说一次。”我可以看到一些将军满怀期待地倾身向前。

“我们请求您成为我们的教父，圣主抵抗军的教父。”

圣主抵抗军的教父？我的生活充满奇遇，但这确实使我大吃一惊，我快速地思考着。我到底该如何处理？从他们的角度看，这个请求是真诚的，并赋予了我极大的荣誉，但这不是教师家长协会，这是圣主抵抗军，只有老天知道，被誉为世界上最邪恶的游击队的教父后果是什么。我根本无法考虑，我需要时间思考。

“感谢奥蒂将军，我可以就此咨询戈弗雷·阿约和马丁·奥朱尔吗？”

“当然可以。”

戈弗雷俯身窃窃私语道：“这意味着他们信任您，赋予您力量。奥蒂是一个知识分子，一个逻辑性强而且充满智慧的人，他从来没有为圣主抵抗军开过一枪，并迫切希望获得和平。这是我们所需要的，这是真正的力量。您现在可以在所有问题上直接与高层接触。这就是我们实现和平的方式。您必须接受，并给予答复。”

“约瑟夫·科尼知道吗？”我问。

“未经科尼同意，一切都不会发生，”他回答说，“您已经看到朱巴的现状。由于腐败、谎言和双重交易，代表团永远无法达成和平。我们的将军们甚至不信任我方的一些代表团成员，却为您提供了一个独特的机会可以影响圣主抵抗军的决策。在您之前，没有任何局外人获得最高指挥官的信任。世界将可以通过您直接与圣主抵抗军的领导人进行真正的对话，这将改变一切，让我们享有和平。”

戈弗雷讲话时马丁点着头，也说：“您必须接受。”

我原本仅仅试图拯救一个物种免于灭绝，但令人难以置信的是，我正在以某种方式扮演着一个结束非洲最长内战的关键角色。我想到了营地里的难民、孩子们以及所有战争的无辜受害者，还有那些饱受煎熬的地区的人民。他们会说什么？

我决定必须做些什么，于是站起身说：“先生们，感谢你们给予我的信任，我可以接受，但是我要求不被称为圣主抵抗军教父，而是和平教父。”

“那好，”奥蒂说，“您就是我们的和平教父。”然后，将军们开始鼓掌。

当掌声结束时，他说：“我们将派一名高级将领与您一起前往南非，我们将与您合作，制定详细的战略，终止这场穆塞韦尼不想结束的战争。”

“我将告知南非政府，并与他们协调签发特殊签证。”我回答。

“我们理解。”然后他站起来，带头去火炉附近吃饭。

晚餐持续到午夜，这让我有机会在一个更加轻松的环境中接触所有的军官。所有这些将领都完全支持当天的决议。我迫不及待地想把消息传出，对圣主抵抗军而言，乌干达北部的战争已经结束。被困在国内流离失所者营地中的人们，几乎是整个阿乔利民族，现在可以回家了。

那天晚上，在两名武装警卫的保卫下，我在小芦苇棚里入睡。值得庆幸的是，这支臭名昭著的军队真切地渴望和平，他们想回到家乡，并已经为这个目标做好准备。

我现在要做的是试图改变会谈的方向，在穆塞韦尼以小规模攻击或其他形式的争执为对话蒙上阴影之前，达成和平。说实话，对此只有美国或英国对穆塞韦尼有足够的影响力，我与国会和伦敦都有一些联系。

还有一些相对小一些的问题，包括儿童兵，国际刑事法院正想办法逮捕我今天的晚餐伙伴。我试图忘记这些，明天将是重要的一天，而我需要休息。

那天晚上，我梦到了苏拉苏拉，我的象群、娜娜、弗兰基，我梦见自己与它们一起在丛林中漫步。

我身处世界另一端，距离家乡很远，很远。

第二十八章

第二天清晨，我一起身，两名全副武装负责夜间巡逻的士兵就进来了，还有六七名士兵在外面巡逻。我问他们是否知道那位小狒狒的主人在哪儿。一名士兵去找他，在等他过来的时候，其余的几名士兵都愿意和我聊天，回答我的问题。我了解到，奥蒂私人卫队的营房虽然隐藏在丛林中，但距离这里大约只有 160 英尺，那里驻扎着大约 30 名士兵。

“你们从哪儿弄到食物?”我问。

一位士兵说:“有时候我们去您经过的如-卡瓦巴，卡车会运来补给品。我们打猎，河里也有很多鱼，我们把鱼晒干储存，所以有充足的食物。我们还经常分给附近的村民，他们是我们的朋友。”

另一位士兵笑着说：“我们的渔民可是好战士，他们很年轻，在与联合国士兵作战时他们杀死了许多人，把对方打败了。”

“你们与联合国士兵交火了?”

“不，不是我们，年轻的士兵们只是在钓鱼，看到直升机飞过，就击落了飞机，杀了那些人。”

这听起来似乎不太可能，他讨论的可是一群年轻人在钓鱼，顺便打败了联合国特种部队对圣主抵抗军的突袭。

“我守卫妇女们工作的农田。”另一名男子拿着一挺邪恶的机枪说。

“农田，”我惊讶地问道，“你们种田?”

他回答说：“所有的营地都有农场，土壤很好，妇女和儿童负责种植庄稼。”

“这里有多少妇女?”

“很多，”另一位回答，“我们有妻子。”

“还有孩子们。”

“是的，有很多孩子。”

“这些孩子是从乡村被带回来的吗?”我问，以为这个问题会受到抵触。

“不是的，”他笑了，“这些都是我们自己的孩子，许多士兵有自己的孩子。”

我快速计算了一下，如果营地中有三十名士兵，每个人都有一个妻子，那就有三十名妇女，如果一半的妇女生了孩子，意味着营地社区中有四十五名妇女和儿童，实际上数目比士兵还多。我突然意识到，钓鱼、耕种、妇女、儿童、宠物，这些元素已经构成了一个村庄，圣主抵抗军的营地是一系列的村庄，而不仅是军营。

姆菲尼和它的主人以及几个装备精良的朋友过来后，巡逻队离开了。我从它的主人身上接过小狒狒，仔细做了检查。

“它吃了东西吗?”我问。

“是的，它吃了一些水果。”他说，“今天我可以从村子里找到牛奶，喝了牛奶它会更结实，我用东西与村民交换。”

我伸进口袋掏出钞票。“这是二十美元，”我说，“这是给姆菲尼买牛奶的钱，另外给你二十美元，如果你答应好好照顾姆菲尼。”

“谢谢，但钱对我来说没有用，”他盯着不熟悉的美钞说，“我会给姆菲尼找到牛奶的。”

“你从哪里来?”我问。

“我们都是乌干达人。”

“你的家人在哪儿?”

“我们的村庄被洗劫，家人们被安置在难民营里。”

“你在圣主抵抗军中待了多长时间?”

姆菲尼的主人回答说，“我想大概六年或更长的时间。”其他士兵的答案则从两年到八年不等。

“你回过家吗?”

“没有，太远，但是如果穆塞韦尼停止战争，奥蒂将军将带我们回家，这是为什么您会来到这里的原因，您将帮助我们回家，所有人都这么说。”

“我正在努力，将尽我所能。”

我们继续谈论战争以及他们的经历，再一次让我感到惊讶的是这些士兵的纪律性和原始的专业精神，毫无疑问，他们忠于圣主抵抗军，并对自己的作战能力非常自信。他们是这几年中我见过的最顽强、最能吃苦的士兵，我可不愿意在战场上与之对抗。在他们熟悉的丛林中，在对等的前提下，他们可以说是战无不胜。

“你见过犀牛吗?”我问姆菲尼的主人，将犀牛角的形状打着手势摆在自己的面前，“我正在寻找犀牛。”

他回答：“森林里没有，巡逻队一直在为您寻找犀牛，但他们没有找到。”

一个人从军营那边喊了一声，士兵带着姆菲尼回去了，离去时他一边向我微笑，一边调整了一下肩上的 **AK-47** 枪，小狒狒挂在他的脖子上。

我走向戈弗雷和马丁，他们站在帐篷旁边说话。

“你是我们的一员，”马丁笑着说，“昨天真的很棒。”

这个说法使我感到震惊，我需要立即予以纠正。

“请记住我们在苏拉苏拉达成的共识，”我说，“我参与的方式永远不会改变，将以中间人的身份行事，保持完全中立，不会倾向于任何一方，以尽力协助结束战争。我要求尊重并保证我的中立性，否则错误的信息一旦被传出，我将无法继续下去。我请求您的支持。”

“我们理解，”马丁说，“我们正在为实现同一目标而共同努力。”

戈弗雷说：“这个问题对于提高信誉至关重要，我们已经向昨天参加会议的所有代表明确了这一点。”

“谢谢。”

我们站在那里，一边等待与奥蒂会面一边聊天，我看到有三名妇女走进了空置地带。

“她们是谁?”我问戈弗雷和马丁。

“其中两个是奥蒂的妻子，另一个一定是某个士兵的妻子。”戈弗雷说。

“请让她们等一下。”我急忙走向我的住所。

弗朗索瓦丝考虑周全，在我去机场前递给我一大袋化妆品，她说：“丛林中会有女士欣赏这些东西。”

他们把我介绍给非常拘谨的女士们，我把手提包递给她们。她们小心翼翼地打开，看到里面的东西时，整张脸都亮了。里面是面霜、口红、化妆品以及那些男人想不到的东西。那天早上我一定结交了一些新朋友，因为此后每当我经过这里，她们都会微笑并大声喊叫着向我挥手。

过了一会儿，奥蒂来了，身后跟着两个拿着塑料椅子的士兵，相互问候过之后，大家都坐了下来。

奥蒂说："将军们很快就会过来，还有一些重要的事情有待讨论。"

"谢谢。"我回答。

"我想有些事您在将军们来之前想先和我讨论。"

"是的，"我说，"我认为对我们来说，有两个重要的问题需要展开讨论，这两个问题是谈判的主要障碍：国际刑事法院对圣主抵抗军领导人的指控以及征用儿童兵。"

他说："那就让我们进一步讨论。"

"国际刑事法院发布的逮捕我们五名领导人的逮捕令是一个大问题，"戈弗雷说，"摆脱这场战争的唯一途径是采用非洲途径——传统审判。"

"传统审判将如何让世界满意？"我问。

"让我解释一下，"戈弗雷说，"请允许我反复讨论这一议题。"

"绝对没问题。"我回答。我围绕该主题进行过更多的研究，有兴趣听他怎么说。

"穆塞韦尼成长于尊重非洲传统司法的环境，也就是尊重人民的正义和祖先的正义。他知道认罪、宽恕和忏悔这些传统文化已成为社会数百年的根基。他还非常了解，乌干达北部的大多数人，即阿乔利人，完全支持圣主抵抗军回归传统正义的家园。顺便说一下，传统正义被称为马托·奥普特（Mato Oput）。马托·

奥普特的意思是喝苦酒，象征苦修。马托·奥普特，以家庭和社区为基础的和解，能够以西方司法永远无法期望的方式带来康复，这是我们人民的古老习俗。”

戈弗雷瞥了一眼奥蒂，奥蒂示意他继续说。

“欧洲司法制度旨在严惩罪犯，美国文化寻求争端的最佳结果，即那些坚持到最后的人才是赢家，这在非洲是非本土的，不存在于我们的生活哲学中。我们习惯于更切实有效的方法：在我们的文化中，认罪、苦修和宽恕才是唯一且永远终止暴力和杀戮的方法。

“因此，我们在解决冲突时有两个选择：惩罚性的西方正义，这是国际刑事法院想要的，以及和解性的非洲正义，这是我们的人民想要的。

“让我们参考卢旺达种族灭绝事件，八十万人死于国人的暴力狂欢中。这件事就发生在不远的地方，如何惩罚成千上万的凶手？只有采用传统正义的方式。在全国各地的城镇和村庄，凶手向受害者家属和社区寻求宽恕和谅解，而且这种做法非常奏效。如果在美国，他们将不得不吊死一万人。”

“那么，为什么穆塞韦尼将圣主抵抗军送往国际刑事法院，而不使用传统司法？”我问。

奥蒂回答说：“我告诉你为什么。”他提供的解释显然受到对乌干达领导人敌意的影响。“圣主抵抗军已经在丛林中孤立了几十年，与外界没有任何接触，穆塞韦尼希望保持这种状态。如果圣主抵抗军领导人回到家乡，他们将有很多话要说，全世界也将会发现这场战争的真实状况。我们有足够的信息彻底摧毁他，穆塞韦尼知道这一点。因此，他并不想让我们回家，公布真相。

“信不信由你，穆塞韦尼指责圣主抵抗军的一切罪行，他都做过，而且只有更糟的情况。他的流血政权依靠儿童兵发动政变，国际法庭发现他的政府犯有战争罪，我们部族有近两百万人遭到殴打、强奸和杀害，像苍蝇一样死去。据称在这些难民营中死亡的人数多于战争本身。

“穆塞韦尼用我们的名义组建了犯罪团体，以此目的建立了臭名昭著的105营，由前圣主抵抗军士兵组成，鼓励他们实施暴行，而让我们遭受指责。乌干达和苏丹政府都知道，在我们的活动区有这些军事团体，但他们仍然将责任归给圣主抵抗军。我们有证据，只要时机成熟，一切都会揭晓。我可以这样说，我们的人都意识到我们并没有参与一些袭击，因为每个人都知道圣主抵抗军扎长发，所以我们命令所有士兵剪去标志性的辫子，果然，留着长发的士兵发动的袭击仍然继续，我们仍被指责。我们捕获了其中一些人，知道他们是什么来历。”

我无法得知奥蒂对这些事件的解释是否真实，但戈弗雷点头表示认同。

“因此，为了阻止圣主抵抗军领导人回到家乡为此做证，”戈弗雷继续说道，“穆塞韦尼非常巧妙地要求国际刑事法院将圣主抵抗军驱赶到遥远的地方，让他们无法申诉。”

“问题是圣主抵抗军领导人宁死也不去国际刑事法庭，穆塞韦尼也知道这一点。因此战争将继续下去，死亡和痛苦永远不会结束。穆塞韦尼尽管宣称将获得胜利，却在过去的二十二年中没能击败圣主抵抗军，他也永远不会击败我们。我们需要打破这个僵局，我们准备与您一起努力，通过马托·奥普特达成使用传统司法的协议，在几周内结束这场战争。我们的观点得到了战争受害者，即阿乔利人的支持。”

戈弗雷的论点是圣主抵抗军的立场，我需要聆听故事的另一面。但是我很清楚有一件事是完全正确的。国际刑事法院如果关押这五名圣主抵抗军领导人，就无法结束这场无休止的恐怖战争，而且还要看能否活着抓住他们。以史为鉴，在关押他们之前成千上万的人将会死去，对于已经饱受折磨的阿乔利人民来说，代价是昂贵的生命。常识表明，暴行的肇事者应被允许在自己的社区中，以普遍认可的传统仪式面对受害者的家人，达成和解，终止战争。

“我同意，”我对期待着我回答的戈弗雷、马丁和奥蒂说。“在我看来，传统司法必须主导谈判，我将努力把以本土文化为基础的真相与和解委员会推荐给国际社会，在那个平台上，双方必须承认自己的罪行以获得赦免，旨在治愈种族隔离造成的创伤。这在南非取得了成功，如果得到阿乔利人的认可，在这里也可以有效。”

奥蒂说："穆塞韦尼可能不会同意。"

"我必须诚实而直接地明说，"我继续，"目前，国际社会认为贵方是一个非常危险、高度武装的疯狂的团体，无法予以信任，谈判是在浪费所有人的时间。"

奥蒂和戈弗雷都为此笑了。

"但是当他们了解圣主抵抗军确实希望和平时，他们会找到实现和平的方法。我将通过我的联系人转达这一消息。"

"我们感谢你。"奥蒂说。

我们的对话中要消化的东西很多，碰巧这时有人端来了茶，马丁离开去处理别的事情。

奥蒂说："所以，安东尼先生，我们知道您对犀牛感兴趣，但是戈弗雷告诉我，您也担忧刚果维龙加国家公园（Virunga National Park）里的大猩猩。"

"我对此非常关注，"我回答说，"民兵最近再次进入公园，杀死了七只大猩猩。剩下的大猩猩为数不多，这个物种在那里快消失了。"

"我知道，"奥蒂说，"我为您的大猩猩感到遗憾。"

"它们不是我的，它们属于整个世界，但似乎没人为此做任何事情。"

"那些民兵并不强大，在该地区有两个与刚果军队作战的团体，他们既软弱又腐败。刚果部队更糟，纪律松懈。"

在等待马丁的时候，我们聊了一下大猩猩，然后在他不在的情况下继续刚才的讨论。戈弗雷说：“您希望讨论儿童兵的问题。”

“是的，感谢您。先生们，这确实至关重要，如果你们想得到国际社会的支持，那么必须寻找途径处理这些问题。”我深吸了一口气。

“请原谅，”我说，“也许您会对我说的话感到反感。所有人都在关注儿童兵问题，这使人们对这场战争的真相视而不见，因而支持穆塞韦尼。你们如果想在和谈中获取支持，就要解决儿童士兵问题。”

奥蒂说：“我们不认为他们是孩子，而称他们为年轻人。在我们的文化中，十三岁就成年了，年轻人与父亲一起作战，我们不让儿童参战。有时孩子会帮忙搬运，但是他们受到很好的照顾，可以自由离开。您来自南非，您是否知道自由战士组织在对抗种族隔离时也使用了年轻人？他们都这样做了，非洲其他许多国家都这样做。”

的确，阿非利卡人（Afrikaner）在布尔（Boer）战争中、美国人在独立战争中都曾利用过青年士兵。第二次世界大战期间，欧洲的每一次抵抗战争都征用了他们的青年一代。只要存在战争，儿童就一直与成年人一起战斗。即便如此，儿童兵问题还是令人反感。将儿童当作士兵是文化上的分歧，还是其他人都这样做，是否应该被称为青年而不是儿童，这都不是问题的症结所在。这种行为本身不可接受。

但是，还远不止于此。圣主抵抗军以及儿童兵是一个独特的问题，其道德含义需要更深刻的理解和认知。到底如何定义圣主抵抗军，那些沉迷于偷孩子的人到底是谁?

答案是真正的马基雅维利主义（Machiavellianism）范畴。对于肇事者来说，圣主抵抗军士兵本人曾经在孩童时期遭受绑架，强行从家中被带离。他们多年以前也是被偷来的孩子，也是受害者。但是现在他们是无情的杀手，又参与去偷更多别的孩子。意识到这些后，令我大吃了一惊。

对于受害者来说，这已经成为巨大的社会和道德困扰，因为受害者和犯罪者之间的区别已经变得完全模糊了。猎人与被猎者合二为一，他们都是被盗的孩子。

我试图想象在那些村庄做父母会是什么样子，想象武装叛乱分子发动恐怖袭击，冲进我的家，偷走了我最为宝贵的孩子。我想象着拼命寻找孩子，然后最终放弃并相信他们已经死了的那种绝望。当我听说他们还活着，虽然成为圣主抵抗军，那仍将是一种解脱，而我多么希望能再次见到他们，希望他们回家。

这就是在乌干达北部的城镇和村庄所发生的事情。可悲的是，圣主抵抗军只不过是他们的孩子。他们是你的孩子，我的孩子，邻居的孩子，另一个村庄的孩子。他们的父母和社区都只是希望他们回来，希望他们回家，尝试帮助他们。阿乔利的大多数人都希望使用传统司法，因为他们了解传统司法，而欧洲司法并非可以解决这个独特的非洲问题的道德复杂性。

“我这里没有孩子，”当我重新聚焦于会议时，奥蒂说，“我们从乌干达步行到这里。孩子们不可能走那么远。我们自己的孩子被父母和帮忙的人照顾。”

“我明白，”我说，“但是我们如何解决这个问题呢？”

他说：“如果我们能够让国际刑事法院撤回通缉令，转而使用传统司法，那么每个人都可以回家。”

“我了解，我认为你们在这方面的慷慨诚意将对事态产生很大帮助。”

“你有什么看法？”戈弗雷说。

“我希望您释放十个年轻人和女人，让我带回去，这将增强我的说服力以及你们的信誉，它会告诉世界，圣主抵抗军认真对待和平。这样的举动将对您有利。”

奥蒂显然没想到我会提出这样的要求。

“我们会考虑，”他最终回答，“我需要先与将军们私下沟通，然后再请示约瑟夫·科尼。但是我们现在没有交通工具，即使我们同意，您也只能在下次来时才能带他们离开。”

“这些可以安排，但请不要低估这种做法的积极作用。它将改变格局，不但对国际社会，而且对您在乌干达北部的社区都将产生影响。”

“您不了解难民营的状况吗?”奥蒂说，“你是要我把这些女人送往地狱吗？在这里，她们吃得饱并且得到照顾，有丈夫和孩子，她们可能拒绝离开。她们可不想死在难民营或者沦为妓女。”

奥蒂的话使我感到惊讶，也一时令我困惑。奥蒂试图向我传达他们的想法，即与难民营相比，人们更愿意住在圣主抵抗军那里。

“您决定后会与我联系吗?”我问。

“我会的。”他说。

我说：“我将协助为您派往南非的军官申请签证。”

“将军们来了。”戈弗雷抬头说。

他们的确到了。

奥蒂和我站起来握手：“请就我们在这里讨论的问题转达贵国政府，我将与科尼讨论妇女问题。”

“谢谢。”

我想这应该可行。尽管奥蒂名声不佳，但他还是一个可以打交道的人，如果我能促进他与有影响力的国际领导人之间的谈判，也许会结束这场血腥的战争。

第二十九章

将军们都穿着正式的礼仪制服，我很惊讶，并把我的感受告诉了戈弗雷。

“这是您的荣幸，”他说，“我以前从未见过他们穿着制服，这是一个好兆头，他们信任你。”

没有正式会议，大家相互问好之后，所有人都站了起来，就像在鸡尾酒会上一样，虽然没有酒。我得以与许多人交谈，参与各种论题的对话。有人告诉我，科尼向我致以问候，但仍然无法过河，我很清楚其中的原因，附近的河流因为近期的雨水变得十分湍急。

对于我来说，与这些臭名昭著的男人站在一起并随意交谈确实是超现实的经历。我在报纸上读到的仅仅是战争、无耻的行为以及与儿童兵有关的新闻。我和奥德海博将军在一起，他显然是地位仅次于奥蒂的高级官员。奥德海博友善地回答了我的问题并耐心解释，关心我在这里是否舒适，询问是否需要更多的水或食物。一些军官对我与动物的联系非常感兴趣，所有人都知道我为犀牛担忧。

讨论使得一件事变得十分明确，即如果可以取消国际刑事法院的通缉，圣主抵抗军将停止战争，立即回家。但同时他们也很清楚地表明态度，如果有必要，他们做好了再战斗20年的准备。

现在，问题的关键已经掌握在国际社会手中。是以传统正义寻求和平，还是遵循国际刑事法院的仲裁继续战争。

这时，戈弗雷走了过来，把我拉到一边说："奥蒂想送给你一件礼物。"

我考虑了一下，觉得不应欠他们人情，或让他们觉得可以以某种方式收买我。于是我对戈弗雷说："我不需要礼物，唯一想要的礼物是和平。"

戈弗雷说他明白了并转身离开。几分钟后，一位年轻军官走过来说奥蒂想见我。见到奥蒂后，他告诉我，他可以理解我不愿接受礼物的原因，但是认为仍可以提供某种帮助。我想说不，但是出于礼貌，除了谢谢什么都没说。

奥蒂提出派遣使者前往维龙加国家公园，警告那里的叛军不要再碰大猩猩，那里刚刚有七只大猩猩被叛乱分子杀害。这是我始料未及的，改变了我对世界各地保护主义者所面临挑战的认识。奥蒂说该地区有两个团体，他与他们有密切的联系，并告诉我如果以个人名义要求这些团体的帮助，他们可以找到凶手，并“劝阻”其对大猩猩再次进行袭击。奥蒂对非洲的黑暗内幕了如指掌，他比其他任何人都清楚，在那种暴力地区保护大猩猩的唯一方法是以武力威胁为后盾。

他的建议是否可以成功并不重要，建议里没有考虑到政府或公园管理部门的任何想法；用他的话来说，他显然认为他们无关紧要。

我目瞪口呆，这真的是非洲保护区的意义所在吗？这确实匪夷所思，野生动物保护区已成为战区，使保护组织和公园当局形同虚设。叛军和土匪将决定谁控制保护区和物种的未来。

我想象战区中的野生动物的处境，我们真的有机会保护自然界里最美好的生命吗？

大猩猩迫切需要帮助，如果奏效，它们将长期处于安全状态。我一方面希望自己可以接受这个提议，但是另一方面我当然不可能接受。我需要一个解决方案。

我说：“奥蒂将军，我必须感谢您。大猩猩不仅对我，而且对世界都非常重要，我需要回家后收集情报并进行研究。我们可以进一步在电话中讨论。”

我看到一群士兵在奥蒂身后进入营地。一个人走了过来，耐心等待我们讲完话，然后用阿乔利语与奥蒂交谈。

交谈完，奥蒂回到我这边。

“我们接到情报，一架联合国的直升机停在一小时的车程距离之外。如果改变明天离开的原计划，则可以立即乘直升机前往朱巴，节省两天的车程。并且路况恶劣，纳邦加的驻军状态也不稳定。”

“但是我还没有见到科尼，”我回答，“与他会面十分重要。”

“我们会全面地向科尼介绍您的访问情况，您将很快回来见他。他仍然无法越过河，最好是您带着我们提供的信息返回南非，并与您的联系人开始着手下一步的工作。”

“我同意，”戈弗雷说，“如果我们留下来，不会有更多的进展，我们得节省时间。”

“好，那我们什么时候离开?”

“就现在，”奥蒂说，“我会告诉大家，奥德海博将军和我将陪伴您到如-卡瓦巴。”

于是我走过去向军官们告别，感谢他们的热情款待，然后去住所收拾行李。在途中看到了姆菲尼，我认识的几个士兵站在一旁，我停下来跟它的主人说再见。

“我要走了。”我说，接过姆菲尼。

“你要走了。”陪伴他的一个人说。

“是的。”

“请稍候。”他说完就迅速走回军营。

“姆菲尼很好，”它的主人说，“它喝完了牛奶很高兴，我觉得它会活下去。”

“好，每隔一天你必须加一个鸡蛋，看看它是否喜欢。”我说着，将姆菲尼还给他。

“我会的。”他回答。

我翻遍了书包，除了洗漱用品和几根驱蚊棒，把余下的全部东西都给了他。我注意到一大群士兵从营房的方向走过来，他们围着我，一个人伸出手，递给我一张很小的纸片，上面写着一个名字。

他满怀期待地看着我，这位坚强的士兵，大约30岁，手里拿着一把巨大的20mm机枪，我很惊讶地看到他的眼泪。

“请告诉我的父母，我还活着。”他说。

“你知道他们在哪里吗?”

“不，我不知道，”他说，眼泪滚落在他的脸颊上，“他们在集中营里。”

“我尽力而为，”我答应道，“你想要离开吗?”

“不，我会留在这里直到赶走穆塞韦尼，请告诉他们这个信息。”

士兵排着队，一个接一个地走上前，给我小纸条，上面写着他们的名字。灌木丛中显然很难找到纸，因为这些纸片如此之小，以致几乎无法写全名字。几个士兵哽咽着，我意识到我是他们多年来第一次与外界真正接触的人。

那是一个令人振奋的时刻，也是我经历过的最可悲、最令人困惑的时刻，我感到自己情绪高涨。我面前这些全副武装的士兵是臭名昭著的圣主抵抗军士兵，无情的杀手，让人痛恨的儿童绑架者。在这里，他们也想起了自己以往的房屋和家庭，这正使他们崩溃。

士兵们很快离开了，我走向通往外界的小路。当我站在那儿回望营地时，我看到奥蒂的妻子向我微笑并挥手致意，她们有房屋和家庭在这儿，我不知道她们的名字。她们或许也愿意告诉我自己的家人现状，但为时已晚，因为奥蒂和奥德海博正与戈弗雷、马丁和一群士兵一起向我走来。

不知为何，返回如-卡瓦巴的路程显得比来时的路途要短，我们进入了空旷地区，发现了几辆载有食物的大卡车。这是交货日，作为和谈的一部分，丹麦政府为圣主抵抗军提供食物，以防止在谈判中发生掠夺事件。停在一侧的，是那两辆带我们进入营地的路虎车。

“安东尼先生，”戈弗雷从与奥蒂和奥德海博将军站着的地方走过来时兴奋地喊道，“有了新进展。约瑟夫·科尼刚过河，他让我们回去。”

“太好了！”我对前景表示乐观。

“好，我们必须改变安排，要求车辆在两天内回来。”马丁和戈弗雷去路虎车那边，在与似乎越来越生气的司机们进行了漫长的讨论之后，他们去找奥蒂，然后转向我，摇了摇头。

“司机拒绝再回来，”戈弗雷说，“他们接到的命令是接我们去乘直升机，他们说如果我们想改变时间，必须通过朱巴政府的上级。”

“那么给他们打电话，”我回答，“司机必须得回来，告诉他们科尼要见我。”

“我们一直在打，”他说，“但朱巴的电话没有人接，他们看到奥蒂、奥德海博以及圣主抵抗军的士兵，只想尽快离开。”

戈弗雷说：“那我们还有什么选择呢？要么我们乘直升机今天离开，要么就不知道如何以及何时可以回去。”显然，事态的急转直下令他沮丧。

我说：“这些运食物的卡车呢？它们会在这里停多久？会等我们吗？”

“它们今天离开，而且它们不会运载圣主抵抗军的乘客，因为担心遭到袭击。”我的心沉了下去。

“我们别无选择，”戈弗雷说，“必须现在离开，否则将陷入困境，我不相信南苏丹的军队会来接我们。”

“那就这样吧，”我回答，根据情况只有放弃，“我们很快就会回来。请向科尼表示歉意。”

戈弗雷回答：“奥蒂会转告的。这真是太可惜了。”

“是的。”我沮丧地说。

司机启动了车，我走向奥蒂和奥德海博，交换了我的手机号码和奥蒂的卫星电话号码，然后与他们握手道别。

奥蒂说：“您是我们的和平教父，请将我们的信息转达给你们的人，我们已经准备好结束这场战争了。他们不会相信我们，但他们会相信你。”

“我当然会，我将竭尽所能。”

“谢谢。”奥蒂说，他凝视着我。我发现自己直视着这个臭名昭著的人的双眼，并相信他和将军们所说的每一句话。

我不知道那将是我最后一次见到奥蒂。

第三十章

道路基本干了，返回纳邦加的旅程很顺利。值得庆幸的是，我们没有经过南苏丹人民解放军的军事基地，来的时候那里的士兵对我们十分敌视。一架巨型的白色 Mi-8 俄式直升机在空地上等待着，几个小时后，我们降落在朱巴机场。戈弗雷、马丁和我走下飞机，圣主抵抗军保镖们到机场迎接，并将我们送回酒店。

我走出房间，经过阿乔利杧果树，来到尼罗河边，站在河岸上，回想着过去几天的经历。尼罗河如同历史的洪流奔腾了一百多万年，它冷漠地无视人类的愚蠢。河岸上，人们正在进行另一场流血游戏，有一天这些也终将成为历史。

我们很早就吃了晚饭，我突然感到筋疲力尽，不愿再参加长时间的讨论，于是提早离开了餐桌。三十分钟后，尽管听到远处的几处枪声，我在板房里还是很快睡着了。

锤子般的敲门声将我从睡眠中惊醒，我跳了起来，站在离门最近的房间一角，试图快点清醒过来。如果凌晨一点钟有人在朱巴敲你的门，绝对不会带来好消息。

“是谁?”我喊道。

“他们来了，您必须离开。”

我听出是一个陪同我们的圣主抵抗军保镖的声音，赶紧打开门。

他说：“您现在必须离开这里，他们来了。”

“谁来了?”我问。

“士兵们。请离开您的房间，”他回答道，然后迅速隐入黑暗之中。

我对警告没有质疑，仅用三秒钟就穿好了衣服，同时惊讶于自己的清醒。无论他们是谁，无论他们在搜索什么，发现一张有人睡过的床，他们就会继续搜索下去。想到这儿，我很快整理好床铺，又赶紧整理了房间，然后抓起行李，赤脚跑入黑暗中，前往我所知道的唯一避难所——河道。

幸运的是，外面的灯光很暗，河边完全是一片漆黑。我步入芦苇丛，小心地向前移动，直到感觉脚踝没入水中，然后停下来转身面向酒店房间。我发现蹲下来几乎可以完全藏身于芦苇丛中，除非他们打着火把下来找，那样的话，我就会被完全困住。我才想到如果深入芦苇之中，潜入河里，在晚上的黑暗中与鳄鱼相伴，那绝对使我恐惧。一艘小船停在离我藏身处约60英尺的地方，作为最后的选择，我考虑逃上船并顺流进入茂密的芦苇河道。

在酒店方向，我听到砰砰作响的声音，持续了大约十五分钟，之后不久，我听到车辆发动并驶离。四周归入一片寂静。

我又等了十分钟才离开藏身处，回到房间，一切都和我离开时一样。我不知道戈弗雷和马丁住在哪个房间，无事可做，只能上床花了好长时间才重新入睡。

第二天早上，黎明时我就起床找咖啡，在厨房附近遇到一个孤单的工作人员。

“昨晚发生了什么?”我问。

“小镇被封锁了。昨晚有枪击事件，他们在找人，这种情况经常发生。”

他是一个友善的人，是来自索马里的合同工，受过高等教育，但无法在家乡找到工作，流落他乡在餐馆工作。他为我找到了迫切需要的咖啡，我们坐在外面俯瞰着河水，聊了一会儿天。

最终，我告诉他发生了什么事，以及我如何藏在芦苇丛中，他盯着我，摇了摇头。

“圣主抵抗军一直驻扎在这里，”他大声耳语好像在透露什么秘密，“这可不好，在这里，他们可以无缘无故地带走任何人，朱巴是个疯狂的地方。”

“您对圣主抵抗军与穆塞韦尼的战争了解多少?”我问。

他回答说：“这是一场以暴制暴的战争。科尼和穆塞韦尼都不真正关心他们人民的利益，只在乎他们自己，他们是一丘之貉，所作所为从根本上是雷同的，充满了野蛮、奴役和压迫。”

我在早餐时把昨晚发生的事告诉了戈弗雷。

“他们没有叫醒我，”他笑着说，“我换了房间，所以没人知道我住在哪里。”

我意识到前一天晚上躲进芦苇丛里可能有些过度反应，但我并不后悔。如果真出了问题，选择无所作为，后果可能会不堪设想。

这条街尽头的军事路障意味着我们无法离开酒店，马丁打了几个电话，证实这个镇子确实被完全封锁，机场也关闭了。

我们被困在旅馆里，整个上午都在讨论前往奥蒂营地的意义。那天下午，我录制了一些对戈弗雷的采访。他与奥蒂进行了交谈，奥蒂进一步确认已经打了一些电话，指示在乌干达北部的圣主抵抗军停止袭击，集中营的人们应该回家。但是，言语是一回事，人们将等待、观望攻击是否真的完全停止，然后才会迁移。这将需要时间。

因为圣主抵抗军对保护犀牛所作出的承诺，我再次感谢了戈弗雷，这是所有成就的基础。

第二天早上，我们很早到达机场，并成功订到了飞往内罗毕的航班。

候机时，我碰到了一位来自苏丹的动物保护主义者，他告诉我一个有趣的故事。他说，在南北苏丹的长期内战中，许多大象移居到肯尼亚和乌干达。不同寻常的是，经过数十年的战争，和平协定终于签署，象群立即开始迁移回苏丹。问题是，象群是如何知道遥远的战争已经结束了？

我入住了内罗毕洲际酒店，在那里我立即打电话给在东京的本·恩巴班和在金沙萨的穆贾希德·阿拉姆，向他们介绍了圣主抵抗军营地的最新情况。我和戈弗雷在接下来的几天中，为以后的工作进行了战略规划，在此期间，我向南非、英国和美国的一些高阶层人士介绍了我们所取得的进展。回应是积极的，我通知了戈弗雷和马丁。

我们与奥蒂保持着密切联系。我从内罗毕乘飞机返回家中的第二天，就已经计划对营地再次进行访问。

第三十一章

从圣主抵抗军的丛林营地，到在朱巴半夜里躲避南苏丹解放军，再回到宁静的苏拉苏拉，超现实的变化仿佛海市蜃楼，直到意识到这不是幻觉，我才完全放心。

我很高兴回到家里，和弗朗索瓦丝拥抱时，我告诉了她我的冒险经历。拉布拉多狗杰夫甚至从它在游泳池边最喜欢的地方站了起来，在我脚边徘徊。另一条小狗吉卜赛人，我们的黑色道路专家，四处跟随我，绕着我的脚跟转。弗朗索瓦丝的马耳他犬比茹，就是那个自认为统治着一切的女王，也简短地向我打了个招呼，当然，随后立即就回去睡觉。

我和弗朗索瓦丝谈论那次深夜中的旅行，上床睡觉时，我仍然深陷其中，感觉自己仍然生活在圣主抵抗军的营地，为和平与释放儿童兵进行谈判。当我回想自己去过的地方以及经历的事情，意识到一定有某个守护天使一直在守护着我。

我想起科尼的占卜术，非洲大陆对灵异事件普遍认同，他认为阿乔利的救赎将来自南非。我记得马丁和戈弗雷曾告诉圣主抵抗军领导人，当大象姆南赞向我们发动攻击时，穆塞韦尼的“邪恶”气息占据了它的身体。当姆南赞要杀死我们时，我和它说话，阻止了它。他们对此感到惊讶，我也同样惊讶，当然出于不同的原因。马丁和戈弗雷认为我与动物界有某种神秘的联系，毫无疑问，这是赢得圣主抵抗军高层指挥部信任的切入点。

这类事件的重要性不容易让大多数西方人接受。例如，对于非洲土著来说，显而易见的共识是，肉体和生命形态受到精神和超自然生物的主宰，而他们故去的祖先也在四处忙碌着影响人们的生活，施以干扰。巫婆非常活跃，黑白巫术仍然很流行。不幸的是，在非洲部分地区，她们仍然经常被处死。

但是非洲不是信奉灵异世界的唯一堡垒。

十多亿印度人崇拜象头神迦尼萨（Ganesa），而且在这个国家，所有的牛都是神圣的。在印度，如果你冒险嘲笑这些，多少会引起冲突。在香港，最著名的摩天大楼上有一个大洞，以便山龙的灵魂可以穿过。除此之外，许多中国人非常迷信，他们对动物通灵怀有强烈的信念，认为狐狸相当于狼人，而且相信狗有能力看到超自然的事物。

我一直十分好奇，为什么人们愿意花更多的时间练习打高尔夫球，却不愿意与自己的狗或猫交流，反而说能与动物交流是骗人的鬼话。

就在南非，古代桑人，从林人（Bushman）对物质世界的转瞬即逝有句谚语：“我们都是梦中之人。”

可以肯定的是，我在圣主抵抗军的丛林营地小屋中梦到娜娜以及象群给了我巨大的安慰。难道我沾了非洲灵异现象的光？梦中的情形似乎比真实世界更加真实，所以第二天早上我决定去造访象群。

护林员菲西说，象群就在几英里之外。我开车找到了它们，没有下车，看着象群悠闲地在周围的灌木丛中游荡。在我离开前的几个月里几乎没有雨水，除非降雨，否则这里很快将面临干旱，威胁可能会达到空前的水平。可是天空依然晴朗，肿胀的紫色雨云已成为遥远的记忆。

我拿出双筒望远镜，专注看娜娜。它的一只眼睛变得越来越混浊，很明显快要失明了。看来现在发号施令的是弗兰基，事实证明了这一点，当它开始离开时，其他大象立即做出反应，它是新的首领。而娜娜虽然不再是族长，但它仍是一位受尊敬的长者，直到去世都将受到爱戴和珍惜，这是大象的习俗。

我启动了引擎，与象群并驾齐驱，保持大约100码的距离。它们意识到我的存在，有时会朝我的方向张望。我驶近一些，娜娜离开象群，向我走来。弗兰基看了一会儿，然后跟了过来。它一转身，其余的大象也跟上它。

当娜娜靠近我时，我一直待在车里。它巨大的头隐约可见，挡住了风挡玻璃，屏蔽了所有其他大象。如果您了解大象，它们的面部表情异常丰富，有时您可以通过观察这些表情来分析它们的思维。现在娜娜感到困惑，为什么我在它面前却不和它打招呼呢？但是被十五只大象包围着，离开车绝不是一个好主意。在车前站了几分钟后，它仿佛耸了耸肩，离开了。

我等到象群的身影被灌木丛吞没，才开车离开，道路向右急转。刚转过弯，我吓了一跳，娜娜就在眼前，只有几码远，好像正在等我。我用力刹车，轮胎在泥土路上挣扎着抓紧路面，然后将方向盘完全锁定。车辆停下后，我迅速环顾四周，看不到象群。

娜娜走向汽车，将象鼻戳进来，嗅着我，抚摸着我的脸。我立刻又一次被不可思议的知足泡沫包裹着，这是世界上最美好的感觉。

我打开车门走了出去，同时寻找其余的象群。并不是因为它们的存在会带来任何危险，但您始终必须记住它们终归是野象。

娜娜在我旁边耸立着，身形巨大，散发着宁静的气息。“你好，我的漂亮姑娘，我想念你。”

我意识到象群并不在附近，娜娜故意离开了它们。它不知何故知道我要走哪条路线，回来找我。实际上，它是从弗兰基和象群的其他成员身边溜开，在等我。

我是否存在幻想？过分解读了大象的思维？仅仅因为我自己愿意相信这个答案吗？

我不知道，但是善意如同斗篷一样包裹着我。我不想离开，别的什么都不关心。我知道，或者以为我知道，娜娜知道当其余的大象在旁边时，我不会离开车辆与它交谈，因此，反其道行之，简简单单地离开它们，与我独处。

大约十分钟后，它转身走回灌木丛。当它离开时，我开始重新评估我的理论：娜娜是否故意离开象群来找我。也许我只是在愚蠢地自以为是，认为它能了解我没有接近它，是因为象群在附近。

因此，第二天我再次出发去论证自己的想法是否属实。

我再次开车接近象群，一旦确定它们意识到我的存在，就开车慢慢离开。果然，在我的后视镜中，我看到一只大象与象群分离。

那是娜娜。我把变速杆调到空挡，让它跟上。当象群不在视线里时，我下了车，和它说话。就像前一天一样，我们在令人难以置信的几分钟内陶醉于彼此的陪伴中。

娜娜离开了，我一生中从未感到过如此的满足和谦卑，它认为我不会来找它，所以就来找我。当我告诉弗朗索瓦丝这件事时，几乎哽咽。

在回家的路上，我听到了一种独特的叫声，当我发现声音来自牛羚而不是海蒂时，我几乎感到惊讶。但是几码外的轻微动静吸引了我的目光，的确是海蒂，它和牛羚在一起，如同和朋友们一起在购物中心闲逛。

海蒂在白蚁丘后面，我将车辆驶过去，正对着它。我知道护林员在巡游中与它非常接近，这是海蒂受到游客喜爱的原因，因此它不会被车辆惊扰。现在所有牛羚都已离开，但是海蒂继续徘徊在逐渐稀少的草丛中，这些草丛曾经甘甜，但现在变得稀疏并因少雨而变得干燥。海蒂知道我在那里，所以一点儿也不担心。

我怀疑人类是否能像我接近大象一样接近犀牛。也许可以，但是，我想只有当您与它从小朝夕相处，才有可能。大象是聪明而有意识的物种，所以与大象建立情感纽带比犀牛更容易。不过海蒂脾气温和，我觉得一切皆有可能，这并不意味着您像对待宠物一样对待它。相反，如果海蒂感受到威胁，它可以立刻把我的车像沙丁鱼罐头一样撕开。谢天谢地，它并没有。

海蒂成长为一个壮观的动物，铠甲的皮革灰色暗淡，身体健康粗笨，肩膀粗大，支撑着巨大的头部，长而尖的角像父系时代的镰刀一样突出。我赶紧把那个景象置于脑后，太像死神（Grim Reaper）了。海蒂时刻提醒着我们在北部面临的挑战，对我而言，它象征着保护区的意义所在。

我再次发誓，将竭尽所能让犀牛的灭亡不发生在我们这一代人手中，但是情况看起来不妙。您只需要在晚上望向灌木丛，便知道在那无法穿越、永无止境的黑暗中守护环境保护区的动物几乎是不可能的。

那天晚上，当乔治和它的女友（现在或者是妻子）来小屋里拜访我们时，我才真正地意识到自己回了家。乔治的女友缺乏社交技能，始终躲在阴影中。有时我们甚至不知道它是否还在那儿，乔治是否又回到了单身汉的状态。

菜单上的第一道菜是拥有法国名字的汤，只有弗朗索瓦丝才能正确发音。就当客人们在汤中“呼呼哈哈”时，乔治跳到桌子上，将鼻子伸进一个盘子里。

当然，汤是滚烫的。乔治大叫一声，跳了回去。您可能以为它受了教训。但它向后跳的动作使它降落在另一个客人的碗附近，看着芳香的液体，它再次将鼻子伸进去。这是它第一次跳跃表演的重复：一声怒吼，然后出现在下一个客人的碗中。在我们离桌之前，它沿着桌子的长边跑了下来，一路把脚踩进每一个碗里，随着脚趾上越来越尖锐的灼痛，它大吼大叫。最终，乔治从桌子上跳下来，一路朝着女友用丛林宝贝的隐语叫：“我们走，这里的食物着火了！”它们回到了树林。

多亏了弗朗索瓦丝，我们供应充足，每个碗很快又被装满了。

戴维告诉客人它们很幸运，乔治烫伤胡须只是小把戏。实际上，这与它前两天晚上组织的活动无法相比。先是一只老鼠从茅草屋顶翻腾着落在餐桌上，在食客们大吃一惊之后，一条莫非比兹眼镜蛇（mfezi），从屋顶上射了过来。那条蛇咬牙切齿、嗞嗞作响，嘴里嚼着老鼠蜿蜒滑行。啮齿动物在蛇的嘴里滑行，如果说我们的食欲只是被暂时搁置实在过于轻描淡写。我们从不在苏拉苏拉杀生，那条蛇被一名护林员捕获并释放到很远的地方。当然那是在它吃完来之不易的晚餐之后，打搅别人的晚餐可不是礼貌的举止。

第二天早上，我看着客人登上路虎车进入野生动物游览区。我遇到的故事，可能比乔治尝汤更让他们感到惊讶。仅仅在十年前，我和弗朗索瓦丝用我们所拥有的一切，买下了苏拉苏拉。一天早上，治安官来没收车，正好遇到几个忠实的客人准备进入野生动物游览区。为了满足警长的财政要求，我们靠着在客人那儿临时收取的现金，才保住车，让游览得以继续进行。之后我冲进镇子，穿着露膝的卡其布短裤，去感谢通情达理的银行经理。

我们之所以拮据，是因为当时娜娜和象群刚来时太狂野而无法让客人进入保护区。两年之间完全没有任何收入，我一边努力安抚陷入困境的大象，同时不得不支付员工薪水以及无休止的维修费。总之我们生存了下来，我不时会对那些认为经营禁猎区只是小矮马和彩虹鸟的人讲这个故事。具有讽刺意味的是，现在大象是观赏动物中最佳的群体之一，而娜娜则是该保护区的主要景点，世界各地的人们都来看望它。我从来没有把它视为一种投资——您不能对一个灵魂伴侣这样做，但是它对苏拉苏拉和我们奉献的回报是无法估量的。

可悲的是，娜娜的右眼快要完全失明了。我可以带它到驻地，让它过上奢华的日子，每天与它在一起，或者我可以让它和它的家人在一起。选择是显而易见的。但是对我来说，已经无限满足于获得的探访权。我所要做的只是开车赶上象群，娜娜就会偷偷溜过来看我。只有我们两个，没有其他生物。由于它不再是头象，这变得很容易，如果娜娜仍是首领，其余的大象就得跟着它。尽管我注意到有时它仍然会占据领导地位，也许旧习惯很难改掉。

这时发生的另一件事情也深深地影响了我。我发现娜娜怀孕了，父亲只能是姆南赞，娜娜不久后会生下我最喜欢的两位非人类之间的结晶。姆南赞还会有其他后代，但是与娜娜，这是最后一个。

娜娜是一个真正伟大的生物，我无法相信多么幸运能遇到它，与它在一起。

第三十二章

离开圣主抵抗军营地不到一周，我开车返回苏拉苏拉住所时手机响了，是戈弗雷从内罗毕打来的。“恐怕出了问题。”他说。我耐心等待，他正为自己要说出口的话而痛苦挣扎。

“有传言说奥蒂已经死了。”

“什么？这不可能，你确定？”

“我们还不知道消息真伪。我在内罗毕的熟人打来电话，说科尼把他杀了。我们无法验证，从林营地中的所有卫星电话都打不通，我无法联系到任何人。”

“这不可能，”我焦急地说道，“科尼和奥蒂是最好的朋友，他们在一起已经有二十多年了。我们刚刚和奥蒂以及将军们相处了两天，这一定是谣言。”

“希望如此，但我们应该谈谈，我来南非与你见面。”

“我同意，我来安排特别签证。”

“我看看什么时候可以过来，然后告诉你。”

几天后戈弗雷独自一人到达。我从机场接到他时，他看上去筋疲力尽，我立即知道没有好消息。

“还没有正式确认，”当我们在小屋坐下来时，他说，“直到在掌握确切事实前，作为圣主抵抗军公共关系负责人，我必须否认奥蒂已死的传闻。但是从信息的来源看，应是实情。”

“到底发生了什么?”我问，内心十分震撼。

“不确定，但在我们离开营地几天后，发生了一些事，奥蒂被捕并几乎立即就被枪决了。”

“但到底为什么，出于什么原因？是什么让科尼杀死了他最好的朋友?”

“这是我们所不知道的，谣言很多，”戈弗雷说，“我的电话就没有停过，一个说法是科尼怀疑奥蒂有谋杀他的企图。另一个说法是奥蒂收取了大量的现金，但没有告知科尼。还有一个说法是他想取代科尼，夺取他的权力，在没有科尼出席的情况下做了重大决定。”

我需要在短时间内吸收太多的信息。我回想起很多事，当我们离开如-卡瓦巴时，科尼打来电话，要求我留下来会面。如果我留下，招待我的主人被处决时，我独自一人待在与世隔绝的丛林营地里，想到这里，我不寒而栗。突然，我想起了与将军们会面时他们提到的第一个问题。奥蒂问道：“安东尼，在我们开始之前，有一个问题：给我们那五十万美元，您带来了吗?”

我当时不知道他在问什么，现在仍然不知道，但是问动物保护主义者这样一个问题肯定是不寻常的，一定有一些其他事情，是我不知道的。大笔现金与奥蒂的死有关吗？我是不是被认为参与了这些事？我的怀疑得到了部分证实，后来听到传闻，科尼和奥蒂在我到访前都被告知要小心，一个名叫奥伦斯（Orence）的雇佣兵会去找他们。

“我与奥蒂达成的协议会怎样？这非常重要，还继续这边的工作吗?”我问。

“绝对需要，这就是为什么我来见你的原因。什么都没有改变，协议是与军事高级司令部达成的，而非奥蒂个人。整个过程始终与科尼进行了良好沟通，获得了他的亲自批准。科尼是领导者，一切都遵循他的指示。我们必须继续。别忘了是科尼邀请您去营地的，以感谢您帮助我们实现和平，奥蒂只是执行科尼的指示。”

没错，这让我感觉稍好一点，但奥蒂的死确实发生在糟糕的时间点，我刚刚取得了一些实质性的突破：我们首次在圣主抵抗军的军事领导人与外界之间建立了直接的沟通渠道，圣主抵抗军同意不再攻击乌干达北部的阿乔利人。这太不可思议了，阿乔利人终于可以离开可恨的集中营回归家乡，“隐身的孩子”也将停止夜间出行。圣主抵抗军已经同意公开承认自己的过失，事实上，他们已经为此签署了责任书以及和解协议，也已经考虑我要求的象征“诚意”地释放一些被俘妇女，我相信最终所有被俘虏的妇女都将被释放。不过，最重要的是，我确实相信圣主抵抗军希望结束战争。和平的曙光初次闪现。

然而，奥蒂死了。

我和戈弗雷一直讨论到深夜，第二天他才离开。在正式宣布奥蒂死亡的消息之前，我无能为力，到时才能知道约瑟夫·科尼对我们的确切立场。几周后，我应邀到金沙萨参加了刚果自然保护学会（ICCN）、“非洲公园”以及其他犀牛保护组织的会议。结果实在令人失望。

我早已放弃希望，刚果政府在莫普克大使的主持下进行干预，敦促其接受我们最初的救援计划。尽管阻力重重，但我们通过让圣主抵抗军同意不攻击加兰巴保护区巡逻队，消除了对犀牛的主要威胁。圣主抵抗军还同意撤出加兰巴主营地周边地区，并告知加兰巴公园以北的部落，圣主抵抗军不会容忍任何对犀牛的袭击。

在金沙萨会议上我们得知，迟迟才进行的固定翼航测只发现了四只犀牛。河流水位下降，正如预期估计的那样，盗猎者已经能够过河进入犀牛的最后栖息地。

说前景严峻也许是夸大其词，实际上情况更糟。“非洲公园”

的官员现在回去尝试以投掷飞镖再次找到犀牛，这几乎是不可能实现的。这次将使用直升机，这正是我们几个月前就提出的。如果他们真能再次设法找到最后剩下的几只犀牛，计划将它们运往肯尼亚，我想，在那之前它们已经死了。拯救它们的最后机会已经消失。动物园里仍然有几只北部白犀牛，但它们无法繁殖，因此这个物种实际上已经灭绝了。

我只能说，如果他们找到犀牛，并成功将其运走，我愿意协助寻找捐赠者并提供资助。但事实让我感到反胃般的难受。

那几天，我颓废地在苏拉苏拉周围徘徊。在非洲为犀牛而战已经快速失衡，现在不仅北部白犀牛在某种意义上已经消失了，而且非洲的西部黑犀牛也几乎灭绝（仅在喀麦隆北部存活一只），甚至没有任何媒体进行报道。人们似乎对明星的私生活，远比对地球上一些主要生命形式为生存而挣扎的故事更感兴趣。

现在只剩下四个犀牛亚种：三个黑犀牛亚种和一个白犀牛亚种，它们大都分布在南非。盗猎集团对此非常了解，他们已向南转移，以获取暴利，战线正在重划。保卫非洲最后的犀牛的战斗即将开始，在这场战斗决胜之前，很多人将受到伤害。

我们迫切需要解决方案，无法理解的是，我们不仅要与盗猎者抗争，而且要与永不满足的需求方抗争。说到底，犀牛角只是普通的角质蛋白。有时我想知道，为什么我们不将所有的手指脚指甲剪了寄去让他们咀嚼，这与犀牛角是一码事。

还有其他方法可以制止对犀牛的大规模屠杀吗？我四处咨询，发现确实有一些激进的想法。一种想法是对地球上所有剩余的犀牛进行除角处理。这个想法有两个问题：首先，在犀牛稀少的地区，盗猎者无论如何都会杀死那只犀牛。因为他们花了太多的时间来跟踪它，所以他们会杀死它，这样就不用再次浪费时间跟踪它。其次，犀牛角非常珍贵，以致盗猎者有时会杀死那只已去角的犀牛，仅仅是为了获取留在皮下的残余部分。

甚至更极端的想法是在犀牛角中注入毒药，任何人食用后都会死亡。我与一些顶级律师探讨过这种做法，这些律师说，即使公开宣称在犀牛角中注入了毒药，仍然会被判处过失杀人罪。还有一个问题，就是毒药有可能从牛角中慢慢浸入犀牛头部。

我还因此咨询过毒物、毒药学专家。他们的建议是如果计划将药物注入犀牛角，我们应该使用驱蚊剂而非毒药。例如，紫色甲基化物是一种驱蚊剂，所以人们不会喝它。它不会杀死您，但味道很糟。也许那是将来要走的路。

还有一些人主张贸易合法化并让市场饱和。初听起来很符合逻辑，但调查显示，并没有足够多的犀牛角来填饱这个市场。人类对犀牛角的需求永无止境，这意味着剩下的几只犀牛根本无法满足需求，盗猎者只会继续猎杀，直到物种灭绝。另外还有给犀牛角着色的想法，盗猎者在晚上看不到角的颜色。但无论如何，盗猎者都会杀死犀牛，前景确实暗淡。（尽管有一种想法可能奏效，我们正与英国的顶级科学家合作研究，将在最终测试通过后立即告知细节。）

可悲的是，在国际舞台上，关于圣主抵抗军的好消息很少，不足以抵消有关犀牛的坏消息。奥蒂死后，马丁重归平民生活，戈弗雷的影响力似乎也减弱了。对于所有参与和平进程的人来说，这都是非常可惜的。戈弗雷是一个拥有智慧、有能力推动真正和平并为之努力的人。他厌恶对他的人民做出暴行，尽一切努力帮助阿乔利人。

尽管国际刑事法院的逮捕令仍然是科尼的绊脚石，但谈判以及停火一直维持到 2008 年。我甚至想，如果争议不断，如果政客们把所有的时间和精力都用于互相的言语侮辱，那么这场可怕的战争也许不会再重启。最重要的是，圣主抵抗军信守了诺言，集中营以及乌干达北部再也没有遭到袭击。阿乔利人终于开始回家了。

奥蒂的死让我的努力造成了许多不良影响，他的死因至今不明，只知道他被召唤到科尼的营地，在进入最好的朋友的小屋后，被立即绑了起来，告知将被执行枪决。他要求见他的儿子一面，就是那位护送我到如-卡瓦巴的年轻人。之后就被绑在树上用机枪射杀，未经任何审判和解释。

我敢肯定，世界上很多人都会为之庆幸。而我并不这么想，尽管奥蒂声名狼藉，但我相信他在我们的交往中是真诚的，真正地期望和平。

尽管圣主抵抗军臭名昭著，但与之矛盾的是，我在丛林营地中看到了人性美好的一面。如同参观一个乡村，而不是恐怖分子的营地，人们谦逊、礼貌、相互尊重，尤其是那个照顾小狒狒的士兵。他们似乎都正在努力，顺其自然地过着自己的生活，四处是欢笑和嬉戏着的妇女和儿童。我说这些并不是对现状予以肯定，而是想给那些有孩子在那里的家庭某种程度的安慰。这些顽强的圣主抵抗军士兵本身就是很多年前被绑架的儿童，他们给了我碎纸片，上面写着名字，请求我告诉他们的父母他们还活着，这些名字将永远困扰着我。我把这些名字给了内罗毕一个去访问集中营的朋友，但正如他对我说的那样，你如何在近200万人中找到这些父母，其中又有多少人的姓氏相同？

到访奥蒂营地也使我意识到，那里有妇女和儿童，而不仅仅是营地和作战的士兵。请记住，这些被绑架的妇女也有父母家人正等着她们回家。对我来说，对这些营地的任何袭击都是不可想象的，因为都可能导致数十名无辜者遭到屠杀。我认为这是一个独特的非洲问题，相信只能通过非洲方法来解决：认罪、宽恕、赎罪和忏悔，也就是阿乔利人所说的马托·奥普特。

马托·奥普特是完美的司法系统吗？不是，但这不是问题的关键。这是一个可行的系统，它能否有助于消除暴力和痛苦？这显然是阿乔利人尊重和相信的东西。我们是否要告诉这个古老的国家，他们自己的正义是垃圾，只有欧洲的外国司法人员才能为他们的本族人在其土地上犯下的罪行主持公道？当马丁率领的圣主抵抗军代表团对乌干达北部的城镇和村庄进行和解游说时，马托·奥普特的可行性得到了证实。

“代表团时常遭到严厉的批评，”马丁后来告诉我，“但是这次游说带来了希望，尽管有种种指责，但我们还是受到了欢迎。一些会议上人们还跳舞呢。”

这是西方人难以理解的非洲灵魂，这正是传统司法行之有效的原因。科尼想见我，并要求我继续为和平努力，所以我有几次回到内罗毕。但是出于某种原因，返回丛林营地的旅程并没有发生过。因此，我与圣主抵抗军内部以及他们外围人士共同努力，试图继续推进和谈。美国方面，我与处理非洲事务的副国务卿詹达伊·弗雷泽（Jendayi Frazer）进行交谈，并与国务院高级官员蒂姆·肖特利（Tim Shortley）进行了接触，从而获得了美国审计署的批准，继续与圣主抵抗军沟通。科尼很机警，针对他的谋杀计划，即使有任何进展，也非常缓慢。但这段时间内和平得以维持，那是真正的和平。在圣主抵抗军大黄蜂的巢穴中，人们从事耕种、渔业，自给自足。

不幸的是，这种状态在南苏丹解放军年轻的士兵进驻纳邦加时被打破，他们都是好战的年轻人，在2008年6月组织了一场对圣主抵抗军集结地区计划不周的袭击。袭击以失败告终，圣主抵抗军猛烈反击，杀死了数十名士兵和平民，然后烧毁了纳邦加。

关于战争的讨论重新开始，在2008年末，可想而知的事情发生了。乌干达在美国的后勤支持下，使用武装直升机和米格战斗机对和平的圣主抵抗军的村庄发动了突袭。

让我将这些事件记录在文中。

这是20年来，世界上最凶残的恐怖主义部队第一次放下武器并停止攻击。不仅是一两个月，他们已经息战两年。20年来第一次恐怖事件平息，停止非洲历时最长的内战的最终目的是让人们得以安居，为了成千上万的人。圣主抵抗军俘虏儿童士兵，但他们创造了村庄，并过着和平的生活，务农、捕鱼，这是事实。我在那里亲眼见证。

而南苏丹解放军能想到的最佳解决方式却是攻击这些和平的乡村营地，不仅袭击被绑架的妇女及其子女，还有那些儿童兵，那里的每一个人都希望有一天能找到自己的父母。而他们使用米格喷气式战斗机和武装直升机来终结这一切。

为什么？荒谬的答案是他们不相信科尼希望寻求真正的和平，谈判耗时太长。奇怪，真是奇怪！众所周知，在非洲任何事情都需要时间，这就是为什么人们称其为非洲时间。谁在乎需要多长时间，所有的花费只是联合国每月供应的少量的简单食物，这些联合国一直在世界各地向难民提供，如果没有战争，没有恐怖活动，那是多好的事情！

联合国人道主义事务副秘书长兰·埃格兰（Lan Egeland），在他的《十亿人的生命》一书中，引用了穆塞韦尼关于圣主抵抗军的言论："谈判不符合我们的利益，让我断言，最终只能以军事行动解决问题。"

圣主抵抗军的将军告诉我，他们一直在寻求和平，而不是穆塞韦尼，这真实吗？正如戈弗雷曾耐心地解释，穆塞韦尼从不希望和平。他后来对我说："穆塞韦尼多年来一直欺骗美国，他说服联合国，为袭击提供支持。"

2008年12月14日，美国支持乌干达发动代号为闪电（Lightning Thunder）的袭击惨遭失败。

圣主抵抗军以少量人员伤亡为代价，击落了一架直升机，消失在丛林中。之后，他们以最糟糕的方式报复，因为被剥夺了耕地、捕鱼和粮食供应，圣主抵抗军恢复了以往的方式，发动了一系列破坏性攻击。据媒体报道，在一次袭击中就有400多人被杀。在接下来的几个月中，据称圣主抵抗军杀死了3000人，仅在刚果民主共和国就使30万人流离失所，大约有数百名男孩和女孩被绑架，后来类似事件持续发生。三年后，当我写这本书时，该地区仍处于动荡之中，这都是误解带来的直接后果。所有这一切都是因为国际刑事法院（美国政府不承认这一点，而这个机构阿乔利人可能从未听说过）要将其余 3 名圣主抵抗军领导人逮捕入狱。

与造成的暴力和痛苦相比，为什么不使用阿乔利的传统正义带来持久和平？这如何作答？当然我只是一个保护区管理员，我又怎么会知道答案！

最为不幸的是，正如福里先前所预测的那样，和平谈判破裂后，加兰巴营遭到了袭击。袭击发生在 2009 年 1 月上旬，警卫队勇敢防守，与圣主抵抗军部队作战的园区护林员设法成功地阻止了该次袭击，但损失不菲。8 名勇敢的护林员死亡，许多人受伤，营地遭到严重破坏。这次袭击震惊了动物保护界。

尽管灾难发生，但值得赞扬的是刚果自然保护学会再次重建了公园，没有放弃它。

唯一的成果是在奥蒂营地与圣主抵抗军方最高统帅部达成了协议，他们决定不再进攻阿乔利人的居住地。三年前的丛林会议之后，圣主抵抗军在乌干达北部没有开过一枪，直接结果是将近 200 万人能够离开令人厌恶的集中营回家。有人声称是穆塞韦尼击败了圣主抵抗军。事实并非如此，因为圣主抵抗军根本没有被击败，它们仍造成横跨几个国家的混乱，包括刚果、中非共和国和南苏丹。

圣主抵抗军了解乌干达北部如同了解自己的手背，到处都有武器存放处。就像几十年来一直所做的那样，只需使用小股队伍进行一两次的零星攻击，就可以将恐惧深埋，再也没人敢回家乡。有趣的是，自闪电袭击以后，科尼不断呼吁停火，对方毫无回应。

第三十三章

奥蒂死亡事件发生几天后，我一大早离开家，漫无目的地在丛林里走走，整理一下思绪。“外出”对灵魂有益，而且丛林中的每一分钟都是全新的体验，永远不会重复。有些景观一生只能碰到一次，您必须经常在野外跋涉，以增加概率。

我正沿着河边散步，不同寻常的景象引起了我的注意。一条非洲大蟒蛇，长15英尺，美丽斑驳的棕金色身体盘绕着，完美地融入四周的景色。我突然发现它缠着一只年轻的黑斑公羚羊，张开下颌，巨大的嘴足以吞下整只羚羊，包括羚羊角。

我走近些，想看得更清楚。然而我弄出了很小的声音。那条蛇发现了我，受了惊，对进食计划进行了调整，慢慢地溜走了。

苏拉苏拉地域有许多蟒蛇，它们往往至少等待一周才发动伏击。起初，其他动物发现它在那里，会尽量躲开，但是几天之后，它们就逐渐习惯了蟒蛇的存在，或者仅仅变得不够小心。

砰！蟒蛇捕获了锁定的猎物。但短短几秒内，我毁了它的早餐。受到惊吓后，蟒蛇很少会回来，这意味着它需要发现下一个伏击物，几周不会进食，开始又一场艰苦的等待。我很后悔没有再小心些。

巧合的是，几天前也发生过一起蛇类事件，事关我的一名护林员。最近我从储藏室地板下挪走了三条莫非比兹眼镜蛇，将它们放归到灌木丛中。莫非比兹眼镜蛇是一种喷毒液的莫桑比克眼镜蛇，它很美丽，背部为金属灰色，只有在它挺起身时才能看到浅色腹壁上有粉红色的条形纹。这种蛇完全长大时也只有大约四英尺长，但是它被困时却十分强悍，如果处理不当，会咬人并喷出毒液。那个十分激动的护林员声称看到了第四条蛇，仿佛发现了尼斯湖水怪一样。

他去拿扫帚时，发现那条眼镜蛇躲在一个盒子后面。所有的护林员都知道如何捕捉这类眼镜蛇。当它抬起头时，轻轻地将扫帚推向它，当手柄顶得扫帚弯曲时，不知为何，它总会僵住，只需趁机将它移走即可。方法如此简单，但是有一个重要的前提条件——必须戴眼镜或其他形式的护目镜。它们可不是毫无依据地被称为毒液眼镜蛇，它们攻击的准确性和狙击手不相上下。

护林员为即将抓到第一条蛇而异常兴奋，以至于忘了戴上护目镜，当他轻轻地将扫帚滑到蛇身体下时，突然感到毛骨悚然，蛇嘴里一股细小的毒液直射向他的眼睛。

意识到危险，他迅速用牛奶清洗眼睛，眼睛痛得就像被砂纸擦了一样。那个护林员被直接送往医院接受紧急治疗，如果不及时进行适当处理，他可能会失明。

就像皮耶特一样，与蛇初次交手也有好处。皮耶特逃上树，还用莱特曼刀砸水牛。用南非荷兰语说就是“他们幸免于难”。下次，这个伙计与莫非比兹眼镜蛇打招呼时一定会记得戴上护目镜。

蟒蛇离开死去的黑斑羚羊逃走了，我突然听到小型直升机的声音，有些气愤地看着它低空飞过保护区。总有一些飞行员冒险违规，希望通过低空飞行向乘客展示野生动植物，我用双向对讲机通知护林员并告诉他们进行登记，以便向管理人员报告。

回话很快，“没有注册号，马可鲁。”

“你是说机身上没有号码?”

“确定，没有注册号。”

我用力按着对讲机的拨号键，然后说：“保护区上空有一架未注册的直升机，请所有护林员记录其机型和颜色。”

但是，它移动得如此之快，我们在天空上再也找不到它的踪迹了。直升机要么消失了，要么着陆了，我希望是前者。

40 分钟过去，当我开始相信直升机已经飞走之后，却再次听到了引擎声音，通过双筒望远镜我看到它低空快速地向东飞向大海，很快就消失在几英里之外。这让我很困惑，这段时间，它在这里干什么?

我立即打电话给该地区的所有机场，提供详情，并询问是否有人知道这架未经注册的直升机，但并没有人知道。

第二天中午 11 点整，我接到分区管理员菲西的电话，声音黯然。

“马可鲁，马可鲁，过来。”

“我在。”

“您必须现在到这里来。”

“为什么?”

“我不能在电话中告诉您，请立即过来。”

祖鲁人不喜欢传达坏消息。我认为这个习俗可以追溯到沙迦国王时代，当时的信使往往因为报告君主不想听到的消息而被杀。发生了一件不好的事情，菲西宁愿让我亲眼看到。他确实听起来很沮丧，从他的声音中我可以判断一定出了大事。我最初的猜想是某只大象死了，甚至可能是娜娜或者弗兰基。

“你在哪?”

他给出了方位。

在到达那里之前，我已经看到秃鹰在上空盘旋，恐惧加剧了。

我到达时，菲西与另外两名护林员站在一起，我可以看到他身边庞大的灰色尸体。

我下车，看着那只死去的动物。不是娜娜或者弗兰基，而是我美丽的海蒂，脸庞被凿开，犀牛角消失了。

我转身走开，试图压抑住令人沮丧的愤怒和绝望的眼泪。海蒂，那个最温柔的巨人；海蒂，它宁愿逃跑也不愿伤害任何人；海蒂，给人们带来了多少欢乐，人们从世界各地来这里看它。

我不忍直视，我的大女孩走了。

菲西第一个打破沉默："看这些血迹。"

就像一个游泳池，在阳光下变成紫红色，再化为一条条小溪流进干旱裂开的土地，到处都是巨大的黑绿色苍蝇。"它还活着的时候，他们就砍掉了犀牛角，"菲西说，"它的心脏还在跳动的时候!"

直到这时我才意识到直升机的目标物是海蒂，这些畜生一定是用镇静剂飞镖从空中击中海蒂，然后着陆。我们之所以没有听到枪声，是因为海蒂因麻药而失去活动能力，他们可以站在它的身旁，用像枕头之类简单的东西掩盖枪声，然后迅速用砍刀或电锯砍下犀牛角，甚至不用关掉飞机引擎便飞走了，整个过程可能不超过30分钟。

真是令人沮丧，我们只能站在那儿，互相看着。盗猎者走了，美丽的犀牛消失了，我们却无能为力，没有什么能平息我们的怒火。

我回去告知弗朗索瓦丝，她哭了。随后，我将此事报告了警察局和野生公园管理局。

“这是非常糟糕的一个月。”管理局的工作人员说。在我们失去了一头犀牛后，当局就将其他三只犀牛转走了，就是那次事件引发了刚果民主共和国犀牛救援任务。“我们曾经在您那里托管的三只犀牛刚刚也被杀死了，我们无法保护它们，事态已经失控。”

也许是同一伙盗猎者把所有四只犀牛的角都带走了，谁知道呢，我只知道已经没有安全的避风港。

媒体报道了海蒂被杀的消息，世界各地与它有过接触的人都发来慰问。海蒂遭遇暴力早逝触动了许多人，悲哀的情绪笼罩着苏拉苏拉。

无论是否巧合，不久之后在互联网上流传着一个消息，一位越南政府部长在河内声称犀牛角治愈了他的癌症，这无疑将导致这个国家对犀牛角需求猛增。另外一个越南外交官被拍到在比勒陀利亚越南领事馆外违禁运送犀牛角，他凭借外交赦免被遣送回国。

我们也听到了一些好消息。几天后，夸祖鲁－纳塔尔野生动物管理局捕获了一群盗猎者，他们携带着犀牛角，该团伙威胁要实施报复。对他们而言，杀死犀牛仅仅意味着在口袋里装进更多的钱。

从那条线索中，警察追踪到一个位于约翰内斯堡的财团。那些中间人是整个贩卖环节中的走卒。他们十分嚣张，在大量证据面前仍然否认同谋，甚至没有对自己的罪行表示任何忏悔。

盗猎者被指控，入狱十五年。毫无疑问，他们的主人只会找人替换他们，然后一如既往地犯罪。犀牛角的价格飞涨，交易变得有暴利可图，所以屠杀不会停止。

我逐渐意识到，我们可能永远无法控制事态。有些偷猎行为受到其政府的保护，在远东地区，甚至有一位政府部长级官员亲口承认自己是终端用户。因此，我们必须从根本上努力，那才是本质问题。

但是，即使别无选择，我们仍会全力以赴。苏拉苏拉必须与整个南非的其他众多游览保护区一起，与盗猎者作战。

我收到另一个不幸的消息，搜索加兰巴仅存的四只北部白犀牛的行动失败了。北部白犀牛已经在野外灭绝。

第二天早上，我一个人出门，在苏拉苏拉找到了一个安静的高地，我望着自己深爱的非洲丛林，向一个曾经在地球上生存过的最不可思议的生物物种致敬、道别。

如果我曾跌至人生的至低点，此刻即是。

第三十四章

飞行员熟练地驾驶着直升机，升入英国上空。这是非常美丽的一天，翠绿色的乡村在下方伸展，飞行员调整控制装置让飞机倾斜着掠过陡峭的河岸。就在关键时刻，飞机突然失去了动力。

直升机在失去动力的情况下，仍有可能安全降落。只要让叶片保持转动，在风车效应下保持足够的前进速度，就可以将你安全带回到地面。

飞行员把每一根肌腱都拉到极致，拼命转弯，试图让直升机安全着陆。但是在他试图调整角度的时候，飞机已经太靠近地面，速度也太慢了，他极度懊恼地意识到自己正处于著名的“死亡弯道”中，已经没有回旋余地，飞机将坠毁，他对此已无能为力。

大地迎面扑来。当飞行员恢复意识时，已躺在茫茫荒野中的一片空地上。他看了看附近的直升机残骸，惊讶地发现飞机没有着火，然后意识到他一定撞穿了厚重的有机玻璃挡风窗。

他试图伸手去拿口袋里的手机，因为无法挪动而不得不放弃。于是他又尝试挪动另一只手臂，但失败了，双腿也同样的状态。当时他还不知道，他身上有一百多处骨折，脸和身体几乎被摔成碎片，仅靠肾上腺素维持生命。

他知道自己必须设法获得帮助，不然只能躺在原地等死。但是要做到这一点，就必须匍匐前行，双臂无用地拖在身边，每一个微小动作都痛苦地折磨着他支离破碎的身体，这是他一生中最漫长、最孤独的旅程。对于其他任何人来说，付诸行动几乎没有可能，但是这个人非同常人。一寸一寸，他扭动身体，向前挪动，每前进一码都是胜利，不得已痛苦地喊着，却没有人可以听到，也没有人可以帮助他。凭借着最原始的勇气和毅力，以及使他成为英格兰最成功和最具魅力的商人的品质，他筋疲力尽地靠近了一条乡间小路。在仅存的微弱意识之间，他隐约意识到周围有人，自己被运上了一架直升机，他不清楚自己是否已经昏迷或是死了。医护人员将他运往医院，在手术台上他再次病危，抢救中医生向他的心脏注射肾上腺素才死里逃生。

八个月后，经过无休止的痛苦的重建手术，他终于离开了医院，妻子出于关心禁止他再次驾驶直升机。于是他开始参加 GT3 越野车竞赛，以每小时 150 英里的速度开着法拉利或保时捷奔驰在赛道上，这让人想起了威尔伯·史密斯（Wilbur Smith）小说中的人物。我们通过我的好朋友尼克·托马斯和戴维·博萨斯在伦敦相识。

安迪·卢汉（Andy Ruhan）47 岁，一位自豪的爱尔兰人，他创立了一个国际商业帝国。我们是对立的两极，他是一个商业大亨，在全球拥有成千上万的员工，而我是一个非营利性动物保护主义者，仅此而已。我们相处得很好，安迪很快意识到了犀牛面临的危险处境，特别是犀牛令人担忧的野外生存状况，他加入了我们并付诸行动。

安迪行事慷慨大方，开始为重要的项目寻求专业知识以及提供资金，尤其是那些涉及帮助居住在游猎保护区附近的当地祖鲁族社区的项目，从而减轻了我的负担。当他可以从生意中脱身时，就会从伦敦飞过来，在苏拉苏拉消磨时光。在这里我们很快发现他完全没有架子，最快乐的时候要么是开着破旧的车穿行在灌木丛中，要么是与工作人员坐在篝火旁，和他们融为一体。

安迪完全投入了我们的新保护区计划，这也正是他所喜欢的。他的参与催化了为犀牛而战的新阶段。

他热爱土地，热爱动物，并且拥有胆量和决心达成目标。

第三十五章

2009 年，祖鲁兰地区陷入了一场毁灭性的干旱。在这之前，干旱已经持续了数年，现在灾难终于全面爆发。大地变成你能想象的任何棕色，从棕褐到赤陶再到卡其色，无论你望向哪里，都是暗淡的铁锈色。

非洲稀树大草原像酒吧间里的旧台球桌一样光滑、肮脏而破旧。曾经在初春雨中蓬勃生长，草长及膝的草原已经被啃得只剩下草根。夏季没有降雨，进入冬天水坝里已经没有储水。

随着视觉的延伸，树枝光秃秃的，只有在长颈鹿才能够得到的地方残留着树叶。当大象伸长象鼻也无法够到树叶时，它们推倒了数百棵金合欢树。其他动物紧随其后，在倒下的战利品上狼吞虎咽，直到树枝像婴儿般裸露。

过去七年中没有什么真正的降雨，仿佛预示着圣经教义。苏拉苏拉变得十分干燥，开始有动物因此而死亡。

保护区通常每年大约有32英寸左右的降雨，这个雨量对于当地植被类型是非常合适的，也是我们能够维系如此众多健康种群的关键。因此，降雨明显减少时，起初我并没有太担心。第二年，降雨更加不规则，我们注意到大坝水位开始下降。冬季开始变长，每年的雨季来得越来越晚，降雨量也越来越少，只有夏季偶尔有一些细雨，的确十分干燥。但我认为在悠久的历史中，这里的动物一直生活在这样的环境之中，尽管可能会失去一些幼小或者年老的动物，但总能坚持。然而地下水也开始干涸，新的井眼仅能打到很少的水。

受苦的不仅是我们，祖鲁畜牧者骨瘦如柴的牛群开始死亡。一天早晨，他们来到保护区门口，请求我准许他们在保护区内放牧。这些畜牧者曾经极度仇视游猎保护区，现在转而寻求帮助和建议，我们之间的关系正在变化。他们是我们建立皇家祖鲁保护区的合作伙伴，所以认真对待其要求至关重要。他们的任何需求都不是权益问题，但显示了我们在保护动物的合作上有了意义重大的进步。

我对这些患难与共的内陆硬汉深表敬意，当然希望能提供帮助，但我自己也正陷入困境。我邀请他们进入苏拉苏拉，亲眼观察保护区的状况，理解我们同样也失去了生计。一位灰头土脸、筋骨纤细、举止端庄的男人，只用一句话总结了状况：“你没有牧场。”

但是，我震惊于所看到的牲畜惨况，腾出所有可能的人力来帮助他们。我租用了机器，挖掘他们土地上干枯的河岸，试图找到水源。可大多数情况下，只挖到渗着水的沙子。在非洲，一损俱损。

可悲的是，一头牛设法冲破围栏进入了保护区，找到交错河道上仅存的几个水洼中的一个，结局却不外乎是到那里躺下等死。那头牛不知道，保护区只剩下了一条鳄鱼，臭名昭著的笑脸。所有其他常驻的鳄鱼（通常约有十二条）都已向下游迁移，以寻找其他水域，但笑脸却决定留守它的那块草皮。那天早上，它简直不敢相信自己的运气——1000 磅的优质牛肉出现在它的面前。笑脸在苏拉苏拉如同一件旧摆设，尽管几年前它杀死了我美丽的斗牛犬潘尼（Penny），但干旱将我们紧密连接，希望它不离开。

唯一生存良好的生物是掠食者。鬣狗可以找到充足的蛋白质，还有经常能见到的豹子。较小的猫科动物，比如山猫和狞猫也蓬勃生长。

大自然的适应能力真是不可思议。随着春季降雨的减少，怀孕的黑斑母羊将妊娠期延长到极限，饥饿的母亲竭尽全力寻找食物以保证产奶。瞭望者，如林羚、羚羊，以及捻角羚（kudu，一种非洲大羚羊），都将大象当成吹着笛子的领队，以倒下的树木为食。象群存活得最好，尽管也很艰难，但由于我们拥有如此多的林地，它们可以不受限制地生存。水牛是非洲最强壮的生物之一，尽管它们也变得非常瘦，但仍然活着。

我们每天都看着非洲巨大的有翅清道夫在高空的热浪中盘旋，挑选午餐。白背鹰、秃鹰和鹳都在地上觅食，以至我们几乎不再注意它们。

旅馆附近还有少量水源散布。以往很少靠近人们的狡猾动物现在也开始在人造小水池外徘徊，当动物在我们建造的水坑中解渴时，客人拍到了抚摸野生尼亚拉公牛的照片。我们将所有用过的水洒在旅馆周围的土地上，试图保留一些绿色，但往往洒下就立即被大地吞噬。

一个寒冷的夜晚，我们痛苦地失去了整个牛羚群，它们极度虚弱，最终彻底放弃。干旱带来的另一个问题，是万里无云时夜晚会变得异常寒冷。牛羚喜欢聚集在河岸上，那里是保护区里的最低洼，也是最冷的地点。当温度骤降到 7 摄氏度以下（按祖鲁兰标准已极为寒冷），再加上缺乏食物而变得过于虚弱，它们躺下后就再也没能站起来。

蜿蜒穿过苏拉苏拉的纳埃莱尼河早已干涸。只有几个深坑里保留了一些水，其中一个成为笑脸的家。

尽管领域不断缩小，但是笑脸还是微笑着巡逻保护区中唯一的水坑，从众多的到访者尸体中挑选食物。到最后它也吃不下了。我们不得不从水中清除一些残骸，因为它们已经开始腐烂。

附近的另一个保护区只有一个水库，也已经完全干了，因此我们为他们的员工钻了一个地下水洞，为动物的饮水槽供水。但是，他们没有移动装置提取地下水，所以每当水用尽时，他们都会打电话过来让我们过去抽水。然而，已经有几个星期他们没有打电话了，我们最初以为他们不需要。

有一天，我突然有种直觉，感到什么地方不对劲。我确定他们怎么也应该需要泵水了，所以开车去看看出了什么事。

当我到那儿时，大约有25匹斑马正无精打采地站在护林员驻地的台阶周围，其余的躺在贫瘠的土地上，至少有5只死亡的动物倒在地上。

排在后面的是同样数量的牛羚，它们一动不动，只是呆立着，呈半昏迷垂死状。这是我见过的最可怜的景象之一。当我从中间穿过走向前门时，它们甚至没有动弹一下。

领队护林员拿着一大瓶水出来，边向我打招呼边喝了一大口。我简直不敢相信自己的眼睛：他是一个护林员，应该热爱丛林，但他却好像没有注意到那些死去的动物。

更可恶的是，他又喝了一大口。

“你口渴吗?”我问。

他点了点头：“天很热，很渴。”

“动物呢?”我又问，“它们不渴吗?”

他耸了耸肩：“干旱非常严重。”

我失控了。我抓住他的衬衫，用力推他，以致他失去平衡倒在地上。

“你这该死的浑蛋！水用完了，动物们快要死了，而你什么都没做，还站在它们面前喝水！你这个没用的浑蛋！”

他挣扎着站起来。我只能到此为止，无法在光天化日之下再率性而为。“你是人吗？”我说，将他用力地推向干燥多尘的饮水槽，“你的动物快死了，为什么不向我们要水？”

他崩溃了，躺在那里凝视着地面。“你这个浑蛋，我回来的时候你最好不要还在这里。”我一边向他吼着，一边跳进路虎，回到苏拉苏拉，启动水泵，然后又回到了护林员那儿，愤怒地看着那些绝望的斑马和牛羚，它们如今已经无惧于人，慢慢地舔着滴入水槽的液体。可悲的是，有些动物太虚弱了，已经无力走到水槽。我们用可以找到的任何容器盛水，然后去喂它们。它们的舌头已经干得如同砂纸，而且肿胀着，以致只能勉强舔着液体，其中两只动物还是死了。

随后我们巡视这个自然保护区，发现与部落土地之间的篱笆边界有几个地方被踢倒，是那些疯狂寻水的动物撞坏了围栏。这部分护栏因为护林员的种种借口没有得到修复，现在成了对盗猎者的公开邀请。更糟糕的是，无论如何，出逃的动物仍会死亡，因为四处都没有水。我向有关当局提交了有关该护林员的报告，并进一步跟进，确保他再也无法在禁猎区工作。

我开始感到绝望，干旱会结束吗？该地区的祖鲁族长者，其中一些年近八十，证实这是他们所经历过的最糟糕的干旱，没人谈论其他事情。

在距我们家约两英里的豪华帐篷营地，一头丛林猪——非洲丛林中最秘密的动物之一开始公开露面，吓坏了工作人员和客人。

丛林猪，也就是在欧洲众所周知的野猪，重约130磅，长着尖锐的下牙，一堆坏脾气。这只野猪在晚上突袭了营地的垃圾箱，并宣告该地区成为它的夜间领地，任何人出现在附近都可能被它袭击。我以前有只狗叫马克斯，是强壮的斯塔福德郡斗牛犬，曾经和它交锋，几秒钟内就被咬出了内脏。我们设法终止了那场战斗，戴维铲起马克斯以及它的内脏赶到兽医那里。兽医把它的内脏塞回去，然后缝起来，真是生死一线。幸运的是，它活了下来。斯塔福德郡斗牛犬的行为举止在人类看来就像软绵绵的小动物，而且它们爱孩子，这让它们变得十分顽强。

戴维和我开车去营地，看看发生了什么事。

很快就找到了答案。太阳刚刚落山，厨房外面传来一声尖叫，工作人员冲过我们，跑向山丘。我们狂奔着，那里有一头硕大的雌性老野猪，正朝一个开了盖的垃圾箱拱着。粗略地看了一下，就发现了原因：盗猎者的钢丝圈套住了它的身体，紧紧地勒入肩膀和胸腔深处，形成了巨大的化脓性伤口。这可怜的家伙一定十分痛苦，它甚至不能活动腿脚。由于无法在野外觅食，它饥饿难忍。

戴维给它注射了镇静剂，切断了钢丝，并用龙胆紫处理伤口。第二天早上，我们发现这头灌木野猪在四处游荡，它仍然拒绝离开，但不再具有攻击性。因为它年纪大了，所以我们怜悯它，在营地的边缘建立了一个庇护所，让它睡觉，并用厨房里的剩菜喂它。这头通常非常危险的野猪被我们收养，并在营地生活了一年，直到安详过世。

还有另一起离奇事件。我母亲的会计，一个住在附近禁猎区的名叫雷尼尔·博塔（Renier Botha）的男子，在试图帮助动物时几乎丧生。在干旱最严重的时期，他开始用成捆的苜蓿喂养生活在自己家附近一个小水坝里的饥饿的河马。一天下午，他正在搬运成捆的饲料，河马过来了。他非常小心地看着这些危险的动物，从身后抓起一捆苜蓿，当他环顾四周时，却吓了一跳，一头巨大的水牛正站在他身后，从他的手中吃着苜蓿。更糟糕的是，其余水牛在后面几码远，将他回车上的通道完全切断了。

身处野外，前面有六只河马，后面是野牛，他完全被非洲这两类最危险的动物困住，真不知道他怎么还活着。他推断如果它们要杀了他早就已经做了，他一边努力保持头脑清醒，一边向饥饿的动物身边放置更多的苜蓿。然后，当它们忙着吃苜蓿时，他穿过水牛群，上了车。干旱对人类和野兽造成了神奇的影响，原本确定的事情，变得完全无法预测。法则手册已被丢到窗外。在正常情况下，他应该已经死几次了。

最终，云层开始在天空高处堆积。9月下旬，正是南非的春天，降雨层正在形成，但是已经七年了，我没敢存有希望，失望太痛苦，几乎无法承受。

下午，我们听到了雷鸣声。天空像黑曜石一样漆黑，云层堆积得越来越厚，就像平流层中的摩天大楼一样。呈锯齿状的闪电，强度如同霓虹灯，巨大的雷声尾随，响亮得在赤道都可以听到。乌云密布，水从天上倾盆而下。

我走到外面，几秒钟衣服就被浸透了，真是太高兴了。弗朗索瓦丝也走出来，滂沱大雨使她的金发粘在脸上，仿佛一条美人鱼，一幅美丽的景象。

很快，每条道路、每条轨道、每条裂缝都成了冒着泡的小溪。光秃秃的树最先在暴雨中垂下枝条，然后开始萌发生命。草根不停地吞噬生命琼浆，开始复活。

雨不停地下了一个星期，但土地是如此干涸，像海绵一样吸收着一切。不论有多少雨水喷涌而下，大地都将其吞没。纳埃莱尼河仍然没有流水，水坝的水位几乎没有上升。干旱超越地壳，水似乎渗到了地心深处。

天气预报很乐观，预告还会有降雨，短暂的阳光照射下，大自然极速自我修复。灌木丛正在变厚，平原已经散发出翠绿色的光芒。遍地绽放着色彩鲜艳的芬芳的野花。前几天忧郁的动物开始在大草原上嬉戏。

最终，就像一条大蛇从冬眠中跌撞而出，纳埃莱尼河开始流动。棕色，充满泥泞，七年腐烂的干旱碎片在水中旋转，绝对壮观。大坝也开始蓄水，伤口终于愈合。

这就是大自然，每个生物都活在当下，当你在匮乏中幸存下来，那一刻品味无穷。鸟类开始唱歌，羚羊跃跃欲试，蝉鸣喋喋不休。到了年底，这片土地又恢复了以往的生机。

大自然完成了自我净化。

第三十六章

在那次姆南赞摧毁了我与圣主抵抗军来访者共乘的车之后，我们不得不将它处死，它太具攻击性了。我们发现它的牙神经暴露，形成了巨大的脓肿，这使它十分痛苦，也是它变得如此好斗的原因。不幸的是，问题无法通过手术解决（我的另一本著作《大象低语》完整地讲述了姆南赞死去的前因后果）。姆南赞去世后，马布拉成为最年长的公象。

马布拉是弗兰基的儿子，在我试图安抚初到苏拉苏拉充满敌意的象群，与它的母亲以及娜娜相处的那段日子里，它逐渐长大。它比同龄的大象体型要大，有很巨大的象牙，但是年仅 18 岁还太年轻，并不适合担任公象首领，公象首领通常要到 35 岁甚至更年长些。一夜之间马布拉成了头儿，它自己清楚这一点。就像有些人把升迁太当回事儿一样，它变得狂妄自大，甚至在保护区里走动时都举止招摇。

我们已经向公园管理当局提出申请，希望找到一头成熟的公象首领来教导这些年轻的家伙，但是花费的时间远比我们想象的要长。

有一次，当资深护林员潘米斯·戴米尼（Promise Dlamini）带着客人进行巡游活动时，在马路中间碰到了发怒的马布拉。马布拉突然向车辆发动攻击——不是全力袭击，而是示警。情况变得非常紧张。

潘米斯是一位经验丰富的护林员，采用的所有应对措施都是正确的。他缓慢后退，让引擎发出嘈杂的声音，并重击车辆侧面，一边向马布拉大声喊叫着一边离开。通常，这些措施会有效，但这次不起作用。马布拉再次发动攻击，在车辆前挺身，差一点儿就砸到车了。

游猎区巡游的黄金法则是观察你的祖鲁族随车员的反应。随车员坐在焊接在汽车引擎盖上的座位里，他们通常是经验丰富的丛林专家。实际上，大多数随车员一生都在野外生活。因此，当你的随车员放弃左前翼子板上方的座位，翻过引擎盖爬入你旁边的前排座椅时，你便知道有大麻烦了。而这正是当时所发生的事。

潘米斯做得很出色，让包括哭泣的孩子在内的所有客人都镇静下来，同时保持车辆倒退，摆脱了马布拉。他问随车员到底为什么坐到他旁边来，随车员看着他，好像他疯了才会这么问，指了指风挡玻璃前隐约可见的马布拉。潘米斯不得不承认随车员的担心有几分道理。

马布拉再一次发动袭击，这次速度更快，用象牙抵住车辆，虽然不是一次完全的攻击，但局势已变得越来越危险。不过，转瞬之间，马布拉又退缩了，惊讶的表情清晰地浮现在它的脸上。大概它以前从未接触过钢铁，象牙感到的那种寒冷奇怪的感觉让它困惑。它停下来，用象鼻擦拭着刺痛的地方，潘米斯抓住那一瞬间，完成了一秒内的加速，极大地缓解了客人的焦虑，他们回家后可有故事讲了。潘米斯表现卓越，一位游客拍摄了全过程，整段被上传到了 YouTube 视频网站上。

不久之后，马布拉参与了另一次攻击，这次碰巧遇到一名护林员进行人生第一次巡游。起初，护林员也做了所有正确的反应，一边倒车一边喊着拍击车辆侧面，试图将马布拉赶走。我恰好在约五十码外步行，担心地看着马布拉再次骚扰游猎区的巡游车辆。突然发生了大问题，就在马布拉渐渐发力的时候，护林员驾驶的汽车停了下来，发动机熄火了。当时护林员无法逃脱，这从根本上改变了局势。马布拉希望汽车离开它的领地，但护林员无法做到。我惊恐地看着马布拉嘲讽般宣告着自己的权威。如果车不能离开，那么接下来什么事情都有可能发生，然而护林员就是无法发动引擎。

我朝他们跑去，喊着马布拉。马布拉从小就可以分辨出我的声音，它停了下来，抬起象鼻，在空气中嗅着，闻到了我的气味。它的反应表明它确实认识我，当我大喊它的名字时它再次停了下来。值得庆幸的是，它改变了态度，我设法通过与它交谈将它引开。这么多年后，它仍对我印象深刻，很令人惊讶。

马布拉到此已经袭击了两辆车，情况变得让人关注。年轻的公象就像爱热闹的年轻人，必须有一个合适的榜样、一个族长才能让它们安定下来。这就是为什么杀死公象首领往往会导致年轻公象行为莽撞的原因，即消除了权威和稳定因素。显然，我们非常需要为保护区的公象重新确立一个父亲形象。

我再次与当局接触，敦促加快引进成熟公象的申请进展，并与他们达成了共识——时机已成熟。

我们的申请消息，从最北端的一个保护区得到答复。他们有一头公象，性格稳定，完全符合我们的要求。

公象34岁，名字叫马戈比萨（Magobisa），意思是“弯着的那个”。许多年前，它在一场争斗中弄断了象牙，但是断牙没有被锯下，反而弯向上方形成一个折角，它因此得名。但是这些年，这个名字被缩短为戈比萨（Gobisa），意思是“弯曲的手段”，失去了原来的含义。

戈比萨预计于几周后到达，我们与当地酋长和他的部落合作，游猎区扩展了数千公顷的新区域，需要做大量工作才能安全容纳大象。我们不仅要拆除所有苏拉苏拉与新土地之间的篱笆，而且还要加固扩展边界上的篱笆，并通上电力。这是一项艰巨的任务，我们必须不间断地工作才能按时完成。

当许多新安装的电力围栏神秘消失时，情况变得非常严峻，这包括电线杆之类的所有材料。前一天，漂亮的新电围栏还在那里，第二天就完全消失了。恩格尼亚（Ngwenya）负责安全事务，说他会处理相关安全问题。以前我曾经看到一个刚被他抓到的盗猎者，盗猎者的眼睛肿得无法睁开，嘴唇是正常大小的两倍。

“你打他了？”我问恩格尼亚。

“没有，”我得到的是令人难以置信的答复，“我发现他时他就这样了。”

这一次，在反复发生几次偷窃事件后，恩格尼亚突然消失了。

我很了解恩格尼亚，知道他不是偷盗者，因为那与他的性格不符，但是他去哪儿了？

我四处打听，周围的护林员告诉我，恩格尼亚离开了，因为他认为自己无能为力。在他负责警戒工作时发生了盗窃案，尽管他已尽了最大努力，但还是无法阻止，让我们失望了。我设法联系到他，告诉他这不是他的错，并请他重新回来工作。他礼貌地拒绝了，失败带来的耻辱感太严重，这在祖鲁族相当于古代武士精神。我却没有什么办法让我最信任的恩格尼亚回来。我们仍然保持联系，我希望他能回到他的归属之地。但荣誉是无价的。

我们从来没有抓住过小偷，直到修完最后一段栅栏的那一刻。

大日子到了。戈比萨乘坐一辆巨型卡车旅行了五百多英里，终于在午夜时分到达了它的新家。为此，安迪·卢汉也专程乘飞机赶来。

第三十七章

戈比萨从运输卡车上下来，自信地步入防兽栅栏，这是一个300平方英尺的畜栏，四周被近10英尺高的电线杆以及8000伏特的电线环绕着。它只需要在防兽栅栏里待上一天，在这里过渡，等待旅行中的镇静剂消退，然后就会被放归广阔的保护区中。

戈比萨体型巨大、有力，完全符合我们的需求，每个人都很高兴。马布拉霸凌弱小的问题很快就会得到解决。它们会面时，戈比萨将凭借其体型得到尊重，如果遭到拒绝，它会迫使马布拉屈服；如果失败；马布拉仍然抵抗，它甚至可能被杀，因为在雄性大象的世界中，族群只能有一位领袖。我们都希望马布拉能够服从而避免受到严重伤害，然后跟随新族长过着自食其力的生活，并成为阿斯卡瑞斯（Askaris）传统上与优势公象相伴的年轻公象。

巨象戈比萨在完成14个小时的旅途后做的第一件事是摇了摇它那巨大的头，嗅着周围不熟悉的环境，蹒跚地走到水槽前，大口喝了将近一百升的水，然后开始将我们为它准备的成堆的苜蓿塞进嘴里。过了一会儿，它似乎安顿下来。迁徙工作完成。

全体员工相互表示祝贺，然后各自回去休息，满意地认为新来的大男孩儿很安全。

当无线电呼叫终于唤醒我时，我正熟睡着。

“通话。”

“马可鲁，”警卫在防兽栅栏外气喘吁吁地说，“戈比萨逃跑了，它不在里面，它逃走了。”

“什么?!”

“它逃走了，马可鲁，它穿过了栅栏!”

“穿过8000伏特电压的栅栏?”我问，我不能相信所听到的，“你确定吗?栅栏通电了吗?”

“通电了，马可鲁，我检查了电源，它把栅栏撞成了碎片。”

我迅速穿好衣服，跑向汽车。十分钟后，我在黑暗中站在防兽栅栏前，在手电筒的照射下盯着破碎的栅栏。真是令人难以置信，戈比萨的确是一头“大”象!

戈比萨朝东南方向逃跑，肾上腺素膨胀，我叫醒了安迪，开始搜寻它的踪迹。菲西开一辆车，戴维在另一辆车里。通过对讲机，我听到菲西把大家都叫了起来，我们必须在戈比萨到达保护区边界之前找到它，不然它将逃离保护区。情况更加复杂的是，我们发现戈比萨身上的跟踪设备丢失了部件，不能正常工作。所以我们只能盲目追逐。

最终，菲西通过对讲机传达了一个坏消息，他发现戈比萨已穿过苏拉苏拉边界，在栅栏上撞开一个大洞。这简直是最糟糕的噩梦，它直奔村子。问题是，因为道路不通，我们无法开车追踪，在夜间徒步跟踪一头愤怒的公象简直是自寻死路。安德鲁和我快速修补好破损的栅栏，再次接通电源，确保其他动物不会跑出保护区。我们无能为力，不得不等待黎明的到来。

凌晨两点，电话响了，是一位农民打来的，他是我们五英里外的一个邻居。

“你不会相信发生了什么，”他直截了当地说，“我半夜醒来，到外面去撒尿，看到一头大象正穿过我的花园。我当时还以为是幻觉。”

好吧，至少我们知道了戈比萨朝逃离的方向。它避开村庄向东走了。我感谢他打来电话，说我们会在几个小时后到他那儿去。

我们在天亮之前起床，电话频繁响起，凭借戈比萨留下的毁灭性痕迹开始过滤信息。这是我听说过的最令人难以置信的逃生路线。这头大象尚未从长途旅行中完全恢复，从苏拉苏拉逃出后，又直奔两个邻近的保护区。这意味着它在几个小时内突破了六道通电围栏，每个围栏的电压为8000伏特。在疲惫状态下依然可以做到，必然是依仗着它那厚厚的皮肤。

我立即打电话给我的好友，也是附近最好的野生动物捕获专家之一戴夫·库佩尔，他曾是被官僚主义扼杀的刚果犀牛救援队的成员。

我提供的信息并未引起戴夫的担忧，可能他从来没有真正担忧过什么。

“这是个坏消息，劳伦斯，但是你真是运气好。我现在正好有两辆运输卡车和一台起重机，如果我们今天抓住它，可以直接把它运回苏拉苏拉，不然就来不及了。卡车明天离开，要么现在进行，要么就算了。”

这是无法想象的好运。要组织一个顶级大象捕获小组往往需要几天甚至几周的时间，有时甚至不得不简单地杀死逃跑的动物以避免人员伤亡。但是，现在我们已经有了一个现成的方案。

这是一整天里收到的唯一的好消息。毫无疑问，如果我们不能捕获它，夸祖鲁-纳塔尔野生动物公园管理当局会立即采取行动射杀戈比萨，因为它正穿过人口稠密的地区。

幸运的是，我们勉强能从戈比萨的跟踪项圈中收到足够的信号，以便追随它的行踪，戴维·博萨斯操控接收器，虽然信号显示戈比萨在附近，却不能明确方向。

戴夫·库佩尔设法联系到了直升机飞行员维尔·范海登

（Verw van Heerden），可以在几小时内起飞，这是又一个绝对的好运气。没有什么比你无须强求，好朋友就竭尽全力地提供帮助更难能可贵。从空中用飞镖射击大象是一项高难度技巧。以前与戴夫合作的一名飞行员就因低空飞行的克星电缆而亡。戴夫的另一个好朋友俯身从直升机上发射飞镖时，没有牢固地固定在直升机上，结果直奔死亡。这些好汉的死震惊了保护区社群。空中丛林捕猎是一项艰巨的工作，只有少数人能做好。

库佩尔登上维尔·范海登的直升机，随后夸祖鲁-纳塔尔野生动物捕获队也从乌姆福洛济野生动物保护区开着运输卡车和起重机启程。安迪、戴维和我一起，我的儿子杰森和迪伦也从德班过来帮忙，能找到借口来丛林他们总是很高兴。

捕获队就位后，库佩尔和维尔再次起飞，营救工作开始了。

我们试图从车上搜索跟踪项圈的哔哔声，但是一无所获。库佩尔和维尔驾驶飞机不时地在我们身旁低空盘旋，我们会指出戈比萨可能的方位，他们升空，直到戴维在驾驶舱中摇着头再次返回。

事实上，尽管我们经常收到跟踪项圈的哔哔声，但仍然没有戈比萨的踪迹，这令人非常困惑。维尔是世界上最好的丛林飞行员之一，行事不依常规。他在我们上方飞过，翻转直升机，朝相反的方向飞去。他认为凭借以往使用现代跟踪设备的经验，如果垂直握着接收器，有时会给出相反方向的信号。

他是对的。

“我们找到它了，”库佩尔平静的声音从对讲机里传来，“但是它躲在十分茂密的灌木丛中。我们必须把它驱赶到离道路更近的地方，这样抓捕卡车才可以到达。”

我们可以看到直升机在半英里外，正下方应该就是戈比萨，它瞪着低空盘旋的直升机，仿佛它是一群充满类固醇的嘈杂的黄蜂。

成为最好的丛林飞行员，需要稳定的情绪、灵巧的技能和足够的勇气。知道大象几乎总会逃离直升机，维尔让喧闹的直升机盘旋在距离地面仅十英尺至十三英尺的上空，试图使戈比萨转过身。然而，戈比萨做了一件令人不可思议的事，它展开耳朵，鼓起象鼻，直冲向直升机。我屏住了呼吸。大象的勇气令人注目。维尔左右控制直升机，以躲开这头被激怒的大象，戈比萨旋转身体，再次面对直升机。

维尔操纵直升机再次推近，试图将戈比萨驱赶得靠向道路一侧，戈比萨再次向其冲锋，维尔操控直升机如同芭蕾舞演员般灵巧以避免遭到袭击。库佩尔和维尔在南非丛林中见多识广，但这种情况也闻所未闻。每次他们在大象附近低飞，大象都会扇动双耳，伸长象鼻，发动攻击。

卡车上的抓捕队成员都异常兴奋，没人见过这样的场景。

“马可鲁，这才是真正的大象！”其中一个对我喊道。

戈比萨还是逃走了，它逃进一条长约一英里、宽约二十码的峡谷，从我们的视野中消失了。戴夫紧张地发现，戈比萨找到了舒适的屏蔽物，上面有树，它躲在了那只“邪恶的大黄蜂”无法到达的地方。

当时库佩尔面临两难的困境。如果在山沟里射击，我们将永远无法把戈比萨运出去，但是，如果那天无法抓住戈比萨，并把它带回苏拉苏拉，它将被公园当局射杀。这是一个残酷的游戏。

库佩尔注意到峡谷中有一个缝隙，中间有一片可以操作的平整区域。戈比萨正走向那里。也许有机会悬停直升机并射击，不过机会之窗仅能打开几秒钟。

我们听到了飞镖划过天际的声音。

库佩尔的声音从对讲机里传来，仿佛在谈论天气：“它倒下了，把卡车和设备开过来吧。”

很幸运，戈比萨状态良好。但这不仅仅凭借运气，库佩尔将飞镖射入戈比萨侧身，并且保证了天才的精确度，远超任何教科书的范围。

我们驶入灌木丛，将卡车退至峡谷边缘，捕获队立即跑向那个倒下的大家伙。安迪、库佩尔、戴维和我的两个儿子杰森、迪伦紧随其后。

“我们必须用起重机把它拉出来，”库佩尔边说边从降落在几棵树之间的直升机里走过来，“但是首先我们必须扫除路障，移走每块岩石、每棵树木、每一个障碍，提供一条通道将它拉出去。”

说起来容易做起来难，这是一项艰巨的工作，先要用链条锯砍伐树木并用锤子砸碎岩石以清理通道，再经该通道用绞盘移动戈比萨。已经接近戈比萨醒来的时间。库佩尔又注射另一剂**M99**，这是唯一一种能保持大象镇静足够长时间以将其装载到卡车上的药物。

清理工作花费了比我们想象中更长的时间，戈比萨的耳朵突然动了一下。第二支镇静剂药效已经开始衰退。所有人加快了步伐，库佩尔不能再注射药物了。“我不能一直给它注射针剂，”库佩尔说，他心存忧虑，“如果现注射，剂量过大可能致死。我们现在必须把它赶紧弄出去。”

我点了点头：“如果我们不把戈比萨从这里带走，它将被枪杀。当局绝不允许任何大象靠近人类居住区。”

似乎是为了证明这一点，当地的一位农民走过来，他的脸变成了砖红色，不是因为晒伤，而是因为愤怒。

“你们认为自己在做什么？我早些时候看到过这头大象，它砸坏了一些可怜人的车。这到底是怎么回事?!”

我解释了我们的困境，但他只是不停地抱怨有人可能会因此在半英里外的道路上受到伤害。

最后戴维觉得受够了，冲向这个人，大喊道：“你认为我们到底为什么？你认为我们只是在玩儿？我们这样做是为了娱乐？如果你不马上闭嘴，那就等着挨揍吧。”戴维的拳头已经握成一团，我们了解他，如果那这个人再次开口，立即就会被他揍趴下。这个人见状忙道歉，小声嘀咕了一句：“驾驶人员正处于危险中。”转身离去。

我说：“你可真让我失望。”

“是的，我知道，老板。对不起，我真的很抱歉，但我气疯了，那家伙真是个浑蛋。”

我摇摇头嘲笑他：“我感到失望是因为在过去，你会直接打倒那个白痴。可现在你忙着解释，那些令人肉麻的话有什么用?!”

“戴维，你老了。”一名叫吉祖尔的祖鲁护林员说。

戴维祖鲁语的绰号是艾可如（Escoro），意为拳击手或战士，大家大笑起来。

这可是所有人的想法。

第三十八章

当我们结束与农民的冲突，返身回到戈比萨这个一动不动的灰绿色巨象身边时，救援队已将宽宽的尼龙带缠在它的脚上，准备用起重机将它拖出山沟。

“这是最难搞的部分，”库佩尔说，“如果碰到岩石，戈比萨的肋骨会断裂，如果被树桩绊住，可能会造成它的内脏受伤。”

他说话时，起重机开始启动。戈比萨的身躯向前移动了几码，突然它的象牙陷入地里，六吨重的身体被钉住了。安迪和戴维抓起铁锹，迅速而小心地将土挖开。库佩尔违反常规，又给它打了一支镇静剂。

“这是我能用的最后一支镇静剂了，再打就会杀死它，绝对不能再打了！”戈比萨的身体开始滑动，慢慢地，一寸一寸地移向平板卡车。它庞大的身躯在岩石上弹起，在树桩上越过，把灌木丛夷为平地，但是除了绞动起重机绞索，交叉手指并祈祷一切顺利之外，我们无能为力。

仿佛花了将近一个世纪的时间，我们把戈比萨拖到了卡车旁。起重机拉直，将它向空中绞起。它被倒吊着，危险地悬在半空，看起来太不体面了。绞索轻轻下降，将它放到卡车的露天甲板上并安顿下来，驾驶员迅速启动卡车，小心翼翼地向前行驶。

这是一次痛苦而又缓慢危险的旅程，我们的车辆爬行在回家的路上，救援队的护林员们基本上都得坐在大象身上。

我、戴维、杰森和迪伦一起开车去博马，而安迪、库佩尔和维尔一起乘坐直升机飞回去。

“出事后，你的妻子允许你乘直升机吗?”我说着，在男人们下了飞机后轻轻地拍了一下安迪，“我们的沉默可是有代价的。”

“但是我只是乘客，”他抗议道，“而且这是一次非常短的飞行。”

我们突然注意到戈比萨逃跑后，博马篱笆的维修尚未完成，最底层的电线还没有接回电线杆。

“有什么问题?”安迪看到了我的表情问道。

“他们还没有固定住最下面的电线。没有这些，无法让戈比萨待在博马。”

“行，”戴维说，“我们把电线修好。”

“没时间了。”我说。

“我们快干吧，加把劲儿!”他说，模仿我激励护林员的方式。

戴维抓起一卷电缆，然后用锤子、钻子，和着诅咒，与安迪和其他团队成员投入工作。他们使用了最少的工具，在大约十分钟的时间内就完成了超过500码的围栏维修。我惊讶地看着安迪，这个真正的商业大亨，一个行业的领军人物，不仅亲自参与，而且身先士卒。他比最勤奋的劳动者更努力、更高效地工作，成为表率，尽其所能帮助大象。也许他在戈比萨身上体会到了仁慈。

戈比萨躺在它的平板床上回来了，毫无疑问，如果它中途醒来，护林员们将不得不跳车逃命。卡车太宽了，无法通过博马的入口，所以我们不得不拆除部分围栏，让车开进来。起重机轻轻地将戈比萨从卡车上吊起来，放在博马中央的地面上。卡车倒退后，我们迅速将栅栏搬回原处，祈祷那头被镇静剂控制的大象不会突然醒来。

理论上我们不必担心，戈比萨被一系列镇静剂击倒并仍然昏睡，镇静剂的剂量足以杀死地球上的大多数生物。但我们不得不这样做，如果不这样做，它就会被枪杀，正因如此，值得冒险。

实际上，我们更担心戈比萨能否醒来，也许它再也无法醒来了。

戴夫·库佩尔给戈比萨注射了唤醒剂。这种药见效快，比如我们在处理了娜娜的眼睛之后，兽医一针打下去，大约只有十秒钟的时间，我们必须冲刺般跑回越野车上。

但是戈比萨的麻醉剂量太大了，以至过去几分钟都没动静。我们退到博马篱笆外，默默地屏住呼吸。忽然，戈比萨的大脑袋动了动，环顾四周，慢慢地试图站起来，步履蹒跚，像宿醉的水手一样跌跌撞撞。它终于站起身，而后只是静静地站在那里。

感谢上帝，戈比萨回来了。我感谢抓捕队，然后与库佩尔和维尔道别，他们开着直升机离开。然后，我要求其他人都离开博马，戈比萨完全醒来时不宜让它看到众多的人类。

我看着它不稳当地站了一会儿，才把象鼻移到饮水槽里，这是我一生中见过的最长时间的饮水。大象可以连续几天不喝水，但是当它们喝水时，风格绝对与众不同，一次最多可摄入200 升。戈比萨喝了很久，它潜逃了近 24 个小时，与直升机作战，然后被注射了接近致命剂量的镇静剂。难怪它如此之渴。

我走到篱笆旁，用与娜娜及其一家刚走进博马时一样的语气跟戈比萨交谈。

“戈比萨，这里是你的新家，这里有很多食物和水，也有很多漂亮的雌象，在这里你会有追随者和尊重你的其他公象，它们会像爱父亲一样爱你。你在这里会有很多孩子，生活会很快乐。”

它当然不懂英语，我也不会说大象语言，但是意图和语调可以加深理解。

戈比萨看着我，我突然意识到它打算再次逃跑。它的信息很清楚：“我将离开。”我的心跳加速，但我试图保持镇定。

“好的，如果你想逃跑，请听我说。如果你走出下一个栅栏，如果你再逃一次，再去直升机所在的地方，他们会杀死你。你不能越过下一个栅栏，也不能走出苏拉苏拉。你需要的一切都在这里。”我重复道。

许多保护区管理员都相信大象具有某种心灵感应的能力，我当然希望如此，因为它确实需要得到这个信息！

戈比萨看着我，然后转过一小步，毫无预警地加快了速度，以一种使我绝对震惊的力量将自己锤入篱笆。当电压让它颤抖时，我几乎也感受到了痛苦。火花飞扬，粗电线杆和电缆弯曲了。

这是一只被过度用药的大象，如果它身体健康，会是什么情况？我拿出9mm手枪，向地面开了三枪，但它仍然不停地冲撞我面前的栅栏。我想射击完全是浪费时间，于是我放下了枪，迅速移开。我惊讶地发现，戈比萨用象鼻抓住了最近的杆子顶端，并用力踢篱笆底部的电缆。尽管8000伏特的电压穿过它六吨重的身体，但它绝没有停下来的意思。博马围栏结构坚固，但它拆起来像烂柴火一样，被扔在火花中。戈比萨踩在破损的重型电线和砸碎的电线杆上，我无助地看着它消失在黑暗之中。

我被惊呆了。经历了所有苦难之后，它仍然可以击倒篱笆，这个篱笆可以困住这个星球上几乎所有其他生物。就这样，它走了，它确实是一头与众不同的大象。

但是也许，只是假设，它会留在保护区内。这是我们，也是它唯一的机会。我开车回到安迪那帮人聚集的酒吧，准备喝几杯纯正的啤酒。

“我们听到了枪声，”安迪说，“发生了什么事？”

“它逃了。”

一个护林员问：“你怎么看待这件事？”

我没抬头，有冰镇啤酒在我的面前，我回答：“现在，我脑子里唯一想的是喝啤酒！”

第三十九章

幸运之神终于光顾了我们。

戈比萨并没有像前一天那样闯出保护区，也没有试图打破连续撞坏六个电围栏的纪录。

如果是那样，当局发现后会枪杀它，一切就结束了。幸运的是，它远离边界栅栏，留在了保护区里。它潜入了一个树木茂密的山谷中，如同一个流亡者。

我打电话给戈比萨原来的主人，告知情况。他们对它的举止感到惊讶，并告诉我戈比萨以前从未突破过电围栏。所以，他们感到惊讶，但远不及我所预料的程度。在过去 24 小时里，它在残余麻药的折磨下，熟练地撕碎了一系列栅栏。对一个逃跑初犯者来说，这个成绩还真不错。

他们提议派一个与戈比萨熟识，而且在丛林中已与大象接触 45 年的人来帮忙。他的名字叫恩德洛武（Ndlovu），在祖鲁语中是“大象”的意思，他的部落也叫恩德洛武。所有祖鲁部落都拥有一位有着赞美之意名字的人，即一个塔加泽拉（tagazela）——通常是为了纪念某一位著名的祖先，也是该部落的古代首领。恩德洛武部落的塔加泽拉叫卡切尼（Katcheni），我们就这样尊称我们的专家。

卡切尼浑身上下每一寸肌肤看上去都坚韧不拔。矮小、精干、坚韧，令人印象深刻，如同一棵坦布里亚树，后来我发现，他竟然是我见过的最有趣的人之一。卡切尼从未进过学校，他学到的每一个本领或经验都通过亲身经历。

“戈比萨知道我在这里，”我们用祖鲁习俗握手，两手相握摇一摇，再将拇指扣一下，“它知道我什么时候到这里，我也知道它在哪里，它的精神力量很强大。”

让人不可思议的是卡切尼描述了戈比萨的确切藏身之处。我被惊呆了。

我带卡切尼去见了戴维，戴维一直在戈比萨潜伏的山谷里守望。戴维没有离开岗位，甚至没有在正午的阳光下去旅馆喝一杯冰水，责任心和忠诚让他无暇分身。

卡切尼要求戴维和我向他展示戈比萨的踪迹，我们发现他是一位在非洲紧缺的专业追踪者。他向我解释通过戈比萨的足迹判断，它是拖着后脚逃走的，镇静剂的作用尚未消失，从足迹可以看出戈比萨是停下来倾听，还是停下来嗅着空气中的气味。这种经验永远不会从任何科学书籍中获得，能跟他学习难能可贵。

戈比萨现在躲起来了，夜间觅食，白天休息，甚至掩盖自己的粪便以掩饰行踪，仿佛在敌军后方的特种部队士兵，我们很快发现它这样做有充分的理由。

第二天，风将卡切尼的气味带入了山谷，戈比萨闻到了。卡切尼坐在车里，戈比萨很快就出现了，它绕过车辆，然后又回到灌木丛中。戴维在车外，他意识到戈比萨在他上方，不得不迅速移动，在他转身时车挡在了他和硕大的大象之间。

“戈比萨是出来和我打招呼的，”我和卡切尼随后不久到达，卡切尼说，“它很高兴我在这里。”卡切尼随后概述了戈比萨的状态。

“你必须走进它的脑袋里，”卡切尼告诉我，“否则你不会理解，大象的精神力量有多强大。”

我点了点头。

“戈比萨来到这个陌生的地方，被放进博马，它闻到了其他大象的气味，它立刻知道自己侵入了一头公象的领地。”正如卡切尼说得那样，我记得当戈比萨到达时看到马布拉靠近博马的情况。“它还知道那头公象会再来找它，”他继续说，“它必须为自己的生命而战。药物使它变得虚弱，它知道自己无法抵抗，需要时间康复，因此它决定在自己和优势公象之间拉开距离，直到恢复强壮。它害怕栅栏带来的痛苦，但更害怕与公象决斗，那可能致命。因此，它毁坏了障碍，一旦穿过一个栅栏，其他的就都不算什么了。所以它一路逃跑，直到找到一个不存在另一头公象迹象的地方。然而，就在它认为自己已经逃脱的时候，一架恐怖的机器从空中冲向它，一次又一次不停地发动攻击。它从未见过直升机，试图奔跑，但那架机器紧随其后，所以它决定挺身战斗，冲锋陷阵，但它无力还击，于是再次逃跑，找到了藏身的山沟。而后它听到了飞镖枪的声音并感到疼痛，它再也承受不了，倒了下去。

“然后，它在同一个地方醒来，发现又回到那头公象的领地，所以它爆发了。但是这一次，尽管它仍然害怕遇见那头公象，但它更加害怕从天而降的嘈杂机器。它对自己说，我认识大象，但是不认识那架机器，我宁愿与大象战斗。然而它病了，需要先等病好，所以它躲进了这里的灌木丛。每天晚上它都会出来一段时间，以了解更多与对手有关的位置和相关信息。它能闻到其他大象的气味，嗅它们的粪便，以判断那里有多少只雄性大象和雌性大象。也收集有关马布拉的所有信息。”

我告诉卡切尼，当我意识到戈比萨即将爆发时，我告诉它待在苏拉苏拉的边界，在那里它会很安全。

卡切尼点点头。对他来说，这甚至不需要讨论，他十分理解并重复了他先前说过的话：“大象有很强大的精神力量，它们会以精神与你沟通。”

卡切尼对即将发生的事情的判断是绝对准确的。戈比萨完全按照聪明的祖鲁大师的预言行事，在黑暗中出现，嗅着其他大象的粪便，越来越靠近象群。每天晚上，它都会靠近一些，直到距离主要象群不到半英里，观望着并耐心等待。几天后，卡切尼说它现在从粪便中知道那头公象是一只幼崽，并不比它强大。它还知道这里有漂亮的雌象，有很多美味的食物和水，很快它就会出来决斗。但是，就像戈比萨嗅出象群一样，马布拉也嗅出了戈比萨的气味。它现在知道自己的领域里出现了一头陌生的雄象，它不喜欢。尽管随着身体逐渐恢复，戈比萨变得更加勇敢，但白天它仍然留在山谷的灌木丛中。马布拉在山沟的边缘移动，它已做好斗准备如果大胆的戈比萨走出来，它将竭尽所能保护自己新获得的领土和女伴儿。

一场全面冲突即将发生。

第四十章

决斗发生在第二天。

马布拉一如既往地在山沟上巡视，戈比萨觉得时机成熟了，突然从它藏身的那片茂密的灌木丛中走了出来。它觉得自己已经足够强大，可以胜任这场决战。

它们彼此长时间地凝视。我接到戴维用对讲机打来的电话时，正在家里，他只是说了句："它们在摔跤。"我尽快开车赶去。在途中，我看到弗兰基和娜娜带领象群正朝相反的方向行进，它们不希望自己的家庭靠近这场大战，尽可能地远离战场。

那个场景令人印象深刻：缓慢，强大，令人敬畏，超越了地球上任何其他形式的战斗。如同两辆机车相撞，然后停下来，再次相撞。决斗并不像我想象的那么短暂、尖锐和野蛮，但肯定是从那种形式开始，然后才发展成各种耐力比赛。

两头巨象狠狠地凝视着彼此，周旋，然后以足够大的力量向彼此撞击，力量足以使地球患上偏头痛。

它们像巨大的相扑战士一样搏斗。一方后退，获得冲击力，向前冲刺，与另一方近身相搏。至高无上的胜利以一方前进的码数和显示的力量来衡量。

马布拉较戈比萨矮8英寸，这是它的第一次决斗，显然过于自信。尽管戈比萨获胜至关重要，但我仍为马布拉的勇气感到骄傲。

每次冲击持续几分钟，使人感到一阵阵肌肉震颤。它们筋疲力尽，停下喝水。在更长时间的休息期间，有时甚至会吃些东西。

然后继续搏斗、休息，再继续，周而复始。

搏斗持续了48小时，天太黑时才停来，黎明时又继续。回想起来有些技巧的残酷无情至今让我头疼。

在第二天快要结束时，和我们一起观看决斗的卡切尼说："戈比萨快赢了。"尽管我爱马布拉，但这正是我想要听到的。

"当它将象鼻放在马布拉的阴茎上并轻弹时，你就知道搏斗结束了。它在说：'胜负已分。你将不再需要这个，雌象现在是我的了。'"

就是这样。

开始的时候，两头年轻的公象，曼德拉（Mandla）和伊兰加（Ilanga），一直站在马布拉后面。随着时间的推移，它们缓缓地站到了戈比萨的身边。最终胜负已分，它们全都站在了新宗主的身后。这是一个经典的例子："国王已死，新国王万岁。"

卡切尼来到我身边，"我在这儿的工作完成了，该回家了。"

我发自内心地感谢他。而且我很高兴知道周围仍然有这样的人存在，真正的荒野之人。卡切尼是无价之宝，尽管他一生中可能从未读过任何书，但对丛林的了解胜似百科全书。更重要的是，他了解荒野的灵性，尤其是大象的灵性，我从他那里学到了很多东西。就像他喜欢的大象一样，卡切尼也有很强大的精神力量。

我们握手告别。我说："Hamba gahle umfowethu，去吧，我的兄弟。"

象群现在终于有了榜样，戈比萨真是个好榜样。它在象群中扮演着父权统治角色，这不仅表明了它的主导地位，而且确保了每当有雌象发情时，它都能闻风而动，保证没有一只阿斯卡瑞斯公象可以在不知情的情况下偷偷摸摸。

但是，一周后的一个早晨，我们惊讶地发现，马布拉在俯瞰着我们家的山脊上追着戈比萨。这场雷鸣般的追击持续了将近三英里，戈比萨似乎逃亡了。突然之间，马布拉再次成为头领。

我们简直不敢相信这件事。看起来好像戈比萨已经放弃了象群统治地位。没有人能理解为什么，看来，我们为马斯克里提供成熟公象榜样的整个计划破灭了。马布拉会回归它那暴躁的少年时代吗？对于我们的年轻公象而言，这将是什么样的榜样呢？

幸运的是，这并没有持续很长时间。几天后，一只雌象进入发情期，戈比萨返回并与马布拉再次激烈搏斗，夺回了它的统治地位。没有废话，马布拉重新加入了马斯克里。再一次“国王万岁”。

直到现在，还有一件事令我惊讶。戈比萨第二次逃离博马后，撞破了保护区的几道内部栅栏，但它再也没有接近外围栅栏，这意味着它再也不会走出保护区了。内部围栏和外部围栏相同，而且它不了解周围环境，所以它是怎么知道可以穿过哪些围栏，哪些围栏不能穿过？是否当它闯出博马之前，我告诉它不要走出苏拉苏拉的边界围栏，它理解了呢？毫无疑问，我当时与它有某种联系，我觉得它也感觉到了。事实是，它从此奇迹般地尊重了苏拉苏拉的边界。

奇怪的事情在丛林中发生，也许是时候证明这些事情并不完全神秘。

第四十一章

海蒂死后，我决心要为保护区添置犀牛。苏拉苏拉曾经是黑白犀牛祖先繁衍生息区域的一部分，我发誓绝不允许这种境况改变。我们不会被拥有自动武器和直升机的盗猎者吓倒，实际上，我们将与之抗争，我有一些想法可以让局势对我们有利。保护区内部采取了艰难而严厉的反偷猎措施，外部社区也参与协助。

我们寻找犀牛的信息发出后，不久就接到了南非东北部莫火鲁火鲁（Moholoholo）野生动物康复中心的电话，询问我们是否愿意收养两个孤儿。它们俩失去了母亲，一位母亲被盗猎者杀死，另一位母亲死于与公犀牛搏斗中。一头幼儿犀牛在被屠杀后割了角的母亲尸体旁找到，另一头幼儿犀牛独自在灌木丛中游荡。它们俩都在待哺，还勉强活着。

我很高兴，在慷慨的美国捐助者的帮助下，毫不犹豫地接受了它们。我们可能在刚果迷失了方向，但是在整个南非的禁猎区中，针对盗猎者的新战线正在划定，保护苏拉苏拉的斗争才刚刚开始。

这些幼儿犀牛对我来说是有象征意义的，能使人联想到世界如果像刚果那样倒退时会发生什么，每一天，它们的生命都处于危险之中。我希望苏拉苏拉可以成为保护它们的试验场，甚至在将来成为动物保护者们的蓝图。在这个奇妙的世界里，在这个时常会疯狂的星球上捍卫我们的同行生物，像我们保护家人、家庭，甚至我们的国家那样去保护它们。

在非洲保护区中，你很少能打赢一场战争。你只是赢得喘息的机会，希望理智会占上风。然而通常情况并非如此，杀戮再次开始。在我撰写本文时，南非每年因犀牛角有440头犀牛被杀死，相当于每隔19个小时，就有一头犀牛被枪杀。随着交战的蔓延升级，盗猎者在军事化交火中被枪杀。可悲的是，随着暴力升级，越来越多的护林员因此丧命。

两头年幼的犀牛，一头雄性，一头雌性，跟随弗朗索瓦丝到达苏拉苏拉。那是一个炎热干旱的下午，它们如此可爱，甚至连最严肃的护林员也对它们微笑。它们像穿着铠甲的大婴儿，从卡车上下来。没有把握的脚步，想从我们这里得到安慰，它们进入一个陌生的新世界时，近视的小眼睛闪烁着。我欢迎它们，我想我们所有人都这么想。

它们已经被称为塔波（Thabo，意为幸福）和娜塔碧（Nthombi，这是女孩的祖鲁语），我们沿用了它们原有的名字。它们是未来的希望，将由常驻管理员和全天候的武装警卫照顾，永远都处于监管之下。

由于屠杀规模如此之大，已经无法确保犀牛的安全。这些日益稀少的动物现在可是一笔不小的财富。成年白犀牛的价格上涨到4.5万美元，黑犀牛的价格最高可达10万美元。一头犀牛被屠杀不仅是地球的悲剧，对于保守主义者和动物保护者来说，这也是财政重创，使他们的银行账户赤字不断增加。

小犀牛的管理员和它们一起抵达，以确保它们融入新环境。她是一位年轻漂亮的女人，来自英国的布里斯托尔（Bristol），相距这里约6千英里，看起来像经典的英国玫瑰，有着瓷器般的肤色和光泽的脸颊。相比之下，艾丽森·麦克菲（Alyson McPhee）更像非洲的烈日。每天早晨，她都会和我们一样，穿着短裤、T恤和橡胶人字拖漫步在灌木丛中，黄昏时才返回。灌木丛和犀牛宝宝是她的生命。艾丽森是一位合格的兽医护士，她像爱护婴儿一样爱护着小犀牛们，而上帝会帮助任何心中有爱的人，塔波和娜塔碧回报她、爱她，当它们还很小仍在喝奶时，不在丛林中时，就会冲进她博马里的帐篷中，宣告居住权。看着艾丽森身边争先恐后地走来这两个小玩意儿，真是太好笑了。

在塔波和娜塔碧之后，我们又收留了两头被救出的幼年疣猪孤儿，来自给我们小流氓丛林乔治的同一个动物保护组织。艾丽森用英国名字贝蒂（Betty）和丹妮丝（Denise）命名这两头疣猪，它们被大碗里喂食犀牛的牛奶所吸引，不久就学会了偷喝。但这带来了一定的风险，我看到过飞翔的疣猪，那是贝蒂或丹妮丝从一头被激怒的犀牛的鼻子上向空中翻腾。它们还必须灵活。因为当小犀牛吃完饭后，它们累了，站着睡觉。一只幼儿犀牛也重达数百磅，通常在犀牛双腿之间，是碎屑掉落的地方，那些找吃的疣猪，不得不迅速移开，以免被压得像扁平的邮票。但是，在这些物种迥异的孤儿之间产生了真正的友谊。我们把幼儿疣猪安置在一个地下洞穴里，让它们在那里睡觉，以保证免受掠食者的伤害，在黄昏时疣猪会冲向地下，呼唤并鼓动它们的犀牛伙伴跟着它们。你可以将它们的尖叫声虚拟化：“嘿，伙计们，晚上很危险，最好和我们一起去安全的地方。”洞穴几乎只有一英尺宽，而犀牛五倍于此的身宽显然没法加入。

我选择了我信赖的守卫古梅德（Gumede）留在艾丽森身边负责在日间保护犀牛。古梅德是一位神奇的人，60 岁了还可以像猴子一样灵活地爬树。如果发现危险，他会爬上最接近的树冠。如有必要，他可以在高大摇曳的马如拉树上待上数小时。我看着他常常感觉自己腿痛。

到了晚上，艾丽森和古梅德被专业的游猎区守卫所取代，这些强硬的男人会在所有犀牛光顾过的地方跟随它们。黑夜中，非洲一些最危险的动物会出来活动，需要勇气和敏锐的丛林技巧。

不过必须如此，塔波和娜塔碧是世界上最早在野外全天候保护的那部分犀牛。

每天我都会看到它们和艾丽森一起走出去，古梅德守在附近，他时刻准备着，更多时候他举着双筒望远镜守在树上。犀牛不认识夜班守卫，因此为了自己的安全同守卫们总是保持一定距离。守卫们会寻找制高点进行监视，观测是否有盗猎者的火炬。而在白天，小犀牛会像摆动尾巴的小狗一样温顺地追随艾丽森和古梅德。

有一个不可改变的规则：当班守卫必须每半小时汇报一次。如果我们没有按时接到电话，所有的红色报警都会立即亮起，每个护林员都会抓起步枪，登上最近的车辆，就像是战争电影中的空袭警报响起。这就是我们必须使苏拉苏拉处于永远警觉的现状，恐怕这也是如今动物保护第一线的严峻形势。

只有一次真正意义上的安全失误，也正是那失误我看到一个人悬浮在空中。那是一天晚上，半小时一次的无线电通话没有按时打来，检查时我发现警卫在草地上睡着了。第二天晚上又发生了同样的情况，尽管我对他进行了严厉批评，但在第三天晚上故态重现。我仍然记得当我拔出9mm手枪，将其放在他的耳朵上方，连开了三枪时他熟睡的脸上那奇妙的表情。他悬浮在空中，我的意思是，他抬起身，好像浮在空中，停顿了片刻，才又突然回到地上，开始像无头鸡一样奔跑，大喊着自己被枪杀了，快要死了。后来，他看到我站在那儿大笑，设法让自己冷静下来，然后一屁股坐在地上，尴尬地摇了摇头。那以后，他再也没有在夜班时间睡着过。

贝蒂和丹妮丝长大后，回归疣猪家族。

可悲的是，贝蒂不久之后被鬣狗拖走了。尽管我知道这是灌木丛里的丛林法则，但我们都为它的死感到非常难过。

丹妮丝还活着，我想知道它是否能认出自己的童年伴侣，塔波和娜塔碧时常在平原上徘徊，就像它们的祖先几千年来所做的一样。希望永远如此。

每天我都看着我们的两头犀牛在眼前长大，它们会在我们的视线中很快成年。它们健壮、美丽，也将有美丽的孩子。

但是对我来说，不仅如此。它们既具有标志性又充满意义，是野外未来的希望和梦想。同时它们也不断提醒我们在加兰巴曾经发生过什么，人类永远不应重复那些历史。

第四十二章

在2003年伊拉克被入侵期间，我们拯救了巴格达动物园中的动物，如《巴比伦方舟》一书中所述，之后我们向驻纽约的联合国总部提交了一项议案，该议案与刚果民主共和国所发生的事情也有密切联系。该议案名为“战区中的野生动物”，要求联合国在战争冲突时期，赋予野生动植物保护区、动物园和海岸公园与学校和医院同等地位，赋予兽医、护林员与医生和护士同等地位，以使其免于成为战争中的非法目标。现在濒临灭绝的动物数量如此之多，以至于一场战争就可能导致物种灭绝——这正是北方白犀牛所经历的事情。对许多物种而言，动物园和野生动物保护区是小型的诺亚方舟，是它们最后的避难所，绝对需要受到保护。

不仅如此，导致那些动物灭绝或濒临灭绝的战争必须被视为战争罪。这同样适用于故意破坏环境的行为，例如我在动物营救中目睹的情况，当时萨达姆·侯赛因向油井纵火，污染物随喷射气流（jet streams）到达欧洲。

但归根结底，我们拯救野外北方白犀牛的努力失败了。我有时会尝试着自我安慰，我们已尽力而为，失败应该归咎于他人。但这只是推脱之词，相反，这是对我们人类的控诉。那些身披盔甲的庞然大物，是白垩纪时期的最终幸存者之一，现在灭绝于 AK-47 枪和远东奇异的对犀牛角需求。没有其他解决方法，直到某些亚洲国家对非法购买犀牛角的可怕后果承担责任，不然我们只能为此死战，以拯救最后的犀牛免于灭绝。同时，历史将不会因为那些伟大国家的科学成就而定义它们，它们将为因某种迷信药物破坏整个物种而被牢记。

我已经决定，将这片称为苏拉苏拉的祖鲁兰片区作为立足之地。我们将与全国各地犀牛保护区的好汉们一起，战斗到最后。

幸运的是，在苏拉苏拉我们拥有一支令人不可思议的团队，怀着深厚的使命感积极地走向未来。

另外，我还有最高部落首领恩科西·比耶拉（Nkosi Biyela），以及其他酋长和当地氏族的支持，我们正在社区论坛上对他们进行宣传，说明活着的动物远比死去的更具有经济价值。在海蒂被杀后，工作人员主动去拜访了各自的部落首领，并请他们做点儿事情。他们重申这样一句格言：从死亡动物身上获得的收益可能会养活一个家庭几天，但一头活着的动物以及它所吸引来的旅游业每天都会喂饱数百人。在我们地区，一份工作可以养活八口人，因此动物保护值得被关注。

首领听取了意见，并且非常认同。我知道猎取犀牛的仍然有可能是当地人，如果继续这样做，他们就会被部族排斥，仅此行为就是重大胜利。但是我也知道，一小部分顽固的罪犯不尊重警察或酋长，因此问题永远不会完全消失。

正如我之前说过的那样，问题的关键从来不是部落成员狩猎以养家糊口，那在丛林中仅仅如同入店行窃，尽管不能容忍，但可以理解。

偷猎犀牛和大象完全是另一回事。由大的帮派组织，无论是亚洲暴徒商人雇用的自由枪手还是当地的黑手党，非法野生动物贸易如同贩卖可卡因。有组织的犯罪分子，利用精密的技术、夜视设备、直升机以及道德败坏的兽医以达到目的。

与毒品的区别在于，如果继续偷猎，野生动物的数量将难以为继。野生犀牛的数量无法被替换，因为数量减少的速度远远快于补充速度，指数级增长的屠杀率只有当物种灭绝才会清零。

然而，当我们认为情况不可能变得更糟时，更可怕的事情发生了。

相当于美国联邦调查局的南非老鹰队高级官员让·皮埃尔·鲁（Jean Pierre Roux）来苏拉苏拉与我见面，调查海蒂的死因。让·皮埃尔·鲁是老鹰队专门研究濒危物种有组织犯罪部门的成员，是护林员眼中的民族英雄。他无所畏惧，了解犀牛角肮脏的黑市贸易，与盗猎者和犯罪集团进行斗争。让·皮埃尔·鲁不遗余力地追捕并起诉盗猎者，其行为振奋人心。

“我刚从东方回来，”他说，“那边的警察正在努力协助调查，但他们已忙得不可开交。犀牛角的价格高昂，需求巨大，而犯罪集团残酷无情。”

“你知道盗猎者已经开始毒害犀牛了，他们把表面撒有除草剂的白菜和橘子散布在犀牛经过的路径上，就免于开枪射击暴露行踪。他们还在水源中放毒，找到犀牛喝水的地方，注入毒药，观察，跟踪，直到犀牛死亡。”

“我听说过，”我说，“这的确令人震惊。”

“现在又有了新的发展。盗猎者在割下犀牛角后，在犀牛尸体上贴上警告，声称设置了伏击，将杀死任何试图追踪他们的人。”

“情况甚至变得更加糟糕。我们最近在一个主要禁猎区内抓获一个帮派，他们携带了手榴弹。手榴弹！我告诉你，我们简直无法相信。在审问过程中，我们发现，在杀死犀牛并取下犀牛角之后，他们还准备把手榴弹放在尸体中，以杀死追踪的护林员！”

我凝视着他：“如果不是亲耳从您这儿听到，我简直不敢相信，这种手段太恐怖了！”

他说：“这不同于我们以往的认知，却是事实。反对盗猎者的战争将达到一个全新的层面，在情况好转之前，将变得更加糟糕。真不知道情况是否还会变好。”

不过，也有好消息。捷克共和国动物园的四头北方白犀牛被转移到肯尼亚一个受到严格保护的区域，希望自然环境能够促使它们交配繁殖。但是许多专家认为，由于只有四头，遗传多样性有限，因此可能无法保证纯正的北方白犀牛群，他们最终将不得不与南方白犀牛杂交繁殖，至少保存部分基因。

我不知不觉地被卷入其中，天真地认为只要提供金钱、资源，凭着良好决心就可以拯救一个物种，但遭遇了官僚主义、蔑视和傲慢的阻击。我对非洲无数的战争和冲突的根本原因没有充分认识，对盗猎犀牛集团的残酷无情缺乏真正的认知。这是一个痛苦的教训。

但是，非洲大陆的原住民才是最原始的动物保护者。这个大陆古代居民的狩猎从未超过需求，也从不为利益而猎杀。那是被深恶痛绝的，因为动物具有内在的精神价值，动物与神灵相关联。被杀动物的每一部分都被充分利用：制衣的皮革、成为工具的骨头、弓弦用的筋、食用的肉。动物是众神的礼物。

今天，一切都改变了。宏伟的古老生物怀璧其罪，而犀牛角仅占其总质量的微小部分，剩下的尸体却被遗弃，等待腐烂。

具有讽刺意味的是，尽管本书围绕非洲白犀牛展开，但它们体格较小的堂兄黑犀牛的命运同时前景未卜。凭借其高贵的尊严和无与伦比的勇气，黑犀牛像我所见过的其他动物一样迷人。据估计，在1900年，非洲大约有100万头黑犀牛。后来地狱之门大开，到了1970年，只有65000头黑犀牛。到1984年，其数量已减少到大约10000头，而现在只剩下大约4000头，尽管有小幅回升，但该物种仍处于灭绝的巨大危险之中。

在试图挽救北方白犀牛时，我陷入了一个无形的旋涡。当我发现自己的生命处于危险之中时，当情况完全无法控制时，通常为时已晚。我之所以得以幸存，凭借的是命运的眷顾，以及那些好友的友谊，来自那些每天生活在世界上最贫困地区的朋友，来自住在未来最重要的为地球而战的战役前线的朋友。

距我们的小犀牛塔波和娜塔碧到这里已经两年了，太阳落向山峦，如同一个光芒闪烁的火球，在天空中宣示着充满活力的红色、橙色和粉红色，边缘处点缀着柔和的淡紫色，引领深紫色的夜幕降临。这是祖鲁兰大地上标志性的日落，伴随着我人生一个章节告一段落。

在地平线上，我能看到象群。娜娜在象群外围，除了一只眼睛失明之外，它的身体仍然健康。我很高兴我们能够定期接触，每当它听到我的引擎声或闻到我的气味时，便从象群中脱离出来，这已成为惯例。它是我的缪斯女神，我可以和它谈任何事情，甚至无须言语，即得到答案。

今天，我看不到戈比萨，但我知道它在附近，因为一只雌象正在发情期。它证明自己是一个很好的族长，因为年轻的马布拉、曼德拉和伊兰加现在举止得体。它们不再傲慢，正在学习礼节。我们有一段时间不需要换车了。除了戈比萨的镇定作用之外，这还归因于以下事实：随着皇家祖鲁保护区项目的开展，我们获取越来越多的土地，因此它们有足够的活动空间。很快，以此为契机，人们会在各个方面看到荒野之梦变为现实。

然后是特殊待遇。我从双筒望远镜里瞥见有动物在移动，是塔波和娜塔碧正兴高采烈地吃草。几码远处是古梅德，他被渐隐的光线映衬。这次他留在地面，没有爬上大树，不停地在地平线上扫视危险。

这就是非洲动物保护的未来：24小时警戒，用过时的武器冒着生命危险对付机枪和直升机，试图保护受到严重威胁的野生动物，这是用有限的资源可以做到的。虽然雇用保护人员增加了支出，但这是必需的。尽管这些警卫为了薪水而冒着生命危险工作，得到的工资在西方国家大多数人眼里甚至懒得为之而起床。

这些花费仅仅是金钱，如果失败，真正的代价将是地球的灵魂，人类将失去在地球上的同行者，实在是代价惨重，让人感到甚至不配成为地球的一员。

我们具备拉布拉多犬和海狮特质的杰夫，来到我身边，坐在屋外观赏风景。我想知道它是否也在欣赏着面前的宏伟景色，它看了看我，趴在我的脚上很快睡着了。

弗朗索瓦丝走出来，用胳膊搂住我。吉卜赛人跟在她的脚边，我们的马耳他犬比茹最近去世了。比茹拥有一颗狮子般的心，它像旷野中的国王一样坚决地保护和忠于它的情人——尽管只有五磅的体重，但它可以为弗朗索瓦丝而死，弗朗索瓦丝将它从小养大，她现在安静而有尊严地默默悲伤。一直被小贵宾犬鄙视的我，也非常怀念它。

“很漂亮，不是吗?”她说。我点了点头。

“那是些有趣的时刻，犀牛，刚果，还有那些不想成为士兵的孩子，已经成年并想回家的孩子。”

我再次点了点头。

“这里太平静了。看，塔波和娜塔碧在那里。它们越来越大、越来越壮了，真好。”

她用法语，说出了一切。

尾　声

劳伦斯事迹的记录者：

格雷厄姆·斯彭斯（Graham Spence）

2012年3月2日凌晨5点，我的妻子泰瑞（Terrie，劳伦斯的姐姐）接到电话。在我们这个年龄，不寻常时段的来电往往令人心碎。我立刻醒了，泰瑞只是点了点头，将手机放回床头柜上。她把头埋在手中，我猜到她会说些什么。

“劳伦斯死了，心脏病发作。”

我知道他的身体不好。但是即使如此，劳伦斯仍是坚不可摧的，他有牛一般的体格，我不敢相信这是真的。

震惊过后，我向后仰去，眼前往昔情景交替。

哦，劳伦斯……虽然我们没有血缘关系，但劳伦斯是我的朋友、我的兄弟。劳伦斯是我认识的最勇敢的人，永远都是。

和他共同书写了三本书，我仍然无法说我对他十分了解，因为劳伦斯是一个谜团，他像大象一样令人难以猜测。但是，我们曾经长时间地交谈，在巴格达、英格兰、德班，当然还有天堂般的苏拉苏拉，我们不停地交谈，有时像傻瓜，有时像圣人，当然，后者只是我们自以为是的想法。

一部分谈话内容被录音记录下来。关于这本书，我有 24 小时时长的对话录音，我们俩都以最脆弱的借口，允许聊天时跑题。我们当时认为有些内容很重要，但值得庆幸的是尽管其中有许多是不重要和无关紧要的，但感谢上帝，有些却十分必要。

有时，在拂晓前的黑暗中，事件的唯一目击者是一排空啤酒瓶。但这不是常事，劳伦斯喜欢聚会多过喝酒。当然，我们一直在工作。

那是在 2003 年的巴格达，当时我正和他一起写《巴比伦方舟》这本书。两周后，我说我必须回归日常工作。他很吃惊。“一切正在这里发生着，”他说，“什么是日常工作？那有多无聊?!”我认为他没有“日常工作”的概念。我解释我在英国有一个妻子和两个孩子，日常工作是把食物放在桌子上。

劳伦斯同意我回去工作。实际上，他也将回家一周，他自己已有三个月没回过家。巴格达没有民用航班，只有军用班机。想要上飞机，特别理由必不可少，这方面，劳伦斯具备黑桃 A 般的顶级能力。我不知道他是怎么做到的，我们没有签证，以非正式途径潜入伊拉克，当飞机降落在科威特空军总部时，我们从跑道上溜出来，翻过一堵墙，脱离了全副武装的警卫的视线。然后，我们沿着公路飞奔，与劳伦斯的朋友们安排的接应人员会合，将我们带往城市机场。

即使这样，我们仍没有走出困境。随着所有外国军队的到来，科威特海关官员渴望向西方人展示谁说了算。因此，在科威特城市机场，我们只想尽快离开，因为我们俩都没有任何文件证明我们来到这片荒芜的沙漠是为了度假。如果他们发现我们在没有签证的情况下去过伊拉克，一定会将我们投入监狱。劳伦斯毫不费力地说服空姐护送他登上前往迪拜的航班，他像贵宾一样向士兵们挥手示意，在那里他将转机去约翰内斯堡。而我在前往伦敦的候机队列里苦苦等候，一个身穿制服的科威特人看了看我的护照，开始大喊大叫。我惊慌失措，深吸了一口气，做了劳伦斯会做的事情，我无忧无虑地闲聊着如何对即将离开这个美丽的城市倍感伤心，这里如何给我留下了美好的记忆。感谢劳伦斯的启发，我终于顺利上了飞机，我永远记得在伦敦希思罗机场我妻子那热情的样子。

十年后的今天，每当面对生活中的意外挑战时，我仍会问：劳伦斯会怎么做?

的确，无论是刚果丛林中的圣主抵抗军，还是不可预测的非洲官僚主义，或者是被萨达姆·侯赛因支持者严密监视，劳伦斯在任何情况下都有办法脱身，或者更多的情况下他是自陷险境。

我们撰写的三本书记录了他的惊人成就。我常常不得不说服他，在文中要保留他那些勇敢机智的经历。“人们真的会对这些感兴趣吗?”他曾经难以置信地问我。

“是的，劳伦斯，他们会的。”我说

劳伦斯坚持认为有趣的地方需要保留下来，尽管主观性的幽默可能是文学创作中的陷阱。

“要让人笑，格雷厄姆。”他总说。

劳伦斯知道如何让人笑。我们在写这几本书时就经常开怀大笑，尽管我不得不承认劳伦斯凌晨2点在苏拉苏拉的桌子上仔细检查细节的方式，咖啡杯上方喷气式飞机般的蒸汽，致命的高焦油香烟让我险些发疯，但这也许就是这些书具有如此凝聚力的原因。

我们甚至拿书名开玩笑，我必须承认第一本书的书名，《巴比伦方舟》是我的主意，我在动笔写第一个字之前在巴格达就想好了这个书名。第二本书，我反复思考，想出了《牧群》这个标题，意指象群。幸好，美国编辑彼得·约瑟夫（Peter Joseph）胆敢冒犯我们这个非洲团体，他小心地指出，大多数读者会认为我们写的是一群牛。最后出版时的书名是《大象低语》（*The Elephant Whisperer*），我和劳伦斯对这个书名都不满意，因为劳伦斯从不低语，他说起话来如同大功率的贝斯。但是这个书名引起了读者的共鸣，而且正如我们的编辑所指出的，可以理解为大象与劳伦斯窃窃私语。

我们想将此书命名为《血色犀角》，但这要归功于劳伦斯这个冒险家，他想要一个大胆的书名。也许劳伦斯会讨厌我这么说，但我认为毫无疑问，他天生就是一位经典主义的冒险家。一家报纸称他为保护区的印第安纳·琼斯（Indiana Jones，《夺宝奇兵》系列电影的主角），这的确概括了他的一生。他一生卓越，这是我记忆中的他。

但是，你如何解释他那些神秘的特质？劳伦斯下意识地中断了与苏拉苏拉象群的接触，因为他希望它们成为真正的野生动物。他不再走出他和弗朗索瓦丝的小屋与象群打招呼，象群最终不再来了。毕竟，这也许是最好的方式，劳伦斯也许不会再和象群说话了。

但是，劳伦斯死后的第二天，由娜娜率领，以一种近乎诡异的默契来到他家门前哀悼。现在想起来仍然让我惊悚，一名护林员拍下了这段无声的视频，该视频在 YouTube 视频网站上被广为流传，可以用谷歌搜索“大象劳伦斯·安东尼”，那段视频获得了超过一百万次的点击。

正如他的儿子迪伦所描述的：“象群已经有一年半没去过这所房子了，它们一定花了几个小时才能完成旅程。它们在屋前徘徊了大约两天，然后才回到灌木丛中。”

犬儒主义者可能会说这些动物只是正巧路过，或者也许是那里牧草丰富。的确可能，毕竟夏末雨季刚过。但是我们心里都清楚不仅如此。不是吗？

我很庆幸我们最终没有使用《血色犀角》这个书名，感谢彼得和我们出色的英国编辑英格里德·康内尔（Ingrid Connell）说服了我们，想出了《最后的犀牛》（*The Last Rhinos*）这个书名，但我们当时谁都不知道，这对劳伦斯来说一语成谶。

在我的日常工作中，我是一名新闻工作者，而非作家，尽管我一直希望成为一名职业作家。我最喜欢写世界某个角落里独特人物的故事，狂野的，疯狂的，特立独行的，热情的男女们，他们像修道士一样坚信自己的所作所为。我希望我是其中之一，但我知道我不是。

劳伦斯是，可悲的是，至少现在一定是。

啊，劳伦斯，我的朋友，我的兄弟。

即使你让我们发疯，我们仍爱你。

2012 年 3 月

没有人是完全不可替代的。但是劳伦斯比绝大多数人更加难以替代，他离去所带来的空洞无法估量。

问题是，如何延续如此非凡的传奇？如何复制这种力量？的确，无人可以。但是人们可以继续完成劳伦斯的愿景。

对劳伦斯而言，野生动物自然保护区是真正意义上的前线，而绝非陷在沙发里冲浪者的游戏。他去世时太年轻了，没有留下如何成为劳伦斯·安东尼的指南。实际上，即使有，劳伦斯也会将它扔进炉子里，因为他讨厌文书工作。但是尽管他不是文字方面的天才，却拥有让人们追随的天赋。他像先知一样激励人们，使人顿悟，他让追随者清晰地理解他的哲学：宇宙的自然秩序神圣不可侵犯，没有个体可以独存。那些受劳伦斯启发的人仍然传播着他的成就。

苏拉苏拉的祖鲁族护林员继续追随他们尊敬的马可鲁。博何克在那里，菲西和波米斯也仍在那里。始终保持警惕的古梅德仍爬在树上，紧抓着武器眺望阳光焦灼的远山搜寻盗猎者的踪迹。

必须如此。尽管采取了 24 小时安保措施，在劳伦斯死后的第二周，盗猎者就试图杀死塔波和娜塔碧，年轻的犀牛在他们眼中同样只是犀牛角而已。他们被古梅德和他的团队击退，这是一场“二战”中的老枪击退 AK-47 枪的战斗。塔波在冲突中腿部中枪，后来恢复得还不错。如今雇有七个员工全天候守护塔波和娜塔碧。正如劳伦斯上次见到我时所说的那样，保护区已经成为现实中的前线。

在撰写本文时，塔波和娜塔碧已经三岁。它们长得飞快，体重都已达约一吨。是它们让未来充满希望，与它们的北方表兄弟不同，它们不会悄无声息地灭绝。如果它们消失，毫无疑问，劳伦斯的传奇将永远铭刻在这个世界的良心上。

如今，象群不断壮大。大象数目众多，以至于苏拉苏拉管理层不得不为其实施节育措施，强大的象群拥有23个成员。正如在《大象低语》一书中所述，会想起六头大象在1997年到达苏拉苏拉时，笼罩在被处死的阴影之中的情形，这真是了不起的壮举。目前大象数量已达到土地范围的极限，直到苏拉苏拉在布坎纳的东门将土地范围移至西北40公里外的乌姆福洛济禁猎区，并把所有栅栏清除形成皇家祖鲁保护区，那将是一个五十万英亩的禁猎保护区。

但是，话虽如此，象群又有新成员诞生，那是一头美丽的小象，出生于2012年9月11日。护林员称它为安迪勒（Andile），在祖鲁语中意味着“不断增加”。

安迪勒出生后发生了一件不同寻常的事。它站立起来并第一次吃奶之后，象群开始向劳伦斯曾经居住的房屋移动。但是，当它们到达河边时，却停了下来，仿佛在仔细考虑。作为庞然大物，象群可以轻而易举地通过充满褐色漩涡的水域，似乎有什么阻止了它们。护林员观察着，想知道为什么，直到看到安迪勒。象群无法进入水位上涨的河流，是因为安迪勒太小了，会被淹死。有些大象显然变得焦躁不安，想要过河，这是一条通往主屋的直路，但是它们不敢。

随后护林员意识到，以往娜娜和象群总会向劳伦斯介绍新出生的小象，劳伦斯活着时这已经成为一种仪式。即使大象们知道劳伦斯已经不在了，正如他去世后第二天沉默的守夜一样，仪式仍然存在，而且可能永远都会存在。犬儒主义者可能会说这只是一个巧合，这些动物只是去河里喝水。但我们都清楚不仅如此，不是吗？

戈比萨现在是无可争议的族长，马布拉是它在旷野里的忠实拥护者。它们一起出去玩儿，仿佛在购物中心一起购物的伙伴，正像劳伦斯曾经希望的那样，首领戈比萨教导年轻的公象很多礼节，它们不再掀翻车辆，不再像那些尝试证明自己拥有男子气概，没有父亲指导，睾丸激素发作，故意想引人侧目的青少年。它们现在知道如何约束拥有的庞大力量。

劳伦斯的先驱精神落在他两个魅力十足的儿子杰森和迪伦，以及他的门徒戴维·博萨斯的肩上，他们是皇家祖鲁保护区项目的先锋。他们联同劳伦斯的妻子弗朗索瓦丝以及艾维特·泰勒（劳伦斯创立的环境保护协会、劳伦斯·安东尼“地球组织”精力充沛的主席），五个人成为劳伦斯的薪火守望者，他们余生都将致力于此。

劳伦斯的天赋之一是赢得牢固的友谊，有的甚至只有一面之交。他的好友安迪·卢汉，同时也是他的商业伙伴。关于爱尔兰商人安迪，劳伦斯在这本书中将他描述为“如同出自威尔伯·史密斯小说中的人物，争分夺秒地驾驶赛车，行动至上”。他拥有完成劳伦斯意愿的财务实力，并且密切参与了劳伦斯有生之年的最后一个项目：莫耶那游猎保护区（Moyana Game Reserve）。他的公司桥户资本管理集团（Bridgehouse Capital）与代表劳伦斯的劳伦斯·安东尼“地球组织”，以及代表土地拥有者的美布耶基金（Mayibuye Trust）一起，负责在德班附近的坎珀当建立一个雄心勃勃的保护区，据说是五大保护区中距离城市最近的一个。这是一个重大的突破，即在所谓的发展无法控制的区域设立美丽的绿色都市之肺，甚至将大胆地引入大象。如果这不是对人类侵蚀自然的标志性的制止，那么就没有什么可以与之相提并论了。迪伦曾说，戴维·博萨斯是劳伦斯的化身。他负责与美布耶基金社区的领导人一起管理莫耶那。用祖鲁语粗略翻译莫耶那，意味着“找回丢失的东西”。

在2010年莫耶那保护区开放时，美布耶基金主席韦克姆·马帕安噶（Welcome Maphanga）完美地总结了该项目的社会环境意义：“自从我们被（前种族隔离政府）强行驱逐出自己的土地，历尽艰辛，但我们终于回来了。野生动物一直生活在我们的土地上，我们过去经常猎杀它们。如果你杀死野生动物，它会为你提供一个星期的食物；但如果保护它们，它们将为你创造终生的工作机会。”

简而言之，莫耶那禁猎区旨在通过生态旅游为当地居民提供工作和收入，同时确保该地区野生动植物繁盛，这正是劳伦斯的愿景。

回到初始之地苏拉苏拉。杰森、迪伦以及弗朗索瓦丝是他的继任者。无论如何，在今天参观保护区都将是一次不可思议的经历。劳伦斯的精神无处不在。有着苏拉苏拉大象标志的沾满汗水的棒球帽被拉得低低的，挡住刺眼的阳光，他的狂野的红白色斑驳的胡须歪歪扭扭，卡其色夹克上满是带有非洲灵魂的尘土，你仿佛觉得他随时都会步入旅馆。

的确，生活仍在继续。这正是劳伦斯想要的。

这是弗朗索瓦丝发来的最新消息，用她自己的话来记录：

我现在正与戴维·博萨斯和保护区经理菲西一起参加皇家祖鲁会议，他们与劳伦斯在所有项目上都曾经紧密合作，以扩展苏拉苏拉。昨天，我们与两个当地的酋长（Amakhosi）和首长（Izinduna）以及保护区律师和“卡祖鲁·那泰野生动物”（KwaZulu-Natal Wildlife）代表举行了会议，讨论大芬迪米洛社区保护项目（Greater Fundimvelo Community Conservation Project）的诸多细节，这将使苏拉苏拉再扩展3000公顷。该项目为苏拉苏拉带来了充分开发自然保护区的机会，而社区将提供土地。夸祖鲁-纳塔尔野生动物保护区将引入商业开发，以创造就业机会和收入。

我们还筹集资金，从康复中心接收更多犀牛遗孤。我们曾从该机构得到了塔波和娜塔碧。上周末曾有一次犀牛拍卖会，但价格高达20万兰特！正常价格是10万兰特，大约1.45万美元。现在有些人购买犀牛作为投资，在犀牛价格上涨时转售，以大约五年的时间进行繁殖。因此，我们需要筹集资金，以便能够购买更多的犀牛。我们还通过 CROW 组织参与动物援救工作，该组织向我们输入了小布什、乔治，以及与塔波和娜塔碧一起成长的疣猪贝蒂以及丹妮丝。

的确，生活仍在继续。苏拉苏拉一直是，也将永远是一线保护区。在苏拉苏拉，劳伦斯的精神无所不在，他的继承人，从不起眼的客房清洁工到一线护林员，再到家族血缘，继续保持着他的愿景。要了解这一点，你只需吸入浓厚的非洲气息，在色彩斑斓的大草原上浏览塔波和娜塔碧的身影。你还会注意到附近的两个人，一个是白人，艾丽森·麦克菲，那个英国姑娘，对非洲和犀牛的热爱像母亲一样强烈。另一个是黑人，古梅德，肌肉发达，无条件地爱着自己的土地。

塔波和娜塔碧不仅仅是完美的物种，它们还象征着劳伦斯对盗猎者的最后一搏。在那里，持着老式步枪和手枪的人坚决地抵御着使用自动武器的盗猎者，世界亏欠这些顽强勇士的东西是无法偿还的。

劳伦斯传奇的另一个方面是，他在保护区之外也改变着人们的观念以及生活方式。来自世界各地的人们每天发来的消息充斥着他的黑莓手机。其中包括那个说她现在用不同的角度看自己的宠物猫的女孩，以及那些承诺将与地球更和谐地生活的人们，他们的热情直接源自劳伦斯点燃的火花。更多的是人们发来信息表示对犀牛角的贩运和大规模偷猎的愤怒，人们写着发自内心的话语，感谢劳伦斯所做的一切。他对所有这些信息几乎都一一回复。

当他在聚会上讲话时，无论是否有名人参加，或者仅仅只是在乡村社区里，都让听众们听得神往。传达同样一个信息，对于那些说“我不能”的人，劳伦斯永远只有一个简单的答案：你能。参与其中发挥实际作用，而不是仅仅依靠媒体，你可以去游说当地议员，去种一棵树。

或者最重要的是，出去看看，去呼吸。通过劳伦斯，成千上万的人知道荒野不在远方，就在你的灵魂之中。

劳伦斯具有不容置疑的全球影响力，他去世后海量的来电证明了这一点。但是，劳伦斯认为他在拯救北方白犀牛的方案上失败了。这也就是为什么他曾在海蒂的坟墓旁发誓，在他有生之年，在他的土地上，同样的情况不会发生在南方白犀牛身上。对于所有爱着劳伦斯的人来说，这一誓言神圣不可侵犯。

但是，他真的失败了吗？劳伦斯让犀牛的困境得到国际社会的关注，超越了冰冷的科学和大脑的范畴。也许这些庞大的冰河时代物种，恐龙、冰河世纪的幸存者，依然令人难以置信地以某种方式存在着。也许，就像劳伦斯，它们的灵魂坚不可摧。世界野生动物基金会（World Wildlife Fund）曾报道说，有人坚称，在苏丹南部森林深处发现了北方白犀牛。

也许，只是也许，在地球的某处，仍有一些顽皮、粗糙、脾气暴躁、宏伟、长着弯角的顽强幸存者。作为无可救药的浪漫主义者，我相信以劳伦斯之名做出的回答是：拒绝投降。

也许我们还拥有第二次机会。但我们绝不能再次挥霍，劳伦斯的精神将薪火传承。

2012 年 10 月

译者后记

出版社编辑最初就这本书的翻译事宜与我联系时，我手头的工作量正处于失衡的边缘，理智上不应该给骆驼再加上一根稻草。然而，读完原著之后，我毫不犹豫地接受了这份工作。翻译这本书，不光因为兴趣，更多的是出于责任，一个普通的地球人的责任。

对非洲的认知，可以与诸多词汇关联：陌生、炎热、干旱、贫瘠、动荡……不过，如果一定要一言蔽之，那就是遥远。因为遥远，所以陌生，继而漠然。战乱、饥荒、瘟疫……人类无尽的苦难，因为距离而被稀释。毕竟，平凡如我，关心了又能如何？

在与这本书有所交集之前，非洲大陆对于热爱旅行的我来说，仅仅意味着将来某个时刻鼓足勇气飞上几千公里去看大象和狮子，其实却从未纳入自己的旅行计划。原因很简单，我对动物不感兴趣，勉强接受家里的小狗可可，绝对是因为孩子们让我爱屋及乌。的确，普通人的标配，对问题的关注程度，基本上是围绕着一个“我”字，三尺之境，范围局限。

初读这本书，首先让我震惊的是多年以前熟读的中医方剂，居然也为犀牛的灭绝添了薪，自认为医治了病人，却是以其他物种的生命为代价。亚洲国家的传统医药，让某些濒危动植物物种成为高额利益的牺牲品。原来绕地三尺，只关心眼前的人和事，认知的局限也可能“作恶”，那么开阔人们的视野，是否就可以“为善”？

这份以责任为起因的工作，却带来了意想不到的收获和快乐。书中对那片陌生土地上的人、动物的描述，如同推开一扇窗，让我们足不出户，远行千里。翻译一本书，其实是将一个字、一个词、一个句子与一个地方、一件事、一个人进行对话与研磨。这本书的字字句句都把我带向那片广袤的大陆，于是丛林、灌木、旷野、山峦、河流不复遥远、不再陌生，对那片美丽的大陆承载着的，经历着的一切也无法继续漠然置之。翻译过程中，我阅读了许多相关资料，拓展了认知和理解的领域。三尺之境，随之广阔。这本书传达了一个最基本的理念——尊重生命，敬畏自然。毕竟，在蝴蝶效应之中，这个星球上所有生灵的命运都息息相关。

具体来讲，这本书源自非洲大草原上一个普通人的真实讲述。

安东尼·劳伦斯是一个普通人，但正如人们所说，他更是一个动物世界的人。劳伦斯的祖父从爱尔兰移民南非，父辈创立保险公司，他原本可以在家族企业中安享父荫，但他选择成为一个野生动物保护者，建立苏拉苏拉野生动物保护区，始创“地球组织”。他更愿意开着四驱汽车，伴随着马达的轰鸣声与高分贝的摇滚乐，驰骋在丛林旷野中。正是这个普通人，为了动物保护事业不遗余力，从不言弃。他不仅从人道主义的角度，更是从民胞物与的角度看待周遭的一切。在他的眼里，人类仅仅是这个星球上众多同行的物种之一，仅此而已，甚至还可能是其中资质欠缺的一类。

可以毫不夸张地说，劳伦斯更是一个传奇人物。他风趣、热情、纯粹、学识丰富，而最让人敬佩的是他的百折不挠、从不畏惧的精神。他以微弱的一己之力直面险恶。他意志顽强，为了拯救北方白犀牛，尝试了阳光下的所有可能，将自己一次次置于险境，却在无力对抗人性的冷漠与贪婪时，暗暗自责。他内心如此柔软，对每一个生命都满怀敬重，从犀牛、大象、护林员，到金沙萨棚户区里的孤儿，即便是对待中非丛林中反政府武装的士兵们，也因无法完成替他们向家人传递信息的承诺而表达着深深的无奈与歉意。

劳伦斯的传奇经历记录在其与格雷厄姆·斯彭斯合著的三部书中。在《巴比伦方舟》的记述中，他为了拯救巴格达动物园里的动物，深入战火纷飞的伊拉克。在《大象低语》的故事中，他与一群充满叛逆心理、对人类充满敌意和怀疑的大象朝夕相伴，最终成为它们的朋友。作为劳伦斯留下的最后一本书，《最后的犀牛》情节随着他为拯救北方白犀牛免于灭绝，一次又一次的尝试而跌宕起伏。书中的人物和动物个性鲜明，时而引人发笑，时而令人忧伤，处处精彩纷呈。

在文字间与一个伟大的灵魂进行对话，绝不是一个普通的动物保护者的“日常工作”可以带来的阅历。犀牛的祖先在地质时代的第三纪中已出现在地球上，距今已有3000万年，可今天这些在冰河世纪中没有消亡的庞然大物，在人类社会的侵扰下却已濒临灭绝，现仅存有犀牛科的四属五种，其中书中关注的北方亚种白犀牛已濒临灭绝。2018年3月，世界上最后一只雄性北方白犀牛在肯尼亚的动物园中去世，如今这颗星球上仅存活着两只已过生育年龄的雌性北方白犀牛了。2019年9月，一则新闻登上诸多媒体的头条，科学家在实验室中成功培育出两头北方白犀牛的受精卵，但是否可以成功繁衍并确保该犀牛亚种存活尚且未知，前路漫漫。人类的影响力因科技的进步，以几何形式递增，如果对自然界索求无度，丑陋的一面也将因科技的进步而无限放大。

翻译此书的一年多时间里，非洲大陆上埃博拉病毒仍在肆虐，南美大陆上登革热正在四处横行，这些在置身事外的人们心中，恐怕构不成任何波澜。直到整个人类世界被新型冠状病毒深深困扰，社会秩序被彻底颠覆，习以为常的事物在一夜之间不复存在，人人自危，此时才不得不认识到这个星球是一个共同体，万物息息相关，一个微生物种群就可以撼动所有。这一次，自然界似乎就是要加大分贝向人类宣战，提醒人类认识自身的渺小与局限。

本书译文的第一位读者是徐家树老师，他不厌其烦、细致严谨地指导、纠正翻译中的不当之处，他的参与成为本次翻译工作的压舱石。译文的第二位读者是译者的父亲，他把学术研究的风格带入进来，大处于语言风格，小处于标点符号，不当之处一一指出。在翻译过程中，从用文遣字到自律为人，从两位老人身上获益良多，“感谢”二字在这里显得格外单薄。

可以说，这本书被劳伦斯的人格照耀，因非洲大陆的色彩斑斓而生动。从一个传奇个体的视角，折射出非洲动物保护界的现状，以及全球濒危物种的窘境，真实而沉重。数年前劳伦斯留下的见解和感慨，在当下阅读中仍然渗透着一种近乎悲怆的即视感。这本书让我这个普通人从一个全新的角度再次审视、认知广阔的世界，同时也促使我不得不思考，人类应该以怎样的方式与其他生命在地球上同行。

这也恰恰是每一个人，每一个地球人都应该认真思考的。

周海弘
2020 年 11 月于悉尼